Diogenes Taschenbuch 24334

Solomonica de Winter

Die Geschichte von Blue

Roman

Aus dem Amerikanischen von Anna-Nina Kroll

Diogenes

Titel des amerikanischen Originals:
›Over the Rainbow‹

Die deutsche Erstausgabe
erschien 2014 im Diogenes Verlag
Umschlagillustration:
Tim Marrs, ›Migration‹ (Ausschnitt)

Geese photograph: Michael Mill

Veröffentlicht als Diogenes Taschenbuch, 2016

Diogenes Verlag AG Zürich
www.diogenes.ch
150/16/44/1
ISBN 978 3 257 24334 5

Teil 1

Mein Name ist Blue. Nicht blau wie ein Rock oder ein Türkis, nicht blau wie Blaubeeren und nicht blau wie Nagellack. Sondern blau wie salzige Tränen, blau wie eine winzige Blaumeise. Blau wie der Wind, das Meer, der Regenbogen. Das Dunkelblau in den aufziehenden grauen Wolken vor einem Gewitter. Das ist das Blau, nach dem ich benannt bin. Das ist mein Blau.

Mein zweiter Vorname ist Vanity. Meine Eltern haben mir diesen Namen gegeben, für sie war Eitelkeit das Einzige, das die Welt heutzutage noch zusammenhält. Ohne Eitelkeit, meinten sie, würden wir in Verzweiflung und Angst voreinander leben, und erst recht vor uns selbst. Ohne Eitelkeit würden sich die Leute zu Hause verkriechen und sich vor ihrem eigenen Spiegelbild fürchten. Meine Eltern hielten Eitelkeit nicht unbedingt für eine positive Eigenschaft, aber sie waren von ihr fasziniert. Davon, wie etwas das Denken eines Menschen so einnehmen kann, dass er sich davon betören lässt, sich in das Streben nach Perfektion verliebt.

Wenn ich in den Spiegel schaue, sehe ich ein ausdrucksloses Gesicht. Haut so weiß wie ein Blatt Papier, mit Augäpfeln. Lange Strähnen wachsen mir oben aus dem Schädel.

Ich bin nicht eitel. Was andere über mich denken, ist mir egal.

Sie fragen, wann ich beschlossen habe, diesen Mann zu töten. Ich weiß ganz genau, wann ich diese Entscheidung getroffen habe. Sie fragen mich, warum ich beschlossen habe, ihn zu töten. Auch das weiß ich. Sie fragen mich, wann ich aufgehört habe zu sprechen. Sie fragen mich, warum ich aufgehört habe zu sprechen. Ich habe meine Gründe, Herr Doktor. Die erkläre ich Ihnen später. Ich werde Ihnen alles erklären. Aber das kann ich nicht einfach so.

Ich muss ganz vorne beginnen, wo alles angefangen hat. Also hören Sie zu. Hören Sie sich die Geschichte an von dem dreizehnjährigen Mädchen, das einen Mann tötet. Und eine Frau.

I

Ich hielt mir die Ohren zu, weil das Dröhnen des Busses meinen Kopf verstopfte. Daisy drehte sich um und sah mich an. Sie starrte auf meine Hände. Ich blickte auf den dreckigen Boden des Busses, der von zu vielen Füßen getreten worden war. Zu viele Gerüche von zu vielen Menschen stachen mir gleichzeitig in die Nase. Zu viele verängstigte Seelen hatten auf diesen Bänken gesessen.

»Lass das sein«, murmelte Daisy fahrig und sah wieder aus dem Fenster. Ich nahm die Hände herunter. Als der Bus an der nächsten Haltestelle hielt, ließ mich das schrille Quietschen der Bremsen frösteln. Ich schloss die Finger um das Buch in meinem Schoß. Ein dunkelhäutiger Mann mit Hut und Anzug starrte mich an. Ich starrte zurück. Seine dunklen Augen waren wie schwarze Tunnel. Ich fragte mich, wohin sie wohl führten. Er runzelte die Stirn, dann versteckte er sich hinter seiner Zeitung. Ich sah erst weg, als Daisy mir eine Ewigkeit später sagte, ich solle meinen Koffer nehmen und aussteigen. Ich kletterte aus dem Bus. Auf der anderen Straßenseite stand ein Mülleimer, der anscheinend seit Wochen nicht geleert worden war. Die Häuser rundherum waren grau. Mir fiel ein hohes Gebäude zwischen all den grauen, rechteckigen Klötzen auf. Es musste einmal rosa gewesen sein, aber jetzt hatte es die Farbe von totem Fleisch. Hinter eingeworfenen Fensterscheiben flatterten Vorhänge im Wind, und ich stellte mir vor, wie jemand in einem dieser kaputten Fenster auftauchen und mir zuwinken würde. Ich mochte verlassene Gebäude.

»Blue, wir haben jetzt keine Zeit für einen Ausflug in deine Welt, okay?«, sagte Daisy und packte mich am Arm. Sie zerrte mich auf dem Gehweg hinter sich her, so dass ich fast rennen musste, um mit ihr mitzuhalten. Ihr Griff brannte sich in mein Handgelenk. Ich mag es nicht, wenn man mich anfasst. Wenn mich jemand anfasst, sickert nämlich etwas von seiner Seele durch meine Poren, bohrt sich durch meine Adern und so weiter. Und ich hasse es, andere Seelen zu spüren; ich hasse es, weil ich mich erst mal um meine eigene Seele kümmern muss.

»Ich hab dich tausendmal gerufen. Jetzt haben wir schon wieder Rot! Ich hab keine Lust mehr, diese Koffer durch die Gegend zu schleppen. Sobald wir im Hotel sind, kannst du machen, was du willst.«

Daisy hatte strähniges und meist ungewaschenes Haar. Ihre Wangen waren eingefallen und die Augen sehr groß und glasig. Sie sah mindestens zehn Jahre älter aus, als sie in Wirklichkeit war, und wie das komplette Gegenteil von mir. Ich selbst habe langes, dunkles Haar. Meine Augen sind wie die einer Krähe, ich kann ganze Räume und Plätze auf einmal überblicken. Ich war die Tochter, von der Daisy sich wünschte, sie wäre nie geboren worden. Ich war der Schorf auf ihrem Knie, der hätte abheilen können, wenn sie nur aufgehört hätte, immer wieder daran herumzufummeln, bis das Blut kam.

Ich lebte mit Daisy, meinem Buch und der Vorstellung im Hinterkopf, die Welt wäre gut, ja, Blue, die Welt ist gut. Aber es ist schwer, Hoffnung zu finden, wenn sie sich schon so viele Male versteckt hat.

Wir gingen weiter. Noch mehr verlassene Gebäude, viel mehr als früher, bevor wir von hier weggegangen waren. Daisy ging schnell und zog mich am Handgelenk mit. Ich erkannte Geschäfte und Bänke und bestimmte Bäume und Straßenlaternen. Weil ich alles sehen kann. Ich spreche eigentlich nicht darüber. Es ist mein Geheimnis. Aber da Sie mein Arzt sind, bin ich wohl dazu verpflichtet, Ihnen meine Geheimnisse zu verraten. Ich werde Sie Ihnen nicht alle verraten. Aber genug, damit Sie sich wundern.

Zum Beispiel, dass ich im Dunkeln und wie ein Blinder mit geschlossenen Augen sehen kann. Ich kann durch alles hindurchsehen. Ich kann durch Menschen und durch Augen, durch den Himmel und durch Köpfe sehen. Ich weiß, wer Gott ist. Ich habe ihn gesehen. Ich weiß, wer Satan ist. Ihn habe ich auch gesehen. Beide boten mir Tee an. Glauben Sie nicht, ich wäre verrückt! Das bin ich nicht. Ich kann beweisen, dass ich sie gesehen habe. Satan fragte mich nämlich, ob ich Zucker wolle. Warum sollte ich so was erfinden, hm? Warum? Gott fragte mich jedenfalls nicht nach Zucker und Milch. Er gab mir einfach eine Tasse Tee, und das war's.

Als wir am Hotel ankamen, ließ Daisy mein Handgelenk los. Ein großes Schild mit der Aufschrift PALACE HOTEL hieß uns willkommen. Ich musste vorgehen, wie immer. Daisy hatte Angst, ich würde kehrtmachen und weglaufen, wenn sie einen Raum oder ein Gebäude vor mir betrat.

Der Teppichboden war sandfarben. Der dicke Mann hinter der braunen Rezeptionstheke sah nicht auf. Als wir näher kamen, hob er langsam den Blick. Ich wusste, dass er keine Lust hatte. Ich sah es.

»McGregor, ich habe angerufen«, sagte Daisy.

Der Mann kratzte sich am Kinn und fragte: *»Wie?«*

»McGregor.«

Er überflog eine Liste, dann nickte er leicht.

»Alles klar«, sagte er. »Macht zweihundertfünfzig.«

»Am Telefon haben Sie zweihundert gesagt.«

»Sie wollten ein Zimmer mit Bad. Das macht fünfzig extra.«

»Muss ich sofort bezahlen?«

»Ja. Nur Barzahlung. Hotelrichtlinien.«

»Das war es dann wohl mit dem Essen für diese Woche«, murmelte Daisy, während sie die Scheine einzeln aus ihrer Tasche zog. Er holte einen Schlüssel vom Schlüsselbrett.

»Nummer achtundzwanzig. Treppe hoch, Ende des Gangs. Paar Regeln: Machen Sie nicht alles kaputt. Bringen Sie niemanden um und verstecken die Leiche hinterm Duschvorhang. Wenn mit dem Zimmer was nicht in Ordnung ist, melden Sie sich bei mir. Verstanden?«

Ich sah Daisy an. Ich las in ihren Augen, dass sie nicht wusste, wie sie reagieren sollte, aber dann sagte sie einfach »okay« und nahm ihre Koffer, ehe dem Mann noch mehr einfallen konnte. Ich ging hinter ihr her nach oben und den Gang entlang. Die niedrigen Decken schienen näher zu kommen, und die Lampen hingen so tief, dass mich ihr Licht blendete.

Daisy setzte ihre Koffer ab und schloss die Tür auf. Der Teppich war hier oben genauso sandfarben wie unten. Die Wände waren weiß. An eine Wand geschoben, stand eine schmale Couch. Ich stellte meinen Koffer ab und ließ den fremden, stillen Raum auf mich wirken. Die rosa Badewanne gefiel mir besonders. Der Spiegel war von gelben Glühbirnen umrahmt wie in den glamourösen Fünfzigern. Hinter dem Duschvorhang lag keine Leiche. Ich ging zum Fenster und sah auf die Straße hinaus.

Dann setzte ich mich auf die Couch und starrte ins Nichts. Wie ein Kätzchen drückte ich mein Buch fest an die Brust. Mein Buch.

Ich weiß, Sie glauben, ich wäre besessen gewesen, Doktor. Ich weiß, dass Sie alle glauben, ich wäre von meinem Buch besessen gewesen. Aber da liegen Sie falsch. Es ist nicht einfach irgendein Buch, nicht irgendeine Geschichte, nichts, was irgendjemand einfach so zum Spaß geschrieben hat. Wagen Sie es nicht, mir das zu erzählen. Denn sonst töte ich auch Sie. Sie alle. Mein Buch ist echt, mit echten Menschen und Wesen, echten Bäumen, echten Blumen. Wenn Sie die Augen fest genug schließen, können Sie sie durch den Buchdeckel riechen. Ich bin nicht besessen, haben Sie das verstanden? Wenn Sie sehen könnten, wie die Leute in dieser Stadt wirklich sind – ich weiß es, weil ich durch sie hindurchsehen kann –, dann wäre Ihnen klar, dass nicht ich diejenige bin, die jemanden wie Sie braucht, einen Arzt. Es gibt da draußen Leute, die sind noch viel böser und gemeiner als die Ratten auf der Straße.

Den Rest des Tages verbrachten wir auf dem Zimmer. Daisy sah fern, und ich saß auf der Couch und hing meinen Gedanken nach. Ich ließ die Beine baumeln, meine zwei blassen Wachsstümpfe. Daisy kaufte uns je einen Riesenbecher Slush-Eis, von denen ein Kind eine Woche lang hätte leben können. Das Eis färbte meinen Mund blau. Ich streckte die Zunge heraus und sah sie mir im Spiegel an. Das war für mich die coolste Sache der Welt. Ich stand zehn Minuten lang da, ließ wie ein Hund die Zunge aus dem Mund hängen und klappte ihn erst wieder zu, als Daisy so genervt war, dass sie mir ein Kissen an den Kopf warf.

2

Die Laken rochen nach Leiche, als wir am nächsten Tag aufwachten. Die Sonne fiel durch die dünnen Vorhänge, und die Luft roch schwach nach Zigarrenrauch. Ich mag Hotelzimmer nicht. Diese rastlose Atmosphäre, das Wissen, dass man den Ort einen Tag, fünf Tage, eine Woche später wieder verlässt. Man spürt, wie die Himmelsmächte in Stellung gehen und die Tage herunterzählen, die man noch bleiben darf. Das einzig Gute an Hotels ist, dass man durch die langen Flure rennen und so tun kann, als wäre man ein Oberbonze in seiner Villa.

Irgendwann zogen wir uns an und aßen trockene Cornflakes aus der Schachtel.

»So«, sagte Daisy plötzlich, »Zeit, zur Arbeit zu gehen. Anthony hat mir einen Job in seiner Werkstatt organisiert.« Sie stellte die Cornflakes-Schachtel ab, stand auf und zog sich die Schuhe an.

Ich ging hinter ihr her, und sie schloss die Tür ab. Daisy brauchte etwas, bis sie die richtige Straße gefunden hatte, doch schließlich bog sie nach links ab. Ich ging die ganze Zeit langsam hinter ihr her und beobachtete meine Füße dabei; wenn ich die Augen zusammenkniff, sahen sie aus wie zwei schwarze Käfer, die panisch vor und zurück krabbelten. Ich merkte, wie der Abstand zu Daisy schrumpfte, wie sie langsamer wurde, damit ich sie einholte. Sie schob mich an und forderte mich auf, schneller zu gehen.

»Wenn wir ankommen, zieh nicht so ein Gesicht – bitte. Sei nett. Versuch nicht wieder, jedem dein Buch zu zeigen. Versuch, gut auszusehen. Die dürfen nicht wissen, wie verrückt du in Wirklichkeit bist. Mach einfach keine große Sache draus.«

Ich fragte mich, wann Daisy wohl das letzte Mal gelächelt hatte.

Man kann Kinder nicht dressieren. Sie sind keine Hunde, denen man Stöckchenholen beibringen kann. Kinder sind wie Löwenwelpen, Tigerjunge, sie brüllen und sie beißen. Wer versucht, sie zu zähmen, macht sich zum Narren. Es ist mein Buch. Wenn ich es lesen will, tue ich das. Sie wissen doch, die Menschen haben immer etwas, an dem sie besonders hängen, Herr Doktor. Frauen haben ihre Diamantringe und Halsketten, und Männer haben ihre schicken Anzüge und Autos. Und Sie wissen doch auch, dass niemand anders diese Ringe tragen oder die Autos fahren darf. Für mich ist es eben das Buch. Wenn irgendjemand anders auch nur ein Wort daraus liest, steche ich ihn ab. Erbarmungslos. Tut mir leid. Ich will jetzt gar nicht so brutal wirken. Normalerweise bin ich ganz sanft.

Wir bogen um eine Ecke, und da war die Werkstatt. Stechender Benzingeruch schwebte über dem ganzen Bau.

Ich hasse den Geruch von Benzin, ich bekomme Kopfschmerzen davon, und er erinnert mich an den scharfen Geruch von Zwiebeln beim Schneiden. Wir betraten den Laden. An den knallgelben Wänden hingen bunte Bilder von alten Autos, und hinter einer Glasscheibe wurden in einer großen, dunklen Garage glänzende Autos repariert. Licht fiel durch die Dachfenster wie von Engeln geschickte Goldstrahlen, die uns daran erinnern sollten, dass es in der Welt mehr gab als Motoröl, platte Reifen und zwanzig verschiedene Arten von Schrauben. Ehe wir auch nur ein Wort zu dem Mann am Eingang sagen konnten, kam ein großer, braungebrannter Mann herein.

Anthony. Seine Augen wirkten wie zwei Tassen heißer Schokolade. Lächelnd kam er auf uns zu. Ich war verwirrt, weil er ohne ersichtlichen Grund lächelte.

»Hey, wow! Ich bin so froh, euch endlich wiederzusehen!«, rief er.

Er küsste Daisy auf beide Wangen und fragte, wie es ihr gehe.

»Hey, Blue! Und wie geht's dir?«

Er breitete die Arme aus, das bedeutete wohl, dass ich ihn umarmen musste. Ich mochte Umarmungen nicht. Aber ich spürte Daisys spitzen Finger im Rücken, also ging ich hin und umarmte ihn. Seine Arme waren warm, wie ein Bett beim Aufwachen. Ich fühlte mich besser. Ich entschied, dass diese spezielle Umarmung doch nicht so schlimm war.

»Meine Güte, du bist ganz schön groß geworden. Ich habe euch beide vermisst. Wie fühlt sich das an, wieder in der alten Gegend zu sein, Blue?«

Ich sah ihn an, schweigend.

Daisy legte mir die Hand auf die Schulter. »Sie, ähm … Sie spricht immer noch nicht«, sagte sie hastig und blickte beschämt zu Boden. Ich merkte, wie Anthonys Lächeln langsam verblasste.

»Oh. Das … das macht doch nichts, Daisy. Macht gar nichts. Wir reden später drüber. Also, dann kommt mal mit«, sagte er. Wir folgten ihm in die Werkstatt auf der anderen Seite der Glasscheibe. Es lief Musik, Männer trugen Gerätschaften umher oder lagen halb versteckt mal unter ramponierten, mal unter glänzenden, neuen Autos und summten zur Musik. Ihre Beine ragten unter den Autos hervor, als wären sie Kinder, die ihre Bettdecken zu weit hochgezogen hatten. Als sie Daisy und mich entdeckten, warfen sie sich vielsagende Blicke zu. Sie wussten Bescheid.

Wir betraten ein anderes Gebäude, vermutlich Anthonys Büro. Daisy wies mich an, bei der Couch zu warten. Also setzte ich mich mit meinem Buch unter dem Arm auf den Boden und starrte in die dunkelste Ecke im Raum. Das mache ich oft. Wenn wir mit meiner alten Schule in Florida im Museum waren, sah ich auch immer nur in irgendwelche Ecken, selbst wenn direkt vor meiner Nase ein phantastisches Meisterwerk hing. Auf Biologieexkursionen sah ich mir lieber die Spiegelung der Bäume in den Bächen an als die Bäume selbst. In der Spiegelung sind die Bäume wunderschöne Wesen, die erzittern, wenn das Wasser sich kräuselt, und ausgelassen mit den Wellen tanzen, wenn eine Brise über die Oberfläche geht. Im Sonnenlicht glitzern und glänzen sie wie Diamanten.

Ich hörte Daisy meinen Namen rufen.

»Blue, Anthony möchte kurz mit dir sprechen. Ich warte so lange draußen.«

Ich blickte ihr forschend ins Gesicht, mein Buch immer noch unter dem Arm. Sie seufzte und ging hinaus.

Ich starrte Anthony an.

»Also«, sagte er und räusperte sich. »Tja … Ich habe dir etwas Wichtiges mitzuteilen. Vor, äh … der ganzen Sache mit Ollie, hat er mir einen Briefumschlag für dich gegeben. Wenn sein Plan aufgegangen wäre, hätte ich ihm den Umschlag zurückgeben sollen. Aber er … Na ja, der Plan ging schief, und ich sollte dir den Umschlag geben, wenn die Zeit reif wäre. Jetzt, nach fünf Jahren, glaube ich, ist es an der Zeit. Also, hier.«

Er hielt mir einen weißen, leicht angegilbten Umschlag hin, auf dem mein Name stand. Ich stand auf, und er überreichte ihn mir feierlich. Ich erkannte Ollies Handschrift, sie wirkte unordentlich und gehetzt. Als hätte er meinen Namen hastig hingekritzelt. Die Ecken des Umschlags waren ein wenig abgewetzt, auf der Rückseite war sogar ein Kaffeefleck, aber ich fand ihn trotzdem schön. So schön. Ich machte ihn nicht auf.

3

Auch auf dem Rückweg zum Hotel ließ ich den Umschlag zu. Ich hatte das Gefühl, die Welt würde eine andere, sobald ich diesen Brief las, als wäre er die schriftliche Ankündigung einer bevorstehenden Veränderung.

Daisy hielt den Blick die ganze Zeit auf den Umschlag gerichtet, selbst als sie an mir vorbeiging und sich auf die Couch fallen ließ. Ich setzte mich an den Schreibtisch in der Ecke und starrte den Umschlag in meinen Händen an. Ich wollte ihn nicht öffnen. Ich wollte nicht weinen und der Welt verraten, dass ich schwach war.

»Machst du ihn jetzt auf oder nicht? Mein Gott!«, meckerte Daisy und stellte den Fernseher an. Wie konnte der Inhalt eines Briefumschlags eine so versteinernde Wirkung haben? Wie konnte es sein, dass ein simples Gekritzel Wörter ergab und Gefühle auslöste, die einen zum Lachen und zum Weinen brachten? Ich wollte nicht, dass meine Gefühle wie auf Knopfdruck ausgelöst wurden. Ich wollte weder lachen noch weinen. Es bedurfte einer genauestens berechneten Menge an Kraft, um meine Gefühlsergüsse mit einem Damm zu stoppen. Nicht das kleinste Kräuseln auf dem Wasser, nicht eine einzige Welle. Ich wusste, dieser Brief würde den Damm brechen lassen und die Wassermassen freisetzen.

»Komm schon! Mach ihn *auf*!«, rief Daisy. Ich atmete tief durch. *Halte den Fluss auf. Trockne ihn aus.* Langsam riss ich den Umschlag auf, zog den Brief vorsichtig heraus und faltete ihn auseinander. Die Seiten waren dicht mit Ollies Handschrift, seinen Buchstaben und Wörtern und Sätzen bedeckt.

Liebe Blue,

ich weiß nicht, wo du bist, wenn du das hier liest. Ich weiß nicht, ob du fröhlich oder traurig oder wütend bist. Ich weiß nicht, ob du das hier lesen willst. Aber wenn es tatsächlich so weit kommt, dann ist mein Plan nicht aufgegangen. Ich weiß nicht, was heute geschehen wird. Ich schreibe dir für den Fall, dass alles schiefgeht. Bitte weine nicht wochenlang, und frage dich nicht, wie es dazu kommen konnte. Es ist nun mal passiert. Vergiss mich nur nicht.

Unser Geld ist sehr knapp. Du weißt, dass die Wohnung und das Restaurant sehr teuer waren. Das Geschäft ging gut, aber es war schwierig, es auch am Laufen zu halten. Viele Firmen verließen die Stadt, gingen pleite. Es kamen immer weniger Gäste in den Mittagspausen. Eine Zeitlang ging es gut, aber irgendwann wurde es wirklich brenzlig. Ich musste etwas unternehmen, oder alles würde den Bach runtergehen. Deshalb lieh ich mir Geld. Ich lieh es mir von James. Ein Kumpel hatte ihn mir empfohlen. Es war die schnellste Lösung und die einfachste, und die Zeit lief mir davon, darum suchte ich gar nicht erst nach Alternativen. James sagte, die Zinsen seien minimal, darüber solle ich mir nicht den Kopf zerbrechen. Er versprach mir, dass alles gut werden würde. Und er hatte recht. Nachdem er mir das Geld geliehen hatte, ging es bergauf. Das Geschäft lief etwas besser, und wir konnten davon leben. Aber nach ein paar Monaten erklärte mir James, er werde die Zinsen erhöhen, weil das Geld noch nicht zurückgezahlt war. Ich hatte das Geld nicht. Nicht genug jedenfalls. Er erhöhte die Zinsen auf 4000 Dollar im Monat, einfach so. Ich saß in der Falle und geriet in Panik. Ich konnte das Geld immer noch nicht zurückzahlen, und der Stapel unbezahlter Rechnungen wuchs und wuchs. Nach etwa vier Monaten bot James mir einen sogenannten Kompromiss an. Wenn ich ihm unser Restaurant überschriebe, müsste ich meine Schulden nicht zurückzahlen. Ich müsste nur das Restaurant aufgeben. Aber wie konnte ich? Ich hätte meine Arbeit verloren! Ich hätte alles verloren! Alles, von dem ich immer geträumt und für das ich immer gelebt hatte! Das konnte ich nicht. Daisy wollte, dass ich es tue, sie zwang mich fast. »Tu es! Mach es! Er wird dich umbringen, ich schwöre dir, er wird dich umbringen! Gib ihm einfach das Restaurant, bring es hinter dich!« Aber ich konnte nicht. Also lehnte ich das Angebot ab. Da fing James an, mir zu drohen. Er verfolgte mich auf dem Heimweg und bedrängte mich in dunklen Gassen. Ich hatte panische Angst, aber ich wusste noch immer nicht, was ich tun sollte. Zu allem Überfluss starb dann auch noch Grandma, erinnerst du dich? Ich musste ein paarmal weg, um ihre Beerdigung zu organisieren. Ich hatte gehofft, sie würde uns ein bisschen Geld hinterlassen, aber sie hinterließ nichts als Schulden. Ich musste mir sogar noch mehr Geld leihen, um ihre Beerdigung bezahlen zu können.

Ich habe einen Plan. Deine Mutter wird ein paar Sachen aus Grandmas Haus holen. Dann gebe ich dir eins meiner Bücher, mein absolutes Lieblingsbuch als Kind, als Zeichen dafür, dass mit mir alles in Ordnung ist, es ist etwas, das mir sehr viel bedeutet. Dann fahre ich zu einer kleinen Bank außerhalb der Stadt und raube sie aus. Ich stehle alles. Das ganze Geld, das ich James schulde, damit ich wieder leben kann. Ich kann nicht schlafen, kann nicht essen. Ich muss das Geld irgendwie beschaffen.

Aber bevor ich das alles tun kann, muss ich diesen Brief für dich zu Ende schreiben. Die Uhr tickt. Die Jalousien sind heruntergelassen, die Tür verschlossen, und ich sitze in meinem Zimmer, wo mich niemand sehen kann. Ich bin ein Feigling. Ich habe Angst, Blue. Ich will dich nicht alleinlassen. Ich werde es vermissen, dir dein Abendessen zu kochen. Ich werde es vermissen, dir in die Augen und dich lächeln zu sehen. Ich will nicht aufhören zu schreiben.

Aber ich muss jetzt los.

Dein Vater
Ollie

Ich wollte mir das Herz aus der Brust und in Fetzen reißen und es hier liegenlassen. Aber das tat ich nicht. Stattdessen wartete ich auf das Brechen des Damms in meinem Kopf. Ich wartete darauf, dass das Wasser stieg und stob. Ich starrte auf die Wörter und las sie immer und immer wieder, bis ich das Gefühl hatte, das Hirn würde mir aus dem Schädel kreiseln. Dann endlich spürte ich die Risse durch den Damm knacken. Ich atmete schneller. J-A-M-E-S. Fünf Buchstaben. Es lief mir kalt den Rücken hinunter, wenn ich diesen Namen las. Ich las ihn wieder. Immer und immer wieder. Ich formte ihn wieder und wieder mit den Lippen. Ich drückte mit der Fingerspitze darauf. James. Langsam wuchs ein Gedanke in mir und schlang sich um mein Herz. Anfangs war er ganz undeutlich. Er floss durch meine Adern, kroch in meine Lunge. Als ich seinen Namen aussprach, hinterließ er einen ekligen Geschmack auf meiner Zunge. Dann spürte ich es. Zorn. Innerlich hatte ich einen Tobsuchtsanfall. Nichts davon ließ ich nach außen dringen. Aber in meinem Inneren spürte ich eine unbändige Wut. James.

Und dann war es so weit. Der Damm barst. Und Ladies und Gentlemen und insbesondere Sie, Herr Doktor: Der Fluss fing nicht einfach so an zu fließen. Es war mehr als das. Er wurde ein reißender Strom, der in den Ozean mündete und ihn zum Brodeln brachte. Wellen, meterhoch, durchbrachen den Damm. Das Wasser färbte sich grau. Schmutzige Flaschen, Unrat und Scherben wurden aus der Tiefe emporgespült. Möwen mit öligem Gefieder kreischten über den Wellen, das Wasser schlug gnadenlos gegen meinen Schädel. Die Gischt prickelte auf meinem weichen Hirn wie der weiße Speichel eines tollwütigen Hundes. James.

4

Bevor ich weitermache, Herr Doktor, sollte ich Ihnen wahrscheinlich mehr über meinen Vater erzählen. Und über Daisy, wie sie einmal war. Über mein Leben, wie es einmal war. Über mein Buch.

Wir lebten ganz in der Nähe des falschen Teils der Stadt, den nur diejenigen kennen, die auch dort leben. Frierende Mädchen an Straßenecken, schwarz gekleidete Jungen, die mit tief in den Hosentaschen vergrabenen Händen in dunklen Gassen stehen. Dreckblinde Fenster. Speckige Türklingeln. Erbrochenes auf der Straße. Lichtschalter in den Wohnungen, die schwarz sind von all den Fingern, die sie berührt haben. Wenn jemand sich in diese Gegend verirrt, kurbelt er sofort die Autofenster hoch und stellt das Radio ab. Glücklicherweise lebten wir gerade noch auf der sicheren Seite, wo Kinder wie ich noch allein zur Schule gehen konnten, während nur ein paar Blocks weiter Kriminelle durch die Straßen zogen.

Damals waren Zigaretten ein Gottesgeschenk, und wer irgendeine Art von Schmuck trug, galt automatisch als reich. Ich besaß keinen Schmuck, aber ich hatte ein Seidenband, das ich durch einen Stein mit Loch gefädelt hatte – und das war meine Halskette. Ich hatte Dreck unter den Fingernägeln und dürre Beinchen.

Das Restaurant meines Vaters lag in der Crimson Street. Es hieß *The Olive Place.* Daisy kellnerte, mein Vater war der Koch, der beste Koch der Welt. Er hatte bei der Arbeit immer ein Lächeln im Gesicht. Er wollte, dass jedes seiner Gerichte perfekt schmeckte.

Daisy und er arbeiteten sehr hart. Von zehn Uhr morgens bis zwei Uhr in der Nacht, sieben Tage die Woche. Ollies Augen leuchteten jedes Mal, wenn er einen Gast beim berühmten ersten Bissen beobachtete. Er machte die Runde, plauderte mit den Gästen. Die kleinen Mädchen zwickte er in die Wange und sagte ihnen, sie würden mit jedem Mal hübscher, den jungen Männern klopfte er auf die Schulter und wollte wissen, ob sie schon eine Freundin hätten. Oft füllte er ihre Gläser nach, ohne es zu berechnen. Einfach, weil es ihn glücklich machte, andere Menschen glücklich zu sehen. Mein Daddy war ein guter Mann; mein Daddy hatte ein gutes Herz. Ich beobachtete ihn oft bei der Arbeit. Die Küche war seine Oase in der Wüste. Es war, als wäre er dort ein anderer Mensch. Ich las die Unschuld in seinen Augen, obwohl er vor lauter Sorgen, die er mir nicht erzählte (nicht erzählen konnte), einen ganz versteinerten Ausdruck im Gesicht hatte. Zu Hause war unsere Familie angespannt, hoffnungslos, zerrissen vor Stress; im Restaurant waren wir ganz, heil.

»Weiter geht's, Darling!«, rief er immer, wenn er einen neuen Teller für Daisy auf die Theke stellte. Von Zeit zu Zeit drehte er sich beim Kochen um und lächelte mir zu. Er sprang von Pfanne zu Pfanne und sang mit lauter Stimme. Kostete hier ein bisschen, probierte dort einen kleinen Schluck, um sicherzugehen, dass auch ja alles, was seine Küche verließ, köstlich schmeckte. Daisy brachte die Teller zum Tisch und schrieb niemals eine Bestellung falsch auf. Sie wischte den Boden, putzte die Fenster und achtete darauf, dass die Bilder alle gerade hingen und die Tische alle korrekt mit der Gabel und Serviette links und dem Messer rechts vom Teller gedeckt waren.

Als ich älter wurde und mir die Welt zusammenzureimen begann, überraschte es mich nicht, dass wir finanzielle Probleme hatten. Ich wurde sozusagen mit dem Wissen geboren, dass Geld für uns nie leicht verdient sein würde. Was ich nicht gewohnt war, war der Anblick meiner Familie beim Abstieg in die Bedrängnis der Armut, die Anspannung, die sich breitmachte, als der Vermieter die Miete erhöhte; diese Anspannung in mir war so greifbar, dass ich sie mit den Zähnen durchbeißen konnte.

Wir mussten Daisys Auto verkaufen. Jeden Tag kamen meine Eltern erschöpfter nach Hause, Daisy brach vor Stress und Frustration sogar oft in Tränen aus. Ich beobachtete Ollie beim Abendessen, wie er auf die unbezahlten Rechnungen starrte, die sich immer höher stapelten. Da meine Eltern sich keinen Babysitter mehr leisten konnten, schlief ich ein paar Mal in der Woche bei Anthony. Wir verstanden uns richtig gut. Ich kannte ihn, seit ich ganz klein war. Ich durfte immer lange aufbleiben, und wir bestellten oft Pizza. Manchmal backten wir

Kekse, weil er wusste, dass mich das glücklich machte. Glücklich. Glück ist ein komisches Wort, wenn man gar nichts mehr spürt. Wie eine versunkene Insel, eine vergessene Welt, die einmal eine Bedeutung hatte.

Eines Tages saß ich an meinen Hausaufgaben, und Anthony sah fern, als es auf einmal an der Tür klopfte. Anthony öffnete, und ich versteckte mich hinter seinem Rücken, wie Toto hinter Dorothy, nachdem das Haus gelandet ist und sie die Tür zum ersten Mal öffnet.

Es war mein Vater, er stand einfach da, keuchend und mit weit aufgerissenen Augen. Er blickte immer wieder hinter sich. Schließlich umarmte er Anthony ohne ein Wort. Selbst ich konnte sehen, dass das keine lockere Begrüßung zwischen Freunden war. Ollie schien Anthony etwas mitteilen zu wollen. Heute, rückblickend, weiß ich, dass er stumm um Hilfe rief. Wie eine vertrocknete Pflanze, die sich in den Boden krallt und verzweifelt hofft, nicht sterben zu müssen.

Ich hatte Ollie seit zwei Tagen nicht gesehen. Er ließ Anthony los, hob mich hoch und wirbelte mich herum.

»Mein kleiner Engel«, sagte er. »Meine kleine Prinzessin.«

Er trug schwarze Kleidung und eine schwarze Beanie-Mütze. Er griff in seinen Rucksack und zog ein Buch daraus hervor.

»Das habe ich als Kind fast jeden Tag gelesen. Du liest doch gern etwas über fremde Welten. Die Welt dieses Buches wird deine eigene Welt verändern. Es ist schon ein bisschen abgenutzt, aber das macht nichts. Vielleicht gefällt es dir ja auch. Es ist ein sehr bekanntes Buch«, erklärte er mir.

Er reichte es mir. Ich starrte es an. Dieser Moment war der Anfang von etwas Übernatürlichem, Herr Doktor. Vielleicht ist es der Auslöser für meinen Wahnsinn gewesen oder die Rüstung, die mich dagegen schützt. Wie auch immer, ich werde Ihnen nicht verraten, wie das Buch heißt. Noch nicht. Ollie sagte, ich solle mich ins Wohnzimmer setzen und das Buch lesen, während er Anthony in die Küche zog und die Tür hinter sich zumachte. Das war für mich nichts Neues, denn wenn Anthony kam, murmelten sie oft verschwörerisch oder gingen in einen anderen Raum, um hinter verschlossener Tür weiterzureden.

Etwa zehn Minuten später kamen sie zurück. Ollie kam zu mir, und ich bemerkte den verzweifelten Ausdruck in seinen Augen, ich sah, wie sich seine Mundwinkel krampfhaft nach oben ziehen wollten und er sie dann doch hängen ließ, weil es die Mühe nicht wert war. Er seufzte – ein langer Seufzer, der die unheimliche Stille durchbrach, den ich aber nicht deuten konnte. Ollie legte mir die Hände auf die Schultern und sah mir in die Augen. Bis heute fühle ich seine Hände auf meinen Schultern. Er küsste mich sanft auf beide Wangen. Die Macht der Liebe zwischen Vater und Tochter ist unermesslich, wie ich inzwischen weiß.

»Du wirst immer mein Baby bleiben. Hab dich lieb«, flüsterte er und strich mir mit dem Daumen über die Wange. In seinem Augenwinkel, nur für mich sichtbar, funkelte eine winzige Träne. Weder Anthony noch James, noch der Wachmann in der Bank hätten sie sehen können. Nur ich. Ich war sein Baby, ich war ein Teil von ihm.

»Hab dich auch lieb, Daddy«, erwiderte ich. Er zog die Wohnungstür hinter sich zu. Ich hätte ihn nicht gehen lassen dürfen.

Später, beim Abendessen, las ich noch immer in dem Buch, während ich mir achtlos Kartoffelbrei in den Mund löffelte. Den ganzen Abend legte ich es nicht zur Seite. Während Anthony fernsah, las ich weiter. Als er mich ins Bett brachte, las ich noch immer. Als ich mit dem Buch auf der Brust einschlief, träumte ich von der Geschichte.

Sie werden es nicht verstehen. Sie werden es nicht verstehen, bis Sie das Buch gelesen haben. Sie müssen wissen, Sie müssen verstehen, dass das Buch in meinem Inneren heranwuchs wie eine Rose, die ihre Dornen in meine Knochen schlug und mein Herz in ihren Blütenblättern einschloss.

Am nächsten Morgen öffnete Anthony vorsichtig die Tür und kam in mein Zimmer. Er versuchte leise zu sein, aber der knarzende Holzboden verriet ihn und weckte mich. Seine Augen waren rot und verquollen und wirkten, als wären sie schon lange wach. Meine hingegen öffneten sich gerade erst, und die helle Morgensonne floss sofort durch mich hindurch. Das Buch lag noch auf meiner Brust. Es bewegte sich mit ihr auf und ab. Als wäre es selbst ein Lebewesen.

»Komm hoch, Blue.«

Ich setzte mich auf. Getrocknete Tränen klebten auf seinen Wangen. Er seufzte.

»Ich muss dir etwas Wichtiges sagen.«

»Was denn?«

Er senkte den Kopf und fing an zu weinen. Seine Schultern zuckten, und er rang nach Luft. Ich war verwirrt, und eine schreckliche, würgende Angst machte sich in mir breit. Ich hatte Anthony noch nie weinen sehen. Etwas stimmte hier ganz und gar nicht. Sein Gesicht war verzerrt, um den Mund und die Augen herum gruben sich tiefe, dunkle Falten. Die Tränen liefen ihm jetzt übers Gesicht. Er versuchte gar nicht, sie wegzuwischen.

»Blue, hör zu. Ollie … Ollie wird heute Abend nicht nach Hause kommen. Ihm ist e-e-etwas passiert. O Gott …«, flüsterte er. »I-ich … Es tut mir so leid. Es tut mir leid. Ich habe versucht, ihn aufzuhalten. Er … Er ist jetzt im Himmel und wird auf Daisy und dich herabschauen, so dass du keine Angst haben musst, hörst du?« Seine Stimme zitterte.

»Was … Was ist denn passiert?«, flüsterte ich.

»Ich … ich glaube, es ist am besten, wenn ich –«

»Was ist passiert? WAS IST MIT MEINEM DADDY PASSIERT?!«, schrie ich plötzlich.

Dann kamen die Tränen. Ich heulte und kreischte, brüllte wie eine Wahnsinnige. Zog mir die Decke bis über die Nasenspitze. Schaukelte vor und zurück, in panischer Angst davor, was er sagen könnte. Tränen tropften mir von den Wangen und schmeckten salzig auf meinen Lippen, ich konnte weder sehen noch atmen, es war, als wäre ich in einen Sturm geraten, der mir die Luft aus den Lungen riss.

»Was ist passiert?«, schrie ich erneut.

»Sie … Er wurde erschossen, ja? Er … er – dein Vater hat versucht, eine Bank zu überfallen, verstehst du? Und der Wachmann hat ihn erschossen. Dieser Idiot. Dieses Arschloch – *dieses gottverdammte Arschloch!*« Seine Stimme wurde lauter. »*Er war verdammt noch mal wie ein Bruder für mich!* Wie konnte er nur – *oh, dieses Arschloch!*«, schrie er, und Tränen liefen ihm über die Wangen. »Es tut mir leid, Blue, es tut mir leid!«

Mein Herz sackte weg. Meine Augäpfel. Ich nahm das Buch in meine zitternden Hände und hielt es mir vor die Augen. Ich konnte Anthony nicht ins Gesicht sehen. Der Dämon der Verzweiflung zerrte an meinem Herzen, ich wollte ihm nicht begegnen. Es war, als würde ich mir eine beschlagene Glasscheibe vors Gesicht halten. Die Wirklichkeit war ein Stück Glas; ohne Schleier, ohne Verhüllung; die bittere Wahrheit. Ich wollte nicht, dass der Nebel sich lichtete.

»Nein, nein, nein, nein. Das passiert nicht wirklich. Es ist nicht wahr«, winselte ich, »das … das kann nicht wahr sein … *Das kann nicht wahr sein!*«, rief ich. »Ich … Ich muss nur lesen! Ich muss nur lesen … dann wird alles gut … Lass mich einfach lesen!«

»Blue … bitte. Sieh mich an!«, rief Anthony.

Ich klappte das Buch auf und fing auf einer der ersten Seiten an zu lesen.

»Toto sprang aus Dorothys Arm und versteckte sich unter ihrem Bett. Während das Mädchen ihn einzufan-

gen suchte, klappte Tante Em in größter Besorgnis die Falltür im Boden auf und kletterte die Leiter hinunter in das enge dunkle Loch. Endlich erwischte Dorothy den Hund und wollte ihrer Tante folgen. Als sie aber das Zimmer zur Hälfte durchquert hatte, heulte der Wind plötzlich schrill auf, und das Haus bebte so sehr, dass sie den Halt verlor und, ehe sie wusste, wie ihr geschah, auf dem Boden saß.«

Die Wörter drangen in meinen Kopf und setzten sich in meinem Hirn fest. Lies.

»Blue! Antworte mir! Ich … ich weiß, wie schlimm das für dich sein muss. Bitte sprich mit mir!«

Ich gab jetzt keinen Ton mehr von mir, ich blätterte um und hoffte, ein anderes Gefühl würde mich überkommen. Bitte, lass mich einfach lesen, dachte ich. Bitte lass mich lesen, und *lass mich allein*!

»Stunde um Stunde verging. Allmählich kam Dorothy über ihren Schrecken hinweg. Aber sie fühlte sich ziemlich verlassen, und der Wind um sie herum heulte so laut, dass sie beinahe taub wurde.«

Plötzlich hielt der Dämon der Verzweiflung meinen Kopf in seinen Klauen. Krallte sich in meine Adern. Und da sitzt er noch immer und wird mich niemals verlassen. Er hat mir den Willen zu sprechen genommen.

Ich wurde zu Daisy zurückgeschickt, in die Wohnung, in der wir mit Ollie gelebt hatten. James, dem das Restaurant jetzt gehörte, feuerte Daisy, stellte eine andere Kellnerin ein und benutzte das Hinterzimmer wahrscheinlich für seine Treffen mit anderen aalglatten Unterweltfieslingen. Daisy wurde langsam, aber sicher verrückt. Sie hielt es in der Wohnung nicht aus ohne Ollie, alles erinnerte sie an ihn. Also gingen wir nach zwei Wochen einfach. Wir verließen die Stadt. Nahmen den Bus nach Florida, wo ich zur Schule gehen musste und den ganzen Kram. Die Schule steckte mich in eine Förderklasse, weil ich eine ›geistige Behinderung‹ hätte, wie sie sagten, außerdem sei ich »unfähig, mich geistig an Veränderungen anzupassen und zu kommunizieren«. Mit anderen Worten, Sie stempelten mich als Soziopathin ab. Ich wünschte nur, Sie hätten Daisy sehen können, wie sie das Koks Abend für Abend vom Küchentisch schnupfte und hysterisch weinte, während sie im Zeitraffer unsere kleine Wohnung putzte oder in Rekordzeit Mahlzeiten kochte, die sie hinterher ungegessen wegwarf. Das war ihre schlimmste Zeit. Fünf Jahre. Fünf Jahre lang lebten wir in diesem Dreckloch.

Ja, Herr Doktor, Daisy fing in Florida an, Drogen zu nehmen. Sie tat, was nötig war, um ihrem Körper das Zeug zu beschaffen. Manchmal kam sie tagelang nicht nach Hause. Ich aß zum Frühstück Wackelpudding, weil der Kühlschrank leer war und ich kein Geld finden konnte, sie hat ja alles für dieses Scheißzeug rausgeworfen.

Ich bin nicht diejenige mit der Kokainsucht, Herr Doktor, warum verstehen Sie denn nicht, dass nicht ich die Verrückte bin?

Sie hatte ein spezielles Metallköfferchen für ihre Utensilien. Ich fand es einmal zufällig, als ich meine Schuhe suchte. Ich hatte überall nach ihnen gesucht, nur noch nicht in ihrem Zimmer. Nachdem ich mich also durch ihren Kleiderschrank gewühlt hatte, suchte ich unter dem Bett, und dort fand ich den Koffer. Bis auf ein paar zerknitterte Dollarscheine und winzige, aufgebrauchte Plastiktütchen war er leer.

Manchmal versuchte sie einen kalten Entzug, dann schwitzte sie am ganzen Körper, aber wenn ich die Fenster aufmachte, fing sie vor Kälte an zu zittern, also schloss ich die Fenster wieder und drehte die Heizung auf. Daisy verdiente etwas Geld, indem sie dealte. Sie schuldete vielen Dealern in Florida Geld, also flohen wir aus der Stadt und zogen zurück nach Marlinville, die Dealer sahen ihr Geld nie wieder. Daisy kokste sich den Verstand weg, um sich Erleichterung zu verschaffen, ich versuchte meinen zu behalten und las Seite um Seite.

Auf Koks war sie das Böse schlechthin, zerstörerisch, schmerzhaft hässlich wie die boshafte, dämonische Hexe, die sie war. Sie sprach nie offen mit mir darüber. Wenn sie mich mit ihrem bohrenden Blick ansah, nannte ich sie innerlich jedes Mal den Dämon. Nicht wie die Dämonen in meinem Hirn, Herr Doktor. Nein, nein. Daisy ist schlimmer. Daisy ist lebensgefährlich. Daisy ist meine Mutter.

5

Nie tat ich Daisy körperlich weh. Und trotz meiner Wut über ihre Sucht schrie ich sie nie an. Versteckte auch nicht ihr Koks, damit sie endlich aufhörte. Ich beachtete sie einfach nicht, sondern tat so, als wäre alles ein Traum. Ich versteckte die Wirklichkeit hinter meiner eigenen Traumwelt. Wie ich das geschafft habe, fragen Sie? Das Buch.

Mein Buch ermöglichte mir das Träumen. Das tut es noch immer. Ich habe mein wunderschönes, spannendes Buch, das mir hilft; ich habe meine eigene Welt, in die ich eintauchen kann, wann immer ich will. Ich glaube daran, dass meine Seele genau dort landen wird, wenn ich sterbe, hinter dem Regenbogen, in dieser Welt. Es ist mein einziger Besitz. Die faszinierendste Geschichte, die je geschrieben wurde, über ein Mädchen, das mit seinem Hund und seinem Haus in einen Wirbelsturm gerät. Und dann ist der Sturm vorbei … Er ist vorbei, und das Haus steht plötzlich an einem anderen Ort, und man fragt sich, wo sie wohl sind … Das ist geradezu hypnotisierend, Herr Doktor.

Das Haus landet also, und das Mädchen, Dorothy, öffnet die Haustür und sieht etwas, das atemberaubender ist als alles andere auf der Welt, etwas so Verheißungsvolles, dass ich beim Lesen die ganze Zeit denken musste: Bitte, lieber Gott, lass unsere Welt auch so sein.

Als Dorothy nun diese wunderbare Landschaft um sich herum betrachtet, wird sie von einer Gruppe von kleinen Leuten begrüßt. Sie erklären ihr, dass sie gerade die böse Hexe des Ostens getötet hat; ihr Haus hat sie unter sich begraben. Die Hexen des Nordens und des Südens sind gute Hexen, und die Hexe des Westens ist böse und, wie sich herausstellt, unglücklicherweise noch am Leben. Die kleinen Leute sind Dorothy dankbar, dass sie eine der beiden bösen Hexen getötet hat, und bestaunen sie, da sie nicht aus Oz kommt, sondern aus einem weitentfernten Land, das sich Kansas nennt. Sie raten ihr, die silbernen Schuhe der bösen Hexe des Westens zu tragen, also zieht Dorothy sie an. Dorothy erklärt den kleinen Leuten, dass sie nur nach Hause nach Kansas will, zu Tante Em und Onkel Henry, bei denen sie lebt. Daraufhin raten ihr die kleinen Leute und die Hexe des Nordens, Oz, den großen Zauberer aufzusuchen, da nur er ihr helfen kann. Um ihn zu finden, muss sie dem gelbgepflasterten Weg folgen. Und das ist der Anfang von Dorothys langer Reise, auf der eine Vogelscheuche ohne Gehirn, ein blecherner Holzfäller ohne Herz und ein Löwe ohne Mut zu ihr stoßen, alle auf der Suche nach der einen Sache, die ihnen fehlt.

Die böse Hexe des Westens ist wütend, weil Dorothy ihre dämonische Schwester getötet hat, und will sie davon abhalten, ans Ziel ihrer Reise zu kommen; doch obwohl sie ihr immer wieder neue Hindernisse in den Weg legt und auch versucht, das Mädchen zu töten, erreichen am Ende Dorothy und ihre Freunde dennoch die Smaragdstadt, die Hauptstadt des Landes Oz, in der der Zauberer lebt. Doch als sie dem großen Zauberer endlich gegenüberstehen, will er ihnen ihre Wünsche nicht erfüllen … Es sei denn, sie bringen vorher die böse Hexe des Westens um. Nach vielen Kämpfen und jeder Menge Angst und Tränen gelingt es Dorothy schließlich, die böse Hexe zu töten – wenn auch nicht absichtlich.

Sie schüttet der Hexe Wasser über den Kopf, ohne vorher zu wissen, dass sie dadurch schmelzen würde. Die Freunde kehren zurück in die Smaragdstadt, und der Zauberer erfüllt allen – der Vogelscheuche, dem Holzfäller und dem Löwen – ihren Wunsch, nur Dorothy nicht. Warum? Weil er gar nicht weiß, wie er sie zurück nach Kansas bringen soll, da man dieses Land in Oz nicht kennt. Dorothy ist verzweifelt, doch dann erscheint Glinda, die gute Hexe des Südens, und erklärt dem Mädchen, es müsse nur die Silberschuhe dreimal mit den Hacken aneinanderschlagen und ihren Wunsch laut aussprechen. Daraufhin schließt Dorothy die Augen, schlägt die Hacken zusammen und sagt: »Bringt mich nach Hause zu Tante Em!«

Nur Augenblicke später öffnet sie die Augen, sieht sich um und stellt fest, dass sie wieder in Kansas ist, bei den Menschen, die sie liebt, an dem Ort, den sie ihr Zuhause nennt.

Immer, wenn ich die Geschichte las, dachte ich, ich würde absolut alles tun, damit unsere Welt auch so wäre. Wenn doch nur schimmernde Flüsse durch die Straßen fließen, üppige Blumen zwischen den Häusern wachsen würden, eine gute Hexe existieren könnte, um unsere Welt zu beschützen, statt der verunsichernden, unsichtbaren Mächte, die unser Schicksal gegen unseren Willen bestimmen. So hangelte ich mich von Tag zu Tag, indem ich die Geschichte immer und immer wieder las und mir vorstellte, ich befände mich selbst im Lande Oz. Mein einziges Hobby, meine einzige Hoffnung war das Lesen. Lies weiter, dachte ich, und du wirst irgendwann in diese Welt gelangen, Blue, irgendwann wird das Lesen dein Herz so sehr ausfüllen, dass es zerspringt und über den Regenbogen ins Land Oz schwebt und dich mitnimmt. Wenn du deine Traurigkeit überleben willst, dann *lies*.

Sehen Sie, Doktor? Ich bin weder gewalttätig noch mordlustig. Ich bin in ein Buch verliebt. Sonst nichts. Nehmen Sie mir das nicht übel. Vielleicht war die Hand schuldig, die die Pistole gehalten hat, vielleicht war das Blut unter meinen Fingernägeln schuldig, aber meine Gedanken waren es nicht. Meine Gedanken waren immer unschuldig. Meine Taten waren ein Akt der Rechtschaffenheit, sie sollten das Gleichgewicht der Gerechtigkeit wiederherstellen. Sonst nichts.

Oh, tut mir leid, ich hatte doch versprochen, Ihnen den Titel meines Buches zu verraten. Da erzähle ich den ganzen Inhalt und vergesse, den Titel zu nennen! Das hier, das ist der Titel, das ist der Titel meines Lebens: *Der Zauberer von Oz.*

6

Zurück zur ungeschönten Wahrheit. Deswegen sind Sie ja hier, Herr Doktor. Nachdem ich Ollies Brief gelesen hatte, verbrachten Daisy und ich den Rest des Tages in unserem Hotelzimmer. Daisy sah fern, und ich zählte die Fliesen im Badezimmer. Sie fragte mich nie mehr nach dem Brief. Vielleicht wusste sie, warum Ollie mir geschrieben hatte. Ich wollte nicht fragen. Bestimmt hätte sie sonst wieder einen Anfall gekriegt.

Vor einiger Zeit hatte Daisy sich die Regel ausgedacht, dass ich nur sonntags lesen dürfe. Wenn ich mich nicht daran hielte, wollte sie das Buch vor meinen Augen verbrennen. Ich brach die Regel gleich am nächsten Tag. Sie machte ihre Drohung nicht wahr.

Als der Himmel langsam schwarz wurde, wollte sie uns bei dem McDonald's auf der anderen Straßenseite zwei Tüten Pommes holen.

Ich wusste, ich musste schnell sein. Sobald sie aus der Tür war, stürzte ich quer durch den Raum, kroch unter ihr Bett und fing an, ihren Koffer zu durchwühlen. Ich musste wissen, ob sie Koks mitgebracht hatte. Ob sie immer noch drauf war. Ich musste wissen, ob sie ihre Versprechen genauso wenig hielt, wie ich meine. Ich suchte in ihrem Klamottenhaufen, in ihren Schuhen, in den Taschen ihrer Jeans. Als ich dort keines von den kleinen Plastiktütchen finden konnte, suchte ich in der Kommode neben ihrem Bett weiter, aber darin fand ich nur einen alten BH und eine in schwarzes Leder gebundene Bibel, die mich böse anfunkelte. Ich warf die Schublade zu und rannte ins Badezimmer, wo ich auf Knien hinter der Toilette suchte. Ich flitzte zurück ins Wohnzimmer und durchsuchte ihre Handtasche, die auf dem Boden lag. Als ich den Reißverschluss ihres Make-up-Täschchens öffnete, ertasteten meine Fingerspitzen Plastik. Ich zog es raus. Da war es. Ein winziges Tütchen, gefüllt mit weißem Puder.

Daisy hatte mir auf der Busfahrt von Florida zurück nach Marlinville geschworen, dass sie aufgehört hatte. Mir versprochen, dass sie »ein neues, gesundes Kapitel in unserem Leben aufschlagen« würde. Das hatte sie gesagt. Sie hatte die Worte mit ihrem beschissenen Mund geformt, sie hatten ihre Lippen verlassen, sie hatte es mir versprochen. Die Lügnerin.

Ich ballte die Faust um das Tütchen und biss die Zähne zusammen. Ich wollte das Koks am liebsten aus dem Fenster werfen und der Welt verkünden, es schneie. Ich schnappte mir ein Kissen, riss an dem Stoff, bis die Füllung herausquoll, und warf es quer durchs Zimmer. Ich zerrte das weiße Laken vom Bett, wickelte mich darin ein und betrachtete mich im Spiegel. Ich war der Yeti. So weiß wie das Koks in dem Plastiktütchen. Ich wollte auf dem Teppich zerfließen und von der Erdoberfläche verschwinden.

Auf dem Flur erklangen Schritte. Die Tür ging auf,

und Daisy kam mit zwei Papiertüten mit Pommes und Ketchup zurück. Warmer Frittiergeruch erfüllte den Raum. Blitzschnell stopfte ich das Tütchen zurück in ihre Tasche, warf das Laken ab, kletterte zurück aufs Bett und tat so, als würde ich lesen.

»Was ist denn *hier* los?«, rief Daisy kauend. Sie blickte auf das Kissen und das Bettlaken am Boden. Dann bemerkte sie ihre offene, durchwühlte Tasche. Ich sah ihr ins Gesicht. Sie runzelte die Stirn und hörte schlagartig auf zu kauen.

»Was zum Teufel hast du gemacht?!«, rief sie und ließ die Papiertüten auf den Tisch fallen. »Warum wühlst du in meinen Sachen? Was stimmt bloß nicht mit dir?!«

Mit mir stimmt alles. *Du* bist die böse Hexe des Westens, *du* bist eine Betrügerin, *du* ruinierst alles, *du* bist der Droge verfallen wie die Hexe dem ewigen Hass. *Ich* bin Dorothy.

»Du kannst nicht dauernd so einen Scheiß machen und glauben, dass du damit davonkommst! Wie fändest du es, wenn ich das Gleiche mit dir machen würde, hm?«, schrie sie. Sie leckte sich das Salz von den Lippen, nahm ihre Handtasche und schleuderte sie auf den winzigen Schreibtisch in der Ecke.

Ich habe nichts, was man durchwühlen könnte. Ich habe nur mein Buch.

»Du gehst mir echt auf die Nerven«, knurrte sie und kam zu mir herüber. Ich blickte ihr fest in die Augen. Ihr blondes Haar war wie immer ungewaschen und ungekämmt, ihr Blick leer. Ich konnte durch sie hindurchsehen. Ich sah ihre Seele. Eiskalt. Hart. Das war nicht die

Daisy, die ich kannte. Das war nicht meine Daisy. Und sosehr ich es mir auch wünschte: Das hier war kein Traum.

»Entschuldigst du dich vielleicht mal? Sprichst du mit mir? Hm? Sprichst du *jemals* wieder mit mir?!«, schrie sie. Sie packte mich an den Schultern und schüttelte mich. »Sag was, Blue!«

Ihre Finger brannten sich durch meine Haut und legten sich um meine Knochen. Ich war ein Stapel Knochen mit Haut und Haar. Lass mich los! Fass mich nicht mit deinen Drogenfingern an! Ich erinnerte mich an Sommertage am See, das war Jahre her. Sie hielt mich an den Armen und wirbelte mich im Wasser herum, als wäre ich eine fliegende Meerjungfrau.

Jetzt ließ sie mich und meine Knochen los und wandte sich ab.

»Was soll ich nur mit dir machen?«, murmelte sie und schüttelte resigniert den Kopf. Geräuschlos nahm ich mein Buch, ließ mich vom Bett hinunterrutschen und versteckte mich dahinter vor Daisy. Ich fing an zu lesen. Daisy glaubte, ich hätte nur zum Spaß aufgehört zu sprechen. Doch ich wartete nur darauf, dass jemand mein Schweigen hörte. Ich wartete darauf, dass jemand meine stummen Schreie hörte. Aber niemand hörte sie.

Heute habe ich nach drei Wochen zum ersten Mal Antworten auf Ihre Fragen, Herr Doktor. Ich habe sie nicht laut ausgesprochen, sondern nur auf dem Papier, wie immer. Ich habe Ihnen die Antworten nicht gezeigt, dafür war ich zu nervös. Aber ich habe sie jetzt aufgeschrieben.

»Beschreiben Sie in einem Satz, wer Sie sind.«

Niemand.

»Sehen Sie Dinge, die es gar nicht gibt?«

Es gibt sie wirklich, glaube ich.

»Nennen Sie ein paar Dinge, die Sie mögen. Es kann alles Mögliche sein.«

Wahnsinn und Trübsinn.

Ein paar Tage später eröffnete mir Daisy, wir könnten jetzt in unsere neue Wohnung ziehen. Es war noch sehr früh am Morgen, als wir unsere Klamotten und unser Zeug zurück in die Koffer stopften. Daisy schaute auch unter dem Bett nach, damit wir nichts vergaßen. Mit meiner braunen Hose, die sie mir bei der Heilsarmee besorgt hatte, und Ollies blauem Wollpulli sah ich aus wie ein Haufen Klamotten, der einen Körper trug. Als Daisy schon die Tür öffnete, rannte ich noch schnell ins Badezimmer, schnappte mir ein Stück rosa Seife und steckte es in die Tasche. Dann holte ich meinen Koffer aus dem Wohnzimmer. Auf dem Weg durch den Flur grub ich die Fingernägel in die rosa Seife. Das Weiß meiner Nägel war jetzt rosa. Sah aus, als hätte ich mir die Nägel machen lassen. Ich musste grinsen.

Unterwegs waren die Straßen wie leergefegt, bis auf ein paar Obdachlose, die in ihren Ecken schliefen. Irgendwo roch ich Erbrochenes. Der Gehweg war mit Tausenden von Kaugummis überzogen, über die so viele Leute gelaufen waren, dass sie schwarz waren vor Dreck. Nur ab und zu fuhr ein Auto vorbei. Die Geschäfte hatten noch keine Kundschaft, und die Verkäuferinnen an den Kassen gähnten und lasen gelangweilt Zeitschriften. Die Sonne ging auf. Der Himmel war orange und hellblau, und ganz am Ende des Horizonts hieß uns ein kleines Fleckchen Sonne willkommen. Ich war dankbar, dass der Himmel beschlossen hatte, uns nicht auf den Kopf zu fallen. Ich dachte an all die Menschen auf der anderen Seite des Planeten, die im Dunkeln schliefen.

Die Bank an der Bushaltestelle war voller eingeritzter Herzen, in denen Pfeile steckten und auf denen Namen wie Bob + Judy prangten, wobei die meisten mit schwarzem Filzstift wieder durchgestrichen waren. So viel verschwendete Liebe. Billige Liebe, die nur eine Nacht hielt und am nächsten Morgen verflogen war.

Wir würden den Bus zur Devon Street nehmen, erklärte mir Daisy; dort lag unsere neue Wohnung. In dem Bus saß außer uns nur ein bärtiger Obdachloser. Es war sechs Uhr morgens, und alles, was ich wollte, war, tausend Jahre lang zu schlafen. Falls ich jemals wieder aufwachte, hoffte ich, in dem Mohnblumenfeld neben Dorothy aufzuwachen, die dort ebenfalls eingeschlafen war. Es war kein gewöhnliches Mohnblumenfeld, es wurde nicht umsonst »Das tödliche Mohnfeld« genannt, denn der Geruch der Blumen machte einen so schrecklich müde und benommen und erschöpft, dass man nicht anders konnte, als sich auf den Boden zu legen und zu schlafen und zu riskieren, nie wieder aufzuwachen. Aber das war mir egal. Für immer in einem Mohnfeld zu schlafen kam mir gar nicht so schlimm vor.

Fünfzehn Minuten später stiegen wir aus dem Bus.

»Es ist direkt hier«, sagte Daisy und zeigte auf ein

hohes Gebäude vor uns. Es war dunkelgrau und sah ausgewaschen aus, als hätte es zu oft und zu lange im Regen gestanden. Das Fenster über der Eingangstür war mit Stickern beklebt. Wir nahmen unsere Koffer, und ich öffnete die Tür. Klebriger Türknauf. Ich wischte mir die Hände an der Hose ab. Daisy bestand darauf, den Aufzug zu nehmen, sie wollte die Koffer nicht die Treppen hochschleppen, aber ich schüttelte heftig den Kopf.

»Komm schon, Blue. Sei kein Baby«, sagte sie.

Ich schüttelte wieder den Kopf. Ich traue Aufzügen nicht, Maschinen im Allgemeinen. Mit irgendeiner Art von Hexerei müssen sie doch betrieben werden, um allein zu funktionieren, und damit wollte ich nichts zu tun haben.

»Schön. Dann nimmst du eben die Treppe. Ich nehme jedenfalls den Aufzug. Himmelherrgott!«

Insgeheim hoffte ich, der Aufzug würde sie runter in die Hölle fahren. Dann würde sie mich nie wieder mit ihrer Kokainsucht nerven. Ich sah zu, wie die Aufzugtüren sich schlossen, und nahm dann die Treppe.

Daisy stieß die Tür auf, und wir sahen uns um. Unsere Wohnung hatte dunkelblaue Wände. Die Küche war weiß und hatte rostbraune Ecken. Ich wagte es nicht, diese Ecken zu berühren. Die Wohnung war möbliert mit einem Sofa und einem Tisch in der Küche. Hinter einer Tür entdeckte ich ein kleines Zimmer – mein Schlafzimmer? – mit einem Schrank und einem Bett genau in der Mitte und mit sehr weißen Wänden. Ich sah zur Decke. Sie war schwarz und mit großen, weißen, wunderschönen Sternen bemalt. Ich kniff die Augen zusammen und stellte mir vor, ich wäre im Weltall und würde zwischen den Sternen tanzen auf meinem Weg nach Oz.

Ja, ich hatte dort mein eigenes Zimmer. Als ich *hierher* kam, war das anders, Herr Doktor. Am Anfang jedenfalls. Als ich hierherkam, wurde ich mit einer Zimmergenossin zusammengesteckt. Danielle. Sie war schizophren. Einundzwanzig. Ich bin die Jüngste hier. Sie erzählte mir, sie würde nachts manchmal von einem Mädchen geweckt, das auf meinem Bett saß und Nägel kaute. Es war wahrscheinlich das fröhlichere, glücklichere Mädchen, das ich einmal gewesen war, mein verlorenes Ich, das sorgenvoll darauf wartete, in meinen Körper zurückkehren zu können. Also blieben wir die ganze Nacht wach und warteten darauf, dass sich das Mädchen auf mein Bett setzte. Danielle erklärte mir auch, dass die Klinikmitarbeiter in Wirklichkeit Vögel wären, die sich nur als Menschen verkleidet hatten, unter ihren Masken steckten riesenhafte Raben und Tauben. Aber das Personal kam Danielle auf die Schliche und nahm sie mit. Seither habe ich sie nicht mehr gesehen.

7

Am nächsten Tag brachte Daisy mich zur Schule, wo ich die Schulleiterin kennenlernen sollte. Die Schule war nur zwei Blocks von unserer Wohnung entfernt, also gingen wir zu Fuß. Der Himmel war grau. Das Schulgebäude war ein Ziegelbau, die Wände mit Graffiti beschmiert. Ich wollte da nicht rein. Ich wollte keine neuen Leute mit neugierigen Blicken, die wie die Krähen mit ihren Schnäbeln nach meiner Haut picken und mir in die Ohren krächzen würden. Ich hatte immer das Gefühl, ich wäre die Einzige, die Angst vor Fremden hat. Wahrscheinlich, weil Menschen ohne Hirn sich nicht von krähenartigen Fremden einschüchtern ließen, so wie die Vogelscheuche in meinem Buch nie Angst vor den Krähen gehabt hatte.

Ich blieb stehen.

»Mein Gott, Blue, jetzt komm«, zischte Daisy, packte mich am Handgelenk und zerrte mich hinein. Wir durchquerten den Gang zum Sekretariat.

»Wir haben einen Termin bei der Schulleitung«, sagte Daisy.

Eine übergewichtige Frau sah zu uns auf. Sie trug eine billige Bluse mit winzigen Blümchen und eine schwarz gerahmte Brille.

»Die McGregors für den Termin um zwölf Uhr dreißig?«, fragte sie. Daisy nickte.

»Gut«, sagte die Frau und schob ein paar Papiere hin und her. Sie vermied jeglichen Augenkontakt. Ich fand das unmenschlich. »Setzen Sie sich doch. Sie ist gleich so weit.«

Daisy setzte sich. Ich blieb am Schreibtisch der Frau stehen und verzog den Mund missbilligend, während ich ihre kleinen Augen anstarrte, die ihrerseits auf den Computerbildschirm starrten. Ich nahm einen lila Stift mit der Aufschrift *Las Vegas!* aus ihrer Stiftebox. Ganz langsam sah sie zu mir auf und blickte mich finster an.

»Blue! Komm sofort hierher!«, zischte Daisy. Ich drehte mich um und sah, wie sie dazu wild gestikulierte.

Ich stellte den blöden Stift zurück in die Box und setzte mich neben Daisy.

»Das fängt ja schon gut an«, fauchte sie leise. Neben uns stand ein Tischchen mit verknickten Zeitschriften.

Zugegeben, normalerweise hörte ich besser auf sie. Ich atmete tief durch, um mich zu beruhigen, damit Daisy mir nicht noch in aller Öffentlichkeit den Hintern versohlte, holte das Buch unter meinem Arm hervor und schlug es auf. Dann zog ich einen blauen Filzstift aus der Tasche. Ich fing an, jeden schönen Satz zu markieren, auf den ich stieß. Das machte ich oft, aber ich benutzte jedes Mal eine andere Farbe. Mein Buch ist voller markierter Sätze. Und es ist voller unterstrichener Sätze, die ich toll fand, voller eingekreister Wörter. Es ist außerdem voller Teeflecken von den Tagen, an denen ich beim Lesen Tee trank.

Daisy beobachtete mich aus dem Augenwinkel, damit ich auch ja keinen Unsinn machte. Ein paar Minuten später lehnte sie sich zu mir herüber.

»Es reicht. Pack das Buch weg«, sagte sie und schaute, ob die Dame uns auch nicht beobachtete. Sofort war es vorbei mit meiner friedlichen Verfassung. Ich sah sie an und rührte mich nicht. Ich ballte die Faust so fest um den Filzstift, dass ich glaubte, er müsste gleich explodieren.

»Bitte.«

Bevor ich reagieren konnte, öffnete sich die Tür. Eine kleine Frau in einem langen braunen Rock und lila Pullover steckte den Kopf zu uns heraus und schenkte uns ein breites Lächeln. Sie musste so oft gelächelt haben, dass ihre Mundwinkel schon ganz ausgeleiert waren. Jedenfalls wollte sie nicht mehr lächeln.

Sie hieß uns willkommen, bat uns in ihr Büro, und als sie sich vorstellte, fiel mir ein winziger roter Lippenstiftfleck auf ihren Schneidezähnen auf. Aus irgendeinem Grund machte mich das aggressiv.

Das Büro war dunkel. Dunkler Teppich, dunkle Wände, dunkler Schreibtisch. Die Schulleiterin – sie hieß Miss Fisher – setzte sich hinter ihren großen dunklen Schreibtisch und bedeutete uns, auf den zwei dunkelgrünen Kunstlederstühlen davor Platz zu nehmen. Bestimmt war sie eine dieser Frauen, die zu Hause einen Haufen Katzen hielten und zu Datingabenden für Singles gingen.

»Auf welcher Schule warst du denn zuletzt?«, fragte sie mich. »Hast du die Schulwechselunterlagen dabei?«

»Wir haben fünf Jahre lang in Belony in Florida gelebt, sie ist dort auf die Roosevelt Elementary gegangen«, antwortete Daisy für mich. Sie holte die Papiere aus ihrer Handtasche und überreichte sie der Direktorin.

»Wunderbar«, sagte Miss Fisher, als sie die Papiere überflogen hatte und sie an die Schreibtischkante legte. »Und, wie fühlt es sich an, auf eine neue Schule zu kommen? Freust du dich schon? Oder hast du ein bisschen Bammel?«, fragte sie mich mit einem Glucksen.

Schweigen.

Sie wartete einen Augenblick, richtete sich dann auf und fuhr fort. »Du wirst dich hier bald schon wie zu Hause fühlen, das verspreche ich dir. Die Lehrer und Schüler gehen sehr respektvoll mit neuen Schülern um. Kennst du vielleicht schon ein paar Mädchen, die hier zur Schule gehen?«

Schweigen.

Sie sah Daisy an. »Sie … steht wohl immer noch ein bisschen unter Schock, was?«

»Na ja, eigentlich …«, begann Daisy und räusperte sich. »Es gibt da ein kleines Problem … Blue, äh … Blue spricht nicht.«

Ein langes, entsetztes Schweigen folgte. Ich trommelte mit dem Finger zum Rhythmus der Stille, einer Melodie, die gegen meinen Schädel tickte.

»Sie spricht nicht? Gar nicht? Wurde sie so geboren, oder hat es zu einem bestimmten Zeitpunkt angefangen? Hat sie auch eine geistige Behinderung? Entschuldigen Sie, dass ich so direkt frage, aber ich muss so etwas wissen, bevor ich sie für den normalen Unterricht einteile.«

»Sie … es … ich, ich bin mir nicht sicher. Ich weiß es

nicht. Es ist einfach… passiert. Sie redet einfach nicht. Die andere Schule hat eine antisoziale Persönlichkeitsstörung diagnostiziert. Sie sagten, sie wäre eine Soziopathin«, erklärte Daisy und fühlte sich dabei sichtbar unwohl.

Miss Fisher sah mich an wie ein exotisches Tier. »Sind in dem Stapel, den Sie mir gegeben haben, Unterlagen über ihre geistige Behinderung?«

»Nein.«

»Haben Sie irgendeine Art der Bestätigung ihrer Behinderung mit Evaluation und Klassifikation?«, fragte sie. Ihre langen Wörter machten mich schwindelig.

»Nein. Sie haben einfach irgendeinen Test mit ihr gemacht und gesagt, Blue hätte diese Störung. Aber sie ist nicht verrückt. Sie ist ganz normal, wirklich«, beharrte Daisy.

Miss Fisher sah sich im Raum um. »Hm. Tja, da Sie die Papiere nicht dabeihaben, werde ich wohl die alte Schule anrufen und mir bestätigen lassen müssen, dass Ihre Tochter diesen Test auch tatsächlich gemacht hat. Wie hieß die Schule noch gleich? Lincoln?«

»Roosevelt. Roosevelt Elementary. In Belony City.«

Miss Fisher schrieb den Namen auf einen Klebezettel. »Ich rufe Sie an, sobald ich die Bestätigung habe«, sagte sie und stand auf.

Sie schüttelte uns die Hände und verabschiedete sich. Das Lächeln war ihr definitiv vergangen.

Auf dem Rückweg fing ich wieder an, Wörter in meinem Buch zu markieren. Als Daisy an einem Zebrastreifen stehenblieb, stieß ich, den Kopf in meinem Buch, mit ihr zusammen.

»Mein Gott, Blue!«, sagte sie.

Ich sah auf.

»Du siehst doch, dass ich sauer bin. Du hast mich da drin auflaufen lassen. Verstehst du nicht, wie peinlich es für mich ist, der Schulleiterin vorlügen zu müssen, dass du wie die anderen bist? Und du sitzt einfach da und grinst in dich rein und machst den Mund nicht auf. Nie machst du ihn auf. Du bist ein gottverdammter Zombie. Ich halte das nicht mehr aus«, jammerte sie. »Jetzt steck das Buch endlich weg und benimm dich ausnahmsweise mal wie ein normales menschliches Wesen. Merkst du nicht, wie anstrengend das für mich ist? Merkst du nicht, was du mir damit antust, hm?«

Wir überquerten die Straße. Ollie. Ollie hätte mich nie so behandelt, er hätte mich hundertmal besser behandelt als Daisy, er hätte mich nie für seinen Schmerz verantwortlich gemacht. Ollie hätte mich in den Arm genommen und gesagt, ich solle mich beruhigen, alles würde gut werden.

Aber was sollte ich machen, Herr Doktor? Sagen Sie es mir, mein Vater ist nämlich tot. Er verrottet in der Erde. Seine Haut ist inzwischen wahrscheinlich schon ganz ekelig und schleimig und schrumpelig. Die Augäpfel sind bestimmt schon aus den Höhlen gefallen. Dabei mochte ich seine Augen immer so, Herr Doktor. Er hatte schöne Augen. Sein Lächeln mochte ich auch, und seine Zähne, und jede andere Kleinigkeit an ihm. Wie kann ein so mutiger Mann nur so dumm gewesen sein?

Wie konnte so ein Mann denken, er würde mit einem Banküberfall durchkommen? Woher hatte er den Mumm, den Mut, die Nerven? Sagen Sie mir, warum ich ihm nicht verzeihen kann, dass er sein Leben für uns aufs Spiel gesetzt hat!

Daisys Nägel gruben sich beim Gehen in meine Schulter wie Stahlschrauben. Ich würde mir ein Stück Holz besorgen und ihre Finger einen nach dem anderen mit einem Hammer ins Holz hauen. Ihre Hände würden dann für immer in dem Holz stecken. Sie könnte nie wieder Koks nehmen. Der Dämon.

8

Ich wachte auf. In der Küche nebenan pfiff der Teekessel, ein Radio plärrte direkt hinter der dünnen Wand. Mein Bett war warm. Ich sah zur Decke und rief mir die Worte aus dem Buch vor Augen.

»Mein größter Wunsch jetzt ist es«, fügte Dorothy hinzu, »nach Kansas zurückzukommen, denn Tante Em glaubt bestimmt, dass mir etwas Schreckliches zugestoßen ist, und sie wird Trauerkleidung haben wollen, und wenn die Ernte dieses Jahr nicht besser ausfällt als im letzten, kann sich Onkel Henry das sicher nicht leisten.«

Ich lächelte. Dorothy und ihre Familie hatten auch Geldprobleme. Sehen Sie, Doktor? Wir sind uns gar nicht so unähnlich.

»Blue, Frühstück!«, rief Daisy. Ich stand auf und nahm mein Buch mit. Nur mit einem großen T-Shirt bekleidet, ging ich in die Küche.

»Hier, dein Müsli«, sagte sie und stellte eine Schale mit Instant-Haferbrei auf den Tisch. Er sah aus wie hellbraune Kotze. Ich setzte mich.

»Ich arbeite heute den ganzen Tag bei Anthony in der Werkstatt, du bist also allein«, sagte sie mit dem Rücken zu mir, während sie sich Cornflakes in ein Schälchen füllte. Tapfer probierte ich einen Löffel Müsli, das zu süß und nach Chemie schmeckte, und sie setzte sich mir gegenüber an den Tisch, stützte den Kopf auf dem Ellbogen auf und kaute laut ihre Cornflakes.

»Weißt du was? Ich bin mir nicht sicher, ob du verrückt bist oder einfach nur beschränkt«, sagte sie. Ich konnte ihre Blicke spüren, während ich meine strenge Miene in meinem abgeleckten Löffel betrachtete.

»Ich glaube, du bist besessen oder so was. Weil …«

Und dann verschwand ihre Stimme aus meinem Kopf. Einfach so. Ich hörte sie nicht mehr, keinen einzigen Ton. Und ich fragte mich, warum sie wohl glaubte, die Weisheit mit Löffeln gefressen zu haben und der einzige Mensch zu sein, der Richtig und Falsch unterscheiden konnte. Das konnte nur mein Buch. In dieser Welt wird mich niemand je stören. Niemand kann mich verurteilen oder mir Angst machen. Niemand kann mich anrempeln oder mich nach der Uhrzeit fragen. Dort gibt es keine Motelduschen mit Abflüssen voller Haare. Keine dreckigen Fingernägel. Keine schreienden Obdachlosen, die um den Block ziehen. Keine Schüsse. Keinen Mord. Keine kokainsüchtige Mutter, die sich über mich ärgert, die sich vor mir fürchtet. In meinem Buch bin ich sicher. Mein Buch ist die Droge, nach der ich mich sehne.

Am nächsten Tag war ich auf dem Weg zum Süßwarenladen und dabei in mein Buch vertieft. Daisy war noch bei der Arbeit. An einer Hauswand fiel mir ein schönes Graffito auf: ein dünnes Mädchen, das einen Luftballon hielt und einen Teddybären mit zwei Sonnen als Augen. Ich blieb stehen, um mir das Graffito anzusehen. Das

Haus stand leer. Ich sah eine Taube aus einem der Fenster im Erdgeschoss flattern, trat näher heran, stellte mich auf die Zehenspitzen und schaute hinein. Der Boden in dem großen, dunklen Raum war schwarz vor Dreck, und bis auf ein völlig durchgesessenes Sofa mit zerrissenem Bezug war der Raum leer. Irgendwo hörte ich Wasser tropfen. Zigarettenkippen lagen überall auf dem Boden verteilt, zusammen ergaben sie das Wort »Dämon«. Das erinnerte mich an Daisy.

»Hey, Kleine, was soll'n das werden?«, rief eine Stimme hinter mir.

Ich fuhr herum. Vor mir stand ein dicker Mann mit Stoppelbart, eine Zigarette hing ihm aus dem Mundwinkel.

»Weißt du denn nicht, dass man in leerstehende Häuser nicht reinguckt? Davon kriegt man Aids!«

Ich beachtete ihn nicht und ging weiter. Am Ende des Häuserblocks ging ich links, vorbei an den anderen Läden, und betrat den Süßwarenladen.

Ich war noch dabei, mich umzusehen, als ich eine Stimme hörte.

»Hey, Blue. Erinnerst du dich noch an mich?« Wieder eine Männerstimme. Ich sah von den Süßigkeiten auf und in die braunen Augen eines Mannes um die fünfzig. Er hatte graues Haar und trug einen hellblauen Pullover.

»Ich bin George, weißt du noch?«

Jetzt erkannte ich ihn. Ich war vor unserem Umzug oft hier gewesen, manchmal hatte er mir ein Eis geschenkt. Er wusste, dass ich nicht sprach. Und er wusste, dass ich verrückt war, aber er schien Verständnis dafür zu haben. Vielleicht dachte er auch, ich wäre gar nicht verrückt.

»Sieh an, sieh an, bist ganz schön groß geworden. Dich habe ich ja bestimmt seit fünf Jahren nicht mehr hier gesehen. Ich hoffe, dir geht's gut. Hier, willst du ein Eis? Geht aufs Haus«, sagte er lächelnd. In der Vitrine vor mir gab es alle möglichen Eissorten in bunten Strudeln. Ich zeigte auf die Sorte ganz rechts.

»Schokolade, wie immer«, bemerkte er, schaufelte mit einem Eislöffel zwei Kugeln aus dem Eisbehälter, drückte sie in ein Hörnchen und reichte es mir.

»Bitte schön«, sagte er und reichte mir das Eis. Ich sah es an und spürte, wie mein Herz höher schlug bei dem Gedanken, dass gerade etwas Nettes geschehen war. Im Gehen winkte ich ihm zu. Ich leckte an meinem Eis und wollte gerade rechts abbiegen, in Richtung nach Hause, da sprang mir etwas allzu Vertrautes ins Auge.

Das Restaurant. Ollies Restaurant. Das Restaurant meines Vaters. Meine Beine gaben plötzlich nach, und ich sackte mitten auf dem Gehweg zusammen. Das Eis konnte ich gerade noch retten. *The Olive Place.*

Der Schriftzug hatte noch dieselbe Farbe, Form und Größe, die er immer gehabt hatte. Mühsam rappelte ich mich wieder auf, überquerte die Straße. Ich musste einen Blick hineinwerfen. Nur ein einziges Mal. Nur, um zu sehen, ob ich seine Gegenwart dort noch spüren könnte. Ich hatte mein Buch fest unter den Arm geklemmt und leckte wie beiläufig an meinem Eis, damit es aussah, als würde ich ganz normal vorbeigehen. Schritt. Schritt. Schritt, dann stand ich davor. Drückte die Stirn an die

Fensterscheibe und sah hindurch. Die Stühle standen noch an ihren angestammten Plätzen. Die alten Bilder hingen an der Wand. An manchen Tischen saßen Leute beim Essen.

Ich spürte das kalte Glas an meinem Gesicht und schloss die Augen. Ich spürte Ollies Gegenwart. Ich fiel geradewegs in ein Erinnerungsloch. Es war Abend, die Stühle standen auf den Tischen, der Boden war gewischt, aus der Küche roch es noch nach warmem Essen, aber das Restaurant hatte schon zu. Wir saßen auf den Barhockern. Ollie hatte mir ein klassisches Root-Beer-Float in all seiner Köstlichkeit gemacht, mit Vanilleeis und Kirsche obendrauf. Ich erinnerte mich an meine Schuhe, schwarz, mit Riemchen. Ich erinnerte mich an die Tränensäcke unter Ollies Augen, aber er lächelte trotzdem. Es war ein Abend, an dem einfach alles gut war, an dem nichts Außergewöhnliches geschehen musste, um ihn schön oder gar besonders zu machen. Wir redeten über Dinge, die ich in Frage stellte, über die ich mir Gedanken machte, Dinge, die mir Sorge bereiteten, Dinge, für die er Antworten hatte, Lösungen, Anregungen. Er war ein richtig heller Kopf. Ein Sonnenuntergang, der alle Wolken aus meinem Kopf vertreiben konnte. Ich schmecke noch das Root Beer mit Eis. So kalt, so süß. Sehe noch Ollies Augen, die sich beim Lachen zusammenzogen und funkelten.

Dann verblasste die Erinnerung, wie eine Glühbirne, die man herunterdimmt.

Ich schlug die Augen auf, und mein Blick blieb an ein paar Männern in dunklen Anzügen hängen, die in der

Mitte des Raumes saßen. Irgendetwas war komisch an ihnen. Einer der Männer rauchte Zigarre. Er hatte breite Goldringe an den Fingern, einen gepflegten Bart und schwarze Augen. Als er aufsah, trat ich hastig einen Schritt zurück. Dabei fiel mir das Eis aus der Hand. Ich sah diesen Mann an, der da mitten in Ollies Restaurant saß, und wusste, dass es James war. Leute liefen ahnungslos an mir vorbei und merkten nichts davon. Ollies Lächeln brannte sich auf meine Netzhaut, während ich diesen widerlichen, ekelhaften Mann mit dem bösartigen Funkeln in den Augen und sein Grinsen anstarrte. Er war es. Das war James. Er war der Grund für alles. Da saß er.

Nimm deine dreckigen Pfoten vom Restaurant meines Vaters.

Ich spürte, wie sich meine Kehle schmerzhaft zusammenzog, aber ich schluckte die Tränen herunter. Zwang mich, weiterzugehen.

In diesem Augenblick hätte alles passieren können. Das war der Augenblick, in dem Illusion und Wirklichkeit aufeinanderprallten und in die Luft flogen. Ich wartete darauf, dass mein Magen sich vor Angst zusammenkrampfte und meine Organe versagten. Aber nichts dergleichen geschah.

Ich rannte los, ich wollte dieses grausame Gefühl hinter mir lassen, im *Olive Place.* Ohne nach links und rechts zu sehen, rannte ich über die Straße. Ein Auto hupte, doch ich hörte nicht auf zu rennen, bis ich unser Haus erreicht hatte und hinein- und die Treppe hinaufgerannt war. Mit zitternden Händen versuchte ich, den

Schlüssel ins Schlüsselloch zu stecken. Endlich gelang es mir, und die Tür flog auf. Keuchend schlug ich sie hinter mir zu. In meinem Kopf brach die Hölle los. Zu viele Geräusche, Gedanken, Bilder strömten gleichzeitig auf mich ein. Ich hatte das Gefühl, die Wände wollten mich erdrücken, die Decke herunterkommen, die Lampen zerbersten und die Scherben mir in die Augen fallen. Der Wunsch keimte in mir wie eine giftige Ranke, die ihre Dornen in mein Herz bohrte. Ich wollte ihn umbringen. Ihn töten. James töten. Ihn mit einer Machete aufschlitzen und in seinem Blut baden. Ich hatte alles gesehen. Ich hatte die Barhocker gesehen, auf denen Ollie und ich gesessen hatten, und ich hatte den Stuhl gesehen, auf dem James saß, ich hatte Ollies Gesicht gesehen, und ich hatte James' Gesicht gesehen – Bilder, die aufeinanderkrachten wie Donnerwolken. Ich schüttelte wild den Kopf und rannte in mein Zimmer. Ich war nicht verrückt. Ich war keine Mörderin. Ich musste nur lesen. Das würde meinen Kopf freimachen, es würde mich ins Auge des Sturms befördern, ins friedliche, windgeschützte Innere. Ich streifte die Schuhe ab, kroch unter meine Bettdecke, zog das Buch unter dem Arm hervor und schlug es auf. Verzweifelt las ich die Worte. *Schnell, schnell, schnell, bring mich in Sicherheit.*

Aber die Panik schlich um mich herum, leise, auf Zehenspitzen, bereit zuzuschlagen.

Insgeheim wartete ich auf sie, glaube ich. Ich wartete darauf, mich ihr hinzugeben.

9

Der nächste Tag war mein erster Schultag. Daisy schlief auf der Couch, und ich schlich an ihr vorbei zum Kühlschrank. Am Tag zuvor hatte sie mir gesagt, dass ich in die Sonderklasse eingeteilt worden war und meinen Stundenplan vor dem Unterricht bei der Schulleiterin abholen sollte. Ich machte mir ein Erdnussbutter-Marmelade-Sandwich, das ich in meine Lunchtüte packte. Zum Trinken nahm ich eine Flasche Orangensaft mit. Der Saft war abgelaufen, aber er schmeckte noch gut, also warf ich ihn mit in die Tüte.

Es war kalt draußen. Nach den Ereignissen am Tag zuvor fühlte sich mein Herz an, als wäre es ein verwesendes totes Tier. *Ich* fühlte mich tot. In der Schule auf dem Weg ins Sekretariat drückte ich das Buch fest an meine Brust. Im Klassenraum setzte ich mich ganz nach hinten. Manche der anderen Schüler hatten einen Betreuer dabei. Ein paar waren autistisch, manche hatten Down-Syndrom und andere keine äußerlich sichtbaren Behinderungen. Ich gehörte hier nicht hin. Ich legte mein Buch auf den Tisch und tippte mit dem Finger nervös auf dem Cover herum, während ich in eine Ecke starrte und versuchte, die Stimmen um mich herum auszublenden.

»… Blue?«

Ich sah auf. Eine Lehrerin stand mitten im Klassenraum, lächelte über beide Ohren und sah mich an.

»Herzlich willkommen an unserer Schule«, sagte sie.

Schweigen.

»Leute, das ist Blue McGregor«, erklärte sie, »sie ist vor ein paar Jahren nach Florida gezogen, aber jetzt ist sie wieder hier in Marlinville. Begrüßen wir sie gemeinsam.«

»Herzlich willkommen, Blue«, sagte die Klasse wie aus einem Munde. Ein Junge im Rollstuhl klatschte begeistert und hüpfte in seinem Stuhl auf und ab. Ich starrte weiter in die nächstliegende Ecke.

»Was machst du denn am liebsten?« Erst als die Lehrerin die Frage zum dritten Mal wiederholt hatte, wurde mir klar, dass sie mit mir sprach. Dann sagte sie auch schon: »Du kannst auch auf einen Gegenstand im Raum zeigen, der etwas damit zu tun hat, wenn du möchtest.«

Da wurde ich hellhörig. Ich tippte mit dem Finger auf mein Buch und hielt es hoch. Ich öffnete es, blätterte durch die Seiten und strich mit dem Finger über den Titel.

Das Gesicht der Lehrerin war ausdruckslos, wie die Gesichter meiner Mitschüler. »Oh, wie schön. Ist das dein Lieblingsbuch?«

Ich nickte.

»Ich freue mich, dass es dir so gut gefällt«, fuhr sie fort. »Aber leider kannst du während des Unterrichts nicht lesen. Tut mir leid, so sind die Regeln.«

Ich erstarrte. Den Blick hielt ich auf die Tafel gerichtet. Wusste sie denn nicht, dass mich dieses Buch am

Leben hielt? Wusste sie nicht, dass jedes einzelne Wort darin eine Blume der Hoffnung war, die in meinem Hirn spross? Ich regte mich nicht. Ich wollte mit den Fingernägeln über die Tafel kratzen, bis die Lehrerin weinend zusammenbrach und mich um Gnade anwinselte.

In der Pause saß ich allein auf einer Bank und las. Der Schulhof war recht groß und voller Mädchen mit zu viel Make-up und Jungs, die hinter den Bäumen zu viele Zigaretten rauchten. Ich erkannte sie nicht aus meiner Klasse, also mussten sie in die normalen Klassen gehen. Ich konnte durch sie hindurchsehen. Ihre Hirne waren leer, von den ganzen Cartoons, die sie schauten, leergepustet. Ich konnte es sehen. Ich kann alles sehen, erinnern Sie sich noch, Doktor?

Zwei Mädchen kamen herüber und setzten sich neben mich, sie unterhielten sich und teilten sich einen Schokoriegel. Ihre Finger glänzten braun vor Schokolade. Vielleicht würde ihnen mein Buch gefallen, vielleicht kannten sie es. Ich tippte dem einen Mädchen auf die Schulter und hielt ihm mein Buch hin.

»Was? Was soll das sein?«, fragte sie.

Ich schlug das Buch auf und fuhr mit den Fingern über die Wörter. Dann zeigte ich auf die beiden.

»Bist du nicht ganz in Ordnung im Kopf? Was willst du denn? Ich lese keine Bücher. Keine Ahnung, was du von mir willst.«

Ich ließ das Buch sinken und wollte gerade beschämt weiterlesen, als das andere Mädchen sagte: »Du bist Blue, stimmt's?«

Ich nickte.

»Meine Fresse, aus dir ist ein ganz schöner Freak geworden. Warum bist du wieder hier? Willst du etwa ein paar Banken überfallen?«, fragte sie. Die beiden lachten finster. Ich stand auf. Gegen Beschimpfungen und alles, was sie über mich oder die Liebe zu meinem Buch sagen konnten, war ich immun. Aber mein Vater war tabu, die Schutzmauer um diesen Teil meines Herzens war aus einem Marmor, den man nicht aufzubrechen wagte.

Ich machte den Mund auf, und ich flehte den Himmel an, mich sprechen zu lassen, mich wüten und brüllen zu lassen wie die Löwen im Zoo, mich vor Zorn toben zu lassen. Aber dann klingelte es. Und ohne mich eines weiteren Blickes zu würdigen, standen die Mädchen auf und gingen. Wenn sie nur den Sturm in meinem Inneren hätten sehen können. Er hätte ihnen Blätter und Sand in die Augen geweht.

Niemand redete mit mir, sie starrten mich alle nur an. Der Unterricht war so langweilig und leblos wie die Augen der Fische in den Aquarien schicker Hotellobbys. In der Mittagspause ging ich zu ein paar Kindern hin, hielt mein Buch hoch und tippte mit dem Finger auf das Cover. Aber sie schüttelten nur den Kopf. Ich zeigte das Buch anderen Kindern. *Bitte sagt, dass ihr das Buch kennt. Bitte sagt, dass ihr es kennt.* Aber sie schoben es von sich, als hätte ich ein totes Tier im Arm, bei dessen Geruch sie sich vor Ekel wanden. Sie schoben es weg und ließen mich stehen. Im Unterricht befahlen mir die Lehrer genervt, das Buch wegzupacken. Jeder einzelne Teil von mir war einsam, und ich hatte tatsächlich die kindische Hoffnung gehabt, mein Buch könne das ändern, aber ich lag falsch. *Bitte sag, dass du es gelesen hast. Bitte sag mir, dass ich nicht allein bin.* Aber das tat niemand.

Bald war ich als die Verrückte abgestempelt, die Verrückte, die ein Buch liebte. Sie lachten mich aus und fragten, ob ich es heiraten, ob ich Kinder mit ihm machen, mit dem Buch im Arm sterben wolle.

»Hey, Blue! Wann ist die Hochzeit mit deinem Buch? Kann ich Brautjungfer sein?«, riefen die Mädchen mir lachend nach.

Wenn ihr die Geschichte gelesen hättet, würdet ihr so etwas nicht sagen. Keiner von euch. Wenn ihr euch nur die Zeit nehmen würdet, es zu lesen. Dann würdet ihr es mögen. Dann würdet ihr euch auch verlieben. So wie ich.

Ich tauschte die Kinder in der Schule gegen Figuren aus dem Buch, das hatte ich schon in Florida so gemacht. Das dünne Mädchen, das Angst hatte, allein zur Schule zu gehen, war vielleicht heimlich der Löwe, der sich Mut wünschte, dachte ich. Oder der schüchterne Blonde, vielleicht war er der Blechmann, der darauf wartete, sein Herz schlagen zu fühlen. Vielleicht war der dämliche Junge, der die ganze Zeit Witze riss, die Vogelscheuche, die auf ein Gehirn wartete. Vielleicht war die Schulleiterin der Zauberer von Oz. Und hoffentlich war ich Dorothy. Niemand konnte mir beweisen, dass ich es nicht war. Nicht einmal Sie, Herr Doktor. Eigentlich bin ich Dorothy. Blue ist ein gefälschter Name. Vanity ebenso. In Wirklichkeit bin ich Dorothy, Dorothy Gale. Aus Kansas. Pst. Nicht weitersagen.

Sie haben mich gefragt, ob es nicht anstrengend war. Ob es nicht anstrengend war, dass sich mein Leben um ein Buch drehte. Ja, es ist anstrengend. Es erschöpft einen geistig, es ist ein Leben, in dem Träume Realität sind und die Realität aus Alpträumen besteht. Aber ich kannte es nicht anders. Ich will es nicht anders kennen.

10

Ich war gerade in mein Buch vertieft auf dem Weg zum Süßwarenladen, um einen Lolli zu kaufen, als ein großer, glänzender Wagen an mir vorbeifuhr und auf der anderen Straßenseite parkte. Instinktiv blieb ich stehen und versteckte mich hinter dem nächstbesten Baum. Sekunden später stieg ein Mann mit gepflegtem Bart und goldberingten Fingern aus und zündete sich eine Zigarre an.

James. Es war James. Ich krallte die Fingernägel in die Baumrinde.

Ach so. Eine Sache, die Sie vielleicht über mich wissen sollten: Ich verfolge hin und wieder Leute. Kommt immer auf meine Laune an und auf die Person. Ich verfolge keine Wildfremden. Nur Leute, vor denen ich Angst habe. Die mich faszinieren. Oder die mich neugierig machen.

Auf Zehenspitzen schlich ich zum nächsten Auto, um mich dahinter zu verstecken. James setzte sich in Bewegung, und ich tat dasselbe auf der anderen Straßenseite, wobei ich weiter zwischen geparkten Autos, hinter Mülltonnen und Passanten Deckung suchte. Bis James ein Restaurant betrat. Das Restaurant. Das Restaurant meines Vaters. Diesmal sah ich erst nach links und rechts, um mich zu vergewissern, dass die Fahrbahn frei war, dann rannte ich hinüber. Mein Spiegelbild sah mich aus der Glasfront an. Ich atmete tief durch und betrat das Restaurant. Es war das erste Mal, dass ich es wieder von innen roch. Früher hatte es immer nach frischen Lebensmitteln, Wärme und Kerzen gerochen. Jetzt roch es nach Kaffee, Bier, Zigaretten und ernsten Mienen. Auf dem Boden lagen noch immer die schwarzweißen Fliesen. Ich beobachtete, wie James sich ganz hinten links an einen Tisch setzte. Hinter der Bar polierte ein Kellner Gläser. Ich ging hinüber und zeigte auf die Wasserflaschen in seinem Rücken. Er gab mir eine Flasche und ich ihm einen Dollar, dann setzte ich mich auf die gegenüberliegende Seite des Restaurants und tat so, als würde ich die Zeitung lesen, die auf dem Tisch gelegen hatte. Aus dem Augenwinkel beobachtete ich ihn – James. Er bestellte ein Bier und vertiefte sich in eine Zeitschrift über Rennautos, von der er nur kurz aufblickte, als ein Gast hereinkam. Ich versteckte mich wieder hinter der Zeitung. Ich war mit ihm im selben Raum. Wir waren in der Gegenwart des jeweils anderen. Ich wusste, dass ich ihn nicht töten würde. Ich konnte mir nicht einmal vorstellen, wie das funktionierte. Wie man einem anderen Menschen das Leben nahm. Nach meinem Bericht glauben Sie wahrscheinlich, ich sei eine Mörderin, Herr Doktor. Eine unzurechnungsfähige Wahnsinnige oder so. Aber das war ich nicht. Ich war wohl einfach eine zornige Dreizehnjährige.

Er hob die Hand an den Mund und zog an seiner Zigarre. Er war der reglose Fisch im Aquarium und ich das kleine Mädchen, das ihn von weitem betrachtete. Er trug glänzende, schwarze Schuhe mit roten Schnürsenkeln, die zu einer perfekt symmetrischen Schleife gebunden waren. Sein Anzug war makellos. Die oberen Knöpfe seines Hemds waren offen und boten freie Sicht auf seinen Hals und einen Teil seiner Brust. Ich fragte mich, wie viele Frauen wohl diesen Hals gestreichelt und seinen Namen gestöhnt hatten, ohne zu ahnen, wie böse er war. Die armen Frauen. Um den Hals hingen ihm drei Goldketten, an einer davon ein großes Kreuz. Ich sah Diamantohrstecker leise funkeln. Seine Handrücken waren ziemlich behaart. Als er an der Zigarre zog, fiel mir auf, dass er, anders als ich, keinen Dreck unter den Fingernägeln hatte. Seine Goldringe wirkten zu eng für die dicken Finger. Als das Bier kam, öffnete er die Flasche mit seinen glänzenden, perlweißen Zähnen und nahm einen großen Schluck, wobei er ein paar Tropfen auf den Tisch kleckerte. Niemand außer ihm und mir bemerkte es – ein stummes, unauffälliges Ereignis, von dem nur wir beide wussten; es war etwas, das uns auf seltsame, unheimliche Weise verband. Rauch stieg von seiner Zigarre auf und machte hübsche Kringel in der Luft. Je länger ich ihn ansah, desto wütender wurde ich. Es ist so einfach, zu töten. Das Leben ist wie die Zweige an einem Baum, leicht brechbar. Ich hätte einfach einem Gast die Gabel entreißen und James erstechen können.

Am nächsten Tag im Naturkundeunterricht versteckte ich das Buch unter dem Tisch. Ich saß friedlich da und hielt es in den Händen, um mich sicher zu fühlen, meine

Art der Verteidigung gegen diejenigen, die seinen Wert nicht zu schätzen wussten. Ein Mädchen in der Reihe vor mir drehte sich um. Sie hatte ADHS oder so. Ich hatte gehört, dass ihre Eltern ihr keine Medikamente geben wollten, weshalb sie unheimliche Konzentrationsschwierigkeiten hatte und unerschöpfliche Energie.

»Du solltest das besser mitschreiben, was der Lehrer da an die Tafel schreibt. Das ist für einen Test«, sagte sie hastig.

Ich schaute mich um und sah all die gesenkten Köpfe und kritzelnden Hände. Ich legte das Buch in meinem Schoß ab, zog einen Stift aus der Tasche und merkte plötzlich, dass ich gar kein Schreibpapier dabeihatte. Vielleicht konnte mir mein Sitznachbar welches leihen. Er hieß Lucas und litt unter schwerer Legasthenie. Ich stellte ihn mir immer als die Vogelscheuche vor, der das Gehirn fehlte. Aber nicht, weil ihm das Lesen und Schreiben schwerfielen, sondern weil er daran verbitterte. Als er merkte, dass ich ihn ansah, zeigte ich auf das Papier, auf dem er schrieb.

»Ich geb dir ein Blatt, wenn du meinen Namen kennst. Weißt du ihn?«, fragte er. Er war nicht gerade freundlich, aber auch nicht unbedingt feindselig.

Ich nickte, nahm meinen Füller und schrieb auf meine Hand. Ich zeigte ihm, was ich geschrieben hatte.

Er starrte einen Moment lang auf das Wort, er runzelte die Stirn, und über seine Augen fiel plötzlich ein Schatten. Er fragte: »Steht … steht da ›Vogelscheuche‹?«

Jetzt sah ich mir meine Hand selbst an. Tatsächlich. Blue! Der Junge heißt Lucas! In deinem Kopf mag er zwar wie die Vogelscheuche sein, aber doch nicht in der Wirklichkeit.

Ich schüttelte wild den Kopf. Andere Kinder fingen an, sich umzudrehen und mich anzustarren. Sie lachten. Es war ein grausames Geräusch. Wie ein Rudel Hyänen, das sich kichernd über eine verwundete Antilope hermacht. Vermutlich waren viele von ihnen auch schon ausgelacht worden und hatten nun endlich die Möglichkeit, ihren Frust an jemand anderem auszulassen.

»Ist das jemand aus deinem Buch da oder was?«, fragte das Mädchen, das in der Reihe vor dem Jungen saß.

Mein Buch da. So feindselig, so distanziert. Als wäre es irgendein Buch, das ich aus ein paar Fetzen Papier zusammengekleistert hätte. Es war ein Meisterwerk, nicht bloß irgendein Buch. Es war von Gedanken geformt und konstruiert worden, die nicht von dieser Welt waren, Gedanken, die sich diese Kinder nicht einmal vorstellen konnten, Gedanken, deren sie nicht fähig waren. Und da saßen sie und glotzten mich an, ohne jede Ahnung von seiner Macht.

Ich zögerte einen Augenblick, dann nickte ich. Ja, mein Buch da. Es würde für immer mein Buch bleiben.

»Du gehörst doch hier gar nicht hin«, fand Lucas. »Ich bin mir ziemlich sicher, dass du die Verrückteste in der ganzen Klasse bist.«

Ich seufzte und sah mich um. Man nahm mich hier nicht ernst. Man respektierte mich nicht. Ebenso wenig wie mein Buch. Es gab nur noch eine letzte Möglichkeit. Eine Möglichkeit, die die anderen nur indirekt betreffen würde – sie würden nie wieder schlafen können, weil sie wussten, dass jemand wie ich in ihrer Klasse saß –, mich hingegen würde es direkt betreffen.

Ich musste James töten.

Ich stand auf. Mr. Viera hörte auf, an die Tafel zu schreiben, und sah mich an. Ich schob die Bücher in meine Tasche und ging.

»Hey, Blue, du kannst nicht einfach …«, rief er mir nach, aber ich schlug die Tür hinter mir zu, ehe er seinen Satz beendet hatte.

Draußen drückte ich das Buch fest an meine Brust, meine persönliche Bibel. Der Wind rauschte um mich herum. Ich musste James finden. Ich musste jedes kleinste Detail über ihn herausfinden. Dieser plötzliche Drang war unkontrollierbar. Unleugbar. Unwiderstehlich. Ich musste herausfinden, wo seine Schwächen lagen, seine Stärken, seine Überzeugungen, alles. Ich wusste nicht, was am Ende mit mir geschehen würde, was mit ihm geschehen würde. Aber ich wusste, dass ich nicht sterben würde, ohne nicht jedes kleinste Detail über den Mann in Erfahrung gebracht zu haben, der meinen Vater vor die Pforte des Todes gezerrt hatte. Ich würde ihn finden. Ich wollte verstehen, wie er tickte. Ich war dreizehn Jahre alt, fing schon an zu heulen, wenn ich mich an Papier schnitt oder mir das Knie aufschürfte, aber jetzt war ich davon überzeugt, ich könnte töten.

Als ich den Ort erreichte, den Daisy und ich nun unser Zuhause nannten, ging ich wie in Trance durch den Hausflur und öffnete die Tür zu unserer Wohnung. Ich war erfüllt, konzentriert, entschlossen. Ich wusste, was ich wollte. Das hatte ich nie zuvor erlebt.

Daisy war nicht zu Hause. Ich ging in mein Zimmer, stellte meine Schultasche auf den Kopf und leerte sie auf meinem Bett aus. Anstelle der Stifte und Bücher, die herausgefallen waren, warf ich einen kleinen Notizblock hinein sowie mein Buch, das ganz oben auf dem Haufen auf dem Bett lag. Ich griff ein schwarzes Sweatshirt aus dem Kleiderschrank und zog es hastig an, aber ehe ich mir die Kapuze über den Kopf zog, nahm ich noch einen Kajalstift und malte meine Augenlider tiefschwarz an. Jetzt war ich nicht mehr Blue. Ich war eine furchtlose, rücksichtslose Punkerin mit schwarzen Augen. Ich sah mich im Spiegel an und schrie – ein heulender, durchdringender, zitternder, Scheiben springen lassender Schrei, so laut und so breit, dass es mir beinahe den Mund zerriss. In meinen Ohren klingelte es. Als ich fertig war, grinste ich über beide Ohren, schnappte mir meine Tasche und ging. Ich würde James nicht davonkommen lassen.

Ich spielte ein Spiel. Eine Runde russisches Roulette vermutlich. Aber die Frage war nicht, *wer* die verräterische, unvorhersehbare Kugel abbekommen würde. Nein, nein, es war keine Frage, welcher Mensch sterben musste. Die Frage war, *wann* dieser Mensch die Kugel abbekommen würde. Es war eine Frage der Zeit.

11

Ich steckte mir das Haar hinter die Ohren und sah auf zu dem Schild. *The Olive Place.*

Ich schaute durchs Fenster. James war nirgends zu sehen. Aber ich würde erst nach Hause gehen, wenn ich sein Gesicht gesehen hatte. Also beschloss ich zu warten. Ich wartete und wartete und wartete, bis meine Beine taub wurden und es sich anfühlte, als wäre mein Verstand ein einziger blauer Fleck, auf den gnadenlos die Langeweile drückte. Ich weiß, wie blaue Flecken aussehen, muss ich wohl dazu sagen. Die neonfarbenen jedenfalls. Sie wissen schon, die leuchtend grünen mit gelben Flecken hier und da und knallrosa Pocken drauf. Ziemlich cool. Damit sieht man aus wie ein Gemälde. Ich habe gerade einen ganz kleinen, zwischen Daumen und Zeigefinger. Von Zeit zu Zeit betrachte ich ihn und tue so, als hätten winzige Elfen winzige Eimerchen Elfenfarbe über den Fleck verschüttet, damit er cool aussieht. Aber ich schweife ab, entschuldigen Sie, Herr Doktor.

Gefühlte Jahre später öffnete sich die Hintertür des Restaurants hinter der Bar, und da war er, in seinem Anzug, er strich sich die Krawatte glatt. Mit wenigen großen Schritten ging er durch den Raum zur Eingangstür. Ich sah auf die knallgelbe Armbanduhr, die lose an meinem Handgelenk hing, und notierte auf meinem Notizblock: *15:47, Mittwoch. Verlässt Restaurant.* Plötzlich überlief mich ein großer Schatten, ich spürte einen Luftzug, eine Gegenwart in meinem Kraftfeld. Ich drehte mich um und sah ihn direkt hinter mir vorbeigehen, eine große dunkle Gestalt, zum Greifen nah. Ich rührte mich nicht. Manchmal sieht man in Tiersendungen, wie die Antilope grast und plötzlich den Löwen entdeckt, der tückisch auf sie zuschleicht, die Antilope erstarrt, stiert geradeaus, beinahe gleichmütig; wäre sie ein Mensch, hätte sie Schweißausbrüche, würde zittern und in Panik geraten. In dieser Hinsicht sind Tiere wohl ausgeglichener als wir. Ich drehte mich um und sah ihn verschwinden. Ich riss mich zusammen. Es dauerte einen Augenblick, bis ich wieder wusste, wie man läuft. Vorsichtig folgte ich ihm.

Monster gibt es in Wirklichkeit gar nicht, hatte Ollie mir immer erklärt. Monster sind nicht echt. Erwachsene denken sie sich nur aus, um kleinen Kindern Angst einzujagen. Monster haben blanke Klauen und leblose Augen, sie knurren und schlagen einem ihre Klauen ins Fleisch und reißen Bäume aus. Das sind Monster, so wurde es mir beigebracht. Erklären Sie mir das mal, Herr Doktor. Wie kann es Monster nicht geben, wo doch eines direkt vor meiner Nase die Straße entlangging, sich die Straße entlangwand wie eine beschissene Schlange. Erklären Sie mir, warum es noch immer atmete und warum es sich noch immer nicht in Luft aufgelöst hatte, wo doch alle Erwachsenen ihren Kindern erklären, dass Monster ein Produkt ihrer Phantasie seien. Erklären Sie mir, warum Daddy immer sagte, dass Monster groß und angsteinflößend und schleimig seien und nur in unseren Köpfen existierten, wo doch das Monster vor meinen Augen sauber und elegant war und wirklich die Straße entlanglief. Erklären Sie mir, warum Ollie mich anlog. Erklären Sie mir, wie aus ihm ein Bankräuber wurde, erklären Sie mir, warum er zum Dieb wurde, erklären Sie mir, warum er sich in eines von ihnen verwandelte, eines der Monster.

Ich folgte James Block um Block. Meine Schuhe waren schmutzig und abgelaufen und zerrissen, die Sohlen würden bald abfallen, aber ich lief weiter. Ich war bereit, ihm bis ans Ende der Welt zu folgen. Er bog ein paarmal ab, und ich tat es ihm nach, bis er in einem großen Gebäude verschwand. Er war einfach weg. Ich sah auf das Straßenschild. Wilson Avenue.

Dann wartete ich darauf, dass James aus dem Gebäude wieder herauskam. Der Himmel wirkte wie die stumpfen Augen der Obdachlosen auf der Straße. Und dann fing es an, wie aus Eimern zu gießen. Es fühlte sich an, als würden Glasscherben auf die Welt herunterfallen. Als hätte Gott da oben ein Glas Wasser fallen lassen. Natürlich schützte ich sofort reflexartig mein Buch. Ich war nass bis auf die Knochen, aber ich bewegte mich nicht von der Stelle. Kurze Zeit später hörte es auf zu regnen, und nachdem ich exakt eine Stunde und zwanzig Minuten gewartet hatte, ging ich nach Hause.

12

Ja, irgendwann war ich auch normal, Herr Doktor. Ich war normal. Hörte mir fröhliche Songs im Radio an und hatte immer ein Lächeln im Gesicht und den ganzen Quatsch. War ein süßes, kleines, unschuldiges Mädchen mit unschuldigen Gedanken und unschuldiger Art. Doch dann fiel mir das Lächeln aus dem Gesicht. Und meine Unschuld verflog. Ich hörte nicht mehr die fröhlichen Songs, sondern nur noch auf die Stimmen im meinem Kopf.

13

Die Schule hat angerufen. Sie sagen, du wärst im Unterricht ausgeflippt und abgehauen«, sagte Daisy. Sie saß am Tisch und betrachtete ihre Fingernägel. Sie bedeutete mir, mich ihr gegenüber hinzusetzen. Ich schloss die Tür hinter mir, warf meine Tasche in eine Ecke und setzte mich an den Tisch.

Mein langes Haar klebte mir an den Schultern, und ich zitterte wie ein durchnässtes Kätzchen.

»Du meinst wohl, alles sei ein Spiel, hm? Das Leben sei ein Spiel und alle um dich herum seien nur Witzfiguren. Mich hältst du auch für eine Witzfigur … Du sitzt den ganzen Tag nur herum und liest dein blödes Buch. War Ollie auch ein Witz für dich?«

Versuch nicht, diesen Damm zu sprengen, Daisy.

Sie atmete durch die Nase und trommelte nervös mit den Fingern auf den Tisch. Dann schrie sie los: »Ich halte das nicht mehr aus! Verstehst du das denn nicht?! Du kannst so was nicht einfach machen und erwarten, dass du damit durchkommst! Mit Schuleschwänzen und … Nichtsprechen! Wenn du so weitermachst, wird keiner dich auch nur mit dem Hintern ansehen!«, tobte sie. »Wie sollst du so jemals einen Job finden? Selbständig leben? Ist dir das völlig egal?«

War es mir egal? War es das? Gute Frage.

»Sprich mit mir!«, brüllte sie.

Schweigen. Ich liebte es zu schweigen. Ich habe es mit der Zeit irgendwie liebgewonnen. Ich wurde gewissermaßen süchtig nach dem Schweigen. Dieses Gefühl, ein leeres Glas zu sein, still und rein. Ich habe diesen Satz einmal aufgeschrieben und Ihnen gezeigt, erinnern Sie sich, Doktor? Und wissen Sie noch, was Sie darauf erwidert haben? Ihr naiver Mund antwortete: »Tja, vielleicht wartet dieses Glas ja nur darauf, gefüllt zu werden.« Gefüllt mit was, Sie ignorantes Arschloch? Mit Wasser? Ha, ha! Nein. Ich fülle mein Glas lieber mit Schweigen.

Sie sprang auf und kam um den Tisch herum zu mir. »Sprich mit mir!«, schrie sie. »Madison!«

Schweigen. Es füllte den Raum aus wie das gottverdammte Glas. Madison … Das war der Name eines Mädchens, das ich früher einmal kannte … Wenn Daisy richtig wütend war, rutschte ihr dieser Name manchmal heraus. Vielleicht, um mich daran zu erinnern, dass ich mehr wie sie sein sollte, um mich an das zu erinnern, was ich nicht war, mich an das Mädchen zu erinnern, das immer saubere Schuhe getragen hatte und höflich und aufgeweckt gewesen war …

»Antworte mir! Wenn … wenn du mir nicht antwortest, knall ich dir eine! Ich schwör's bei Gott!«

Verzweifelt suchte sie in meinen Augen nach einer Antwort, nach der Andeutung einer Seele. Ein leeres Blatt Papier starrte zurück. Schweigen. Eine Enttäuschung für sie, wohlige Genugtuung für mich. Sie knurrte und schubste mich, als wäre ich eine Puppe. Ich fiel mit dem Stuhl hintenüber und knallte mit dem Kopf gegen die Wand. Ein paar Sekunden lang spürte ich nichts. Eine Taubheit, die sich gut anfühlte, wie ein warmes Bad. Dann übermannte mich die Dunkelheit, als hätte ich den Kopf unter Wasser gesteckt und die Augen zugemacht. Hoffentlich wachte ich im Lande Oz auf.

Am nächsten Tag hatte ich eine dicke Beule am Hinterkopf. Ich stellte mir vor, Dorothys Haus wäre am Abend zuvor auf meinen Kopf gefallen. Daisy entschuldigte sich nicht dafür. Es war mir egal. Wenn ich jemandem Schmerz zufügen wollte, musste es Zeiten geben, in denen andere Menschen mir Schmerz zufügten. Also akzeptierte ich es. Ich brauchte es.

Von jenem Tag an verfolgte ich James jeden Tag nach der Schule. Ich schrieb auf, wann er bestimmte Gebäude betrat und wieder verließ, welche Kleidung er trug. Seine Zigarrenmarke, seine Autos. Mit jedem Mal, wo ich diesen Mann sah, erneuerte sich mein Tötungswille und wurde stärker.

Als ich auf die Straße trat, lehnte James ein paar Meter weiter an einer Mauer. Ich umklammerte meinen Lolli und ging lässig an ihm vorbei, aus dem Augenwinkel sah ich, wie er seinerseits den Süßwarenladen betrat. Ich kauerte mich sofort hinter ein parkendes Auto und beobachtete durch die Scheiben, wie er auf George zuging, ihn am Kragen packte und ihm Dinge entgegenschrie, die ich nicht hören konnte. Er zerrte George hinter der

Theke hervor und hinaus aus dem Laden. Was konnte George ihm denn getan haben? Und was tat James ihm jetzt im Gegenzug an?

In dem Augenblick geschah etwas Merkwürdiges in meinem Körper. Ich fühlte. Gefühle, die ich sehr lange Zeit unterdrückt hatte. In Georges sanften, einfühlsamen Augen stand die pure Angst. Er, der immer ein Lächeln auf den Lippen hatte. Das machte mir Angst. James riss ihm das blaue Hemd aus der Hose, das seine Frau wahrscheinlich sorgfältig für ihn gebügelt und das er am Morgen behutsam zugeknöpft hatte, und riss es dabei fast auseinander. Dann ließ er ihn los und schubste ihn grob die Straße hinunter. Ein winziger weißer Hemdknopf fiel auf den Gehweg.

»Nein, bitte! Bitte! Ich besorge Ihnen das Geld! Ich verspreche es, ich versprech's! Ich … ich habe eine Frau! Ich liebe sie doch! Denken Sie an meine Frau! Bitte!«, hörte ich George flehen.

Ich lief hinüber zu dem Knopf und steckte ihn in die Hosentasche. Das Herz schlug mir bis zum Hals, als ich erneut James' Verfolgung aufnahm. Sie wechselten die Straßenseite, und ich lief ihnen hinterher. Sie verschwanden in einer dunklen Gasse. Ich versteckte mich hinter einer Mülltonne, von dort aus hatte ich freie Sicht auf die beiden Männer. Es ging alles sehr schnell. Meine Gliedmaßen wurden auf einmal taub. An meinem Körper hingen nur noch schlaffe Teigrollen herab. Mein Kopf war plötzlich vollkommen leer.

James stieß George mit der Faust in den Magen. George fiel auf die Knie, hustete, versuchte wegzukriechen. Aber James zerrte ihn an den Haaren hoch und schlug ihm ins Gesicht. Das Geräusch brechender Knochen echote von den Wänden direkt in meine Ohren. Georges Gesicht sah jetzt aus wie eine Coladose, auf der ein Kind herumgesprungen ist. Dann beugte sich James über ihn, und Georges Gesicht verschwand, ich konnte nichts mehr sehen. Stattdessen hörte ich ihn weinen. Ich hatte noch nie etwas Unmenschlicheres gesehen, eine Kreatur zerstörte eine andere aus Rache. Ich musste etwas unternehmen. Einen Krankenwagen rufen? Die Polizei? Aber ich konnte mich nicht bewegen. Also tat ich nichts. Wissen Sie, warum, Doktor? Weil ich unsichtbar war. Seit Ollies Tod hatte ich versucht, unsichtbar zu sein. Ich war unsichtbar, und ich war verzweifelt, und ich tat nichts, um zu verhindern, dass dieser Mann starb. Ich musste hilflos mit ansehen, wie ein Mann auseinandergerissen wurde. Und ich konnte nichts anderes tun, als wie gelähmt hinter einer Mülltonne zu sitzen.

»Wo ist mein Geld? Ich will mein gottverdammtes Geld!«, hörte ich James brüllen. »Ich mache so lange weiter, bis ich mein Geld sehe! Hörst du?!«

Knochen schabten über Asphalt. Ich erhaschte einen Blick auf Georges Gesicht. Blut lief ihm aus dem Mund, sein Gesicht war tränenüberströmt. Ich wagte es nicht, James anzusehen.

»Stopp!«, schrie George.

In meinem Versteck fing ich an zu wimmern, ganz leise, hinter der Mülltonne. George schrie und heulte. Jetzt, da ich wusste, dass solche Dinge passierten, war alles möglich. Ein schwarzer, knurrender Wolf konnte aus einer der dunklen Ecken auftauchen und mich in Stücke reißen. Die böse Hexe des Westens wartete wahrscheinlich schon im Süßwarenladen auf mich, lachte sich ins Fäustchen und wisperte: *»Ich hab's dir doch gesagt.«*

Meine Lippen zitterten, ich vergrub das Gesicht in meinen Armen. Ich wollte James in diesem Augenblick töten. Ich war mir hundertprozentig sicher. Ich zögerte nicht bei dem Gedanken. Er hatte es verdient zu sterben, denn nun hatte er bereits zwei liebe Menschen auf dem Gewissen.

Plötzlich war es still. Ich machte die Augen wieder auf und hob den Kopf. James ließ George fallen und schlug sich den Staub von den Hosenbeinen. Den keuchenden, Blut hustenden George ließ er einfach liegen.

Auf einmal bewegte sich George nicht mehr. Panisch verließ ich mein Versteck und lief zu ihm hin. Seine Augen waren geschlossen. Ich rüttelte an seinem Arm. Keine Reaktion. Ich zog ein Augenlid hoch. Die Iris starrte mich an. Ich rannte hysterisch hin und her, dann stürzte ich zur Straße und packte den nächstbesten Passanten am Arm. Ich zeigte in die Gasse.

»Was? Was machst du denn?«, fragte der Mann verwirrt. Ich zog ihn in die Gasse, an Mülltonnen und Schrott vorbei und zeigte auf den am Boden liegenden George.

»O Gott!«, rief der Mann und schnappte nach Luft. Er zog sein Handy aus der Tasche und wählte. »Hallo? Notruf? O Gott! Oh, lieber Gott! Hallo? H-hallo?… Ich brauche einen Krankenwagen … Ja, sieht nach Schlägerei aus! Ich … ich weiß nicht … Er sieht übel zugerichtet aus! Der Typ … O Gott, der ist völlig blutüberströmt! Er … er … ich weiß nicht mal, ob er noch am Leben ist! Auf … von der Miller Street die erste Gasse! Ja, ja! Beeilen Sie sich!«

Er hockte sich neben George und blickte mich über die Schulter an.

»Wer hat das getan?«, fragte er.

Ich wusste nicht, was ich machen sollte. Der Mann hatte bewiesen, dass ihm die Sache nicht egal war, und ich war nur ein kleines Mädchen, das nicht sprechen konnte und von zu vielen Eindrücken gleichzeitig bedrängt wurde. Also tat ich etwas, das nur Feiglinge tun. Ich lief weg. Ich lief auf die Straße, weg von George und dem Blut und der Gewalt und dem Fremden. Ich rannte am Süßwarenladen vorbei, ich rannte und rannte und verlief mich immer weiter – bis ich plötzlich doch noch im Augenwinkel die Umrisse unseres Hauses entdeckte.

Daisy war nicht zu Hause. Keuchend fiel ich auf die Couch, rollte mich zusammen und steckte den Kopf zwischen die Knie. Aber das änderte nichts daran, dass ich die Szene immer und immer wieder vor meinem inneren Auge ablaufen sah. Etwas Grauenvolles war passiert, und ich hatte keinerlei Kontrolle darüber gehabt.

Heiße Tränen rollten mir über die Wangen und auf den Teppich, wo sie sich in dunkle Flecken verwandelten. Ich dachte, wenn ich nur genug weinte, würden meine Tränen ein Loch in den Boden brennen, und wenn ich noch weiter weinte, würde ich durch das Loch nach unten fallen und im Erdgeschoss landen. Ich würde aus der Tür spazieren, ein Schwert kaufen und James aufschlitzen. Ich würde ihn mit einem Lächeln im Gesicht aufschlitzen. Seinen Namen mit seinem eigenen, dreckigen Blut an meine Wände schreiben. Und daneben würde ich einen Smiley malen.

Aber meine Tränen brannten kein Loch in den Boden. Und sie ließen mich auch kein Schwert kaufen und James töten.

Ich erinnere mich ganz genau, das war der Augenblick, in dem es mir wie Schuppen von den Augen fiel. In dem mir klarwurde, dass ich jetzt, da ich als Wahnsinnige abgestempelt worden war, alles tun konnte, was ich wollte, und damit davonkam, ohne dass man mir die Verantwortung dafür gab. Es wäre der Wahnsinn, der aus mir sprach. Der Wahnsinn wäre schuld. Mein Wahnsinn war wie ein Schutzschild, der über meinem wahren Ich schwebte und das Geheimnis schützte, dass ich in Wirklichkeit gar nicht wahnsinnig war und dass ich alles unter Kontrolle hatte. Und in diesem Augenblick wusste ich auch, dass ich ihn tatsächlich töten würde.

14

Als Daisy schließlich nach Hause kam, fuhr sie bei meinem Anblick erschrocken zusammen. Wir sagten einander nicht hallo. Ich versuchte den Fernseher anzumachen, während Daisy an mir vorbeiging und sich auf die Couch setzte. Doch die Fernbedienung funktionierte nicht, also gab ich auf und drehte mich um. Daisy schob die Hände unter ihre Oberschenkel. Immer wieder durchzuckte es ihren Körper, als säße sie auf etwas Spitzem. Ohne die Schuhe auszuziehen, legte sie sich auf die Couch. Dann fing sie an zu zittern. Sie war wieder auf Entzug. Ich fragte mich, wie lange sie wohl schon von dem Zeug runter war. Vielleicht eine Woche. Vielleicht zwei. Vielleicht erst einen Tag. Sie sprach ja nicht mit mir darüber.

»Puh, hier ist es ja eiskalt. Sind die Fenster auf oder so?«, fragte sie.

Ich sah zu den Fenstern. Eins davon stand tatsächlich offen. Ich nickte. Schweißperlen rollten ihr über die Stirn. Wie Regentropfen.

»Kannst du sie dann vielleicht mal zumachen?!«

Ich stand einfach nur da wie eine welke Blume und ließ den Kopf hängen. Ich betastete mein Gesicht, um sicherzugehen, dass die Tränen getrocknet waren.

»Bist du jetzt auch noch blöd oder was? Tu nicht so, als würde ich ständig nur über alles meckern, als wäre ich dauernd hinter dir her, um dich zu nerven. Hilf deiner Mutter doch *ein* Mal – ist gar nicht so schwer. Und jetzt mach das Fenster zu«, schimpfte sie, ihre Kiefer mahlten.

Ich sah auf sie herab, wie sie da auf dem Sofa lag, das bleiche Gesicht, die klappernden Zähne.

»Mein Gott, Blue! Mach endlich das beschissene Fenster zu!«, schrie sie. Sie wischte sich den Schweiß von der Stirn und rutschte unbehaglich auf dem Sofa herum.

Wenn sie mich anschrie, schlug sie genau den gleichen Ton an wie James mit George. Ich hatte das Gefühl, als wären in meinem Körper Eiszapfen gewachsen und hätten meine Knochen eingefroren. Doch wenn ich sie so wehrlos sah, begannen meine Eiszapfen wieder zu schmelzen.

Was wäre, wenn ich Daisy verließe? Einfach wegginge? Ich könnte die Welt bereisen, Schlangenfleisch essen, Eingeborenentänze lernen, Model werden und mich zu Tode hungern. Was würde mit ihr passieren? Würde sie selbst anfangen zu spülen, oder würde sie das Geschirr einfach in der Spüle stehenlassen und sich denken, das wäre jetzt auch egal? Vielleicht würde sie ihr Bett nie frisch beziehen und nie wieder duschen, dann wäre sie irgendwann so schmutzig, dass man den Dreck mit den Fingernägeln von ihr abkratzen könnte. Vielleicht würde sie aufhören zu essen und zu trinken und einfach sterben. Sterben und verrotten und zu Erde werden. Genau wie Ollie. Ihre Knochen ineinander verschlungen wie verheddertes Unkraut, das an einer Ziegelmauer emporwuchs. Ich wäre so glücklich, wenn Daisy mich nur endlich in Ruhe ließe!

Ich landete wieder in der Realität. Daisy fixierte mich noch immer.

»Du kannst wirklich gar nichts«, flüsterte sie plötzlich in die Stille hinein.

Sie sprach es ganz deutlich aus, und ich wusste, dass sie jedes einzelne Wort ernst meinte. Sie sah nicht weg und entschuldigte sich auch nicht, und es schien ihr alles egal zu sein.

Daisy hat mich einmal geliebt, Herr Doktor. Als ich noch klein war, hat sie mir das Haar geflochten und mich auf die Wangen geküsst und mir niedliche kleine Spielzeuge gekauft, sobald sie etwas Geld hatte. Vor dem Schlafengehen las sie mir Geschichten vor. Beobachtete mich fasziniert, wenn ich mit meiner Puppe spielte. Meine Puppe hieß Zara. Ich spielte jeden Tag mit ihr. Als ich sie im Park verlor, hörte ich zwei Tage lang nicht mehr auf zu weinen. Daisy hielt mich im Arm wie am Tag meiner Geburt. Wiegte mich. Sie hielt mich einmal für das verheißungsvollste und schönste Wesen auf Erden.

Was habe ich falsch gemacht? Sie sind doch Arzt! Sie müssen so was doch wissen! Heilen Sie mich! Geben Sie mir Pillen, damit ich wieder normal werde! Schicken Sie mich ins Krankenhaus, und lassen Sie mich erst wieder raus, wenn ich zurechnungsfähig bin! Bitte! Tun Sie es für meine Mutter! Tun Sie es, damit sie mich wieder so liebt wie früher!

Am nächsten Tag zog ich mich für die Schule an, nahm meine Tasche und suchte im Kühlschrank nach etwas Essbarem. Es war nur ein Glas Marmelade da, das musste ich dann wohl oder übel auslöffeln. Ich steckte es in meine Lunchtüte, schnappte mir mein Buch und ging los.

Auf der Straße sah ich ein paar Jugendliche auf einer Bank sitzen. Ich erkannte sie, sie gingen auf meine Schule. Ich ging weiter, hielt mich an meiner Lunchtüte fest und versuchte, das Gesicht in meinem Buch zu verstecken, indem ich so tat, als würde ich lesen. Augenkontakt wollte ich um jeden Preis vermeiden. Hoffentlich quietschten meine Schuhe jetzt nicht.

»Hey, guckt mal, da ist Blue«, hörte ich eins der Mädchen sagen. Ich ließ das Buch sinken, es hatte ja doch keinen Zweck.

»Na, bin ich auch eine Vogelscheuche?«, fuhr das Mädchen fort. Sie hatte langes blondes Haar und bösartige grüne Augen. Ihr Name war Jenna, und sie ging in eine normale Klasse, die anderen ebenfalls. Die Neuigkeiten hatten sich wohl schnell herumgesprochen. Ihre Stimmen waren wie Messer und ihre Blicke wie Kugeln, sie stachen und schossen, und es tat weh, und ich fragte mich, ob sie das zu Hause auch so machten. Zu Hause wurden ihre Stimmen bestimmt sanft wie Lämmer, ihre Augen unschuldig wie die von neugeborenen Welpen.

»Und ich?«, fragte ein anderes Mädchen.

»Ich glaube, wir wollen alle Vogelscheuchen sein! Kannst du dafür sorgen, Blue? Du bist doch ein Zauberer, oder? Du bist der …«, sie beugte sich vor, um den Titel meines Buches lesen zu können, »du bist der Zauberer von Oz! Du kannst uns alle in Vogelscheuchen verwandeln!« Sie lachten mich alle aus.

Meinst du wirklich? Dann fick dich! Fick dich und … und deine Mutter und deinen Vater! Und deine Schwester auch, wenn du eine hast! Und deinen Bruder und deine Tanten und Onkel und deine ganze beschissene Familie!

Ich ging schnell weiter. Ich weiß nicht, warum, aber auf einmal trat alles Schwarze um mich herum hervor. Mir fiel ein Mensch mit schwarzen Schuhen auf. Jemand mit schwarzer Hose. Schwarzer Türknauf. Schwarze Bank. Schwarz, schwarz, schwarz. Dunkel. Meine Haare waren dunkel. Meine Augen waren dunkel. Nachts war der Himmel dunkel. Die Dunkelheit sickerte in meine Knochen und meine Seele. Ich ertrank in all der Dunkelheit. Sie kitzelte in meinen Adern und hinter den Augen, und ich fühlte mich erbärmlich. Es gibt auf der Welt nichts Schlimmeres, als etwas Dunkles zu sehen und zu wissen, dass es dein Inneres widerspiegelt. Dorothy, ja, Dorothy sieht die Dinge so lebhaft und bunt, wie sie sind. Meine Sicht ist schon vor langer Zeit verzerrt worden, auf viele Arten und Weisen.

Ich sammelte lange alles mögliche Zeug ein, das ich auf der Straße fand. Dreckige Münzen, unechte Diamantohrringe, zerknitterte Zeitungen, silberne Büroklammern. Aber das war vorbei, als ich eines Tages mit einer toten Maus in der Hand nach Hause kam. Daisy befahl mir, sie sofort wegzuwerfen; sie behauptete, sie hätte beinahe einen Herzinfarkt bekommen. Ich fragte mich, was passiert wäre, wenn sie wirklich einen gehabt hätte. Ich wäre Waise geworden und vielleicht von irgendeiner Psycho-Familie adoptiert worden. Und alles nur wegen einer toten Maus. Ich wäre wohl kaum so verrückt geworden, wie ich es jetzt bin. Denn eine Psycho-Familie ist immerhin überhaupt eine Familie.

Es war still beim Essen. Mucksmäuschenstill. Still wie ein totes Mäuschen. Immer wieder kam mir James in den Sinn, wie ein Blitz, der immer wieder einschlägt. *James.* Es ist schwer, sich zu konzentrieren, wenn man töten will.

»Die Schulleiterin hat mich angerufen«, sagte Daisy. »Sie sagt, du schreibst überall Einsen, nur die Hausaufgaben würdest du nie machen.«

Ich zuckte mit den Schultern.

»Dann bist du wohl doch nicht so blöd. Wenn du deine Hausaufgaben machen würdest, könntest du vielleicht im normalen Unterricht mitmachen.«

Hatte sie das gesagt? Hatte Miss Fisher das wirklich gesagt? Oder dachte Daisy sich das alles nur aus?

»Das hat Miss Fisher jedenfalls gesagt. Ich weiß noch nicht, ob ich das so gut finde. Ich weiß nicht, ob du mit den normalen Kindern und einem normalen Alltag klarkommen würdest. Ich glaube, es wäre besser für dich, die Dinge langsam, aber stetig anzugehen.«

Ich bin ein Mädchen ohne Worte, aber mein Verstand ist nicht schwerfällig, ich bin nicht stumpf und hohl. Sieh mir in die Augen, und du entdeckst ein Universum. Ich weiß nicht, was mit mir los ist. Bin ich verrückt, oder bin ich es nicht, eine Mörderin oder keine, unschuldig oder nicht. Aber ich kann nicht verhindern, dass ich mal so und mal so denke, wie die Wellen, über die der Wind streicht und die sich mal in die eine, mal in die andere Richtung bewegen. Mein inneres Universum mag nicht schön sein, langsam oder stetig ist es auf gar keinen Fall.

»Außerdem hat sie gesagt, du würdest im Unterricht nicht aufpassen. Du würdest die Lehrer ignorieren und einfach dein eigenes Ding machen. Als wärst du taub oder so.«

Weißt du, Daisy, ich kann dein Inneres hören. Deinen Herzschlag. Ich kann sogar dein winziges, weiches Hirn arbeiten hören, es quietscht und mahlt und knirscht. Ich höre deine Seele atmen. Weißt du, was sie mir zuflüstert? Sie sagt, du steckst voller Dämonen. Großer, kleiner, dicker, dünner. Sie quellen dir aus den Poren und glühen in deinen Augen. Hoffentlich platzt du irgendwann vor lauter Dämonen und stirbst. Das wäre phantastisch. Du würdest endlich aufhören, mich zu hassen, dich über mich zu beschweren und dich vor mir zu fürchten. Ich bin dein Kind. Jedenfalls war ich das einmal.

Der nächste Tag war ein Sonntag. Ich gab mir für den Tag frei, um die Sache mit James und George zu verarbeiten und den ganzen Tag zu lesen. So hatte ich neben dem Pläneschmieden etwas zu tun. Es tat gut, Dorothys Stimme wieder zu lesen.

15

Am Montag darauf wollte ich zum Süßwarenladen und dort nach George sehen. Ihm vielleicht unterwegs im Park ein paar Blumen pflücken, darüber würde er sich freuen. Ich musste wissen, wie er aussah, welchen Schaden James angerichtet hatte und welche Mordvariante ich mir für ihn ausdenken musste. Im Sinne von ›Messer im Bauch‹ oder ›Kugel im Hirn‹.

Was sagen Sie da, Herr Doktor? Diese Gedanken seien viel zu brutal für jemanden in meinem Alter? Ich habe ein gutes Herz – jedenfalls hatte ich das einmal –, aber bitte, Sie müssen mir glauben, ich konnte nichts anderes tun, um mich vor dem Ertrinken in der Dunkelheit um meinen Kopf zu retten. Viele Menschen töten. Manche töten sich innerlich selbst ab, indem sie hungern, um den Hass um ihren Kopf loszuwerden. Manche Leute töten ihr Äußeres ab, indem sie sich die Arme aufschlitzen, um das Nichts um ihren Kopf loszuwerden. Was war an meiner Tat so viel schlimmer?

Ich ging die paar Blocks zurück zu dem Ort, an dem ich nur ein paar Tage zuvor den Angriff auf meinen Bonbonverkäufer mit angesehen hatte.

Aber der Süßwarenladen war verschwunden. Und mit ihm die knallpinken Buchstaben. Das Eis war weg und die Lollis und die Bonbons und die Schokolade. Und plötzlich, nachdem ich sie so lange verdrängt hatte, kamen all die Erinnerungen an George zurück. Als wären sie vom Meer verschluckt und jetzt wieder angespült worden. Eine Szene ließ mein Herz besonders schmerzen.

»Ja, Ihre Tochter kommt ziemlich oft hierher. Gestern kam sie, weil sie Hilfe bei den Hausaufgaben brauchte.«

»Ach? Davon wusste ich ja gar nichts. Danke, das weiß ich sehr zu schätzen. Wahrscheinlich kommst du besonders gerne, weil er dir so viele Süßigkeiten schenkt, stimmt's, Blue?«, sagte Ollie und sah grinsend zu mir herunter. »Deswegen riechst du also immer so süß, wenn du nach Hause kommst!«

Ich sah zu den beiden Männern auf und versuchte ein Kichern zu unterdrücken, während die beiden unbeschwert lachten. Die orange Nachmittagssonne schien durchs Schaufenster und ließ die Süßigkeiten golden leuchten, die Szenerie war so friedlich, und ich erinnere mich, wie mir warm ums Herz wurde und ich George nichts weniger als das größte Glück des Universums wünschte.

Man begegnet selten einem Menschen mit einem so unbeschwerten, ruhigen Gemüt, jemandem, der so zufrieden mit einem einfachen Leben ist, das ist eine echte Gabe.

Ich wünschte, ich hätte den Mut gehabt, ihn ausfindig zu machen, mich zu vergewissern, dass es ihm gutging, aber mein Ziel war ein anderes. Wenn ich James tötete, würde ich nicht nur mich rächen, sondern auch George. Ich hoffte, das würde genügen. Mehr konnte ich nicht tun.

Ungläubig starrte ich den Laden an, der diese Stätte warmer Erinnerungen ersetzt hatte. Ein Mini-Supermarkt. Auf dem Schaufenster prangte die Aufschrift SPIRITUOSEN. LEBENSMITTEL. ZEITSCHRIFTEN. Ich spähte durchs Schaufenster. Es gab drei Gänge. Einen mit Süßigkeiten, Chips und Softdrinks, einen mit Zeitschriften und einen mit Alkoholika. Von hinten kam ein Mann durch den Bambusvorhang in den Verkaufsraum. Ich konnte sein Gesicht nicht sehen. Er setzte sich hinter die Theke und schlug eine Zeitschrift auf. Ich machte mich aus dem Staub.

Wäre Daisy aus Zweigen, würde ich sie in kleine Stücke brechen und diese zu einem winzigen Boot zusammenkleben, das in meine Handfläche passt. Ich würde die Badewanne mit Wasser füllen und das Boot schwimmen lassen. Und dann würde ich es aus dem Fenster werfen und zusehen, wie es von einem Auto überfahren wurde.

Am nächsten Tag fuhr ich im Unterricht mit den Fingerspitzen über die Seiten meines Buches und starrte die Decke an. Ignorierte die Lehrerin und die Schüler um mich herum. Irgendwo hatte ich mal gelesen, dass Leser länger leben. Wenn das stimmte, würde ich so alt werden wie die Sonne. Ich hasse das Leben. Aber ich liebe das Lesen. Dann musste ich mich wohl für alle Zeit mit Atmen herumschlagen, um meine Liebe zu Büchern zu befriedigen.

»Blue, bitte pack das Buch weg.«

Ich sah Miss Wolff in die Augen und schüttelte den Kopf. Sie seufzte. Die anderen drehten sich zu mir um.

»Blue, bitte pack das Buch jetzt weg. Willst du, dass ich dich wieder zu Miss Fisher schicke?«

Ich schüttelte erneut den Kopf.

»Okay, dann pack bitte das Buch in deine Tasche, und *pass auf.*«

Aufpassen. Lehrer erzählen immer das Gleiche. In diesem weinerlichen, nervigen Tonfall und mit genau den gleichen Worten, wie eine kaputte Schallplatte. Pass auf. Mach deine Aufgaben. Bla, bla, bla. Beschissene Leute mit ihren beschissenen Stimmen. Ich hasse Menschen. Diese komischen, hässlichen Gliedmaßen, die an unserem Körper hängen. Bizarre Nasen gucken uns in allen möglichen Formen aus dem Gesicht. Knochige Knie. Wackelnde Mini-Würstchen, die uns an den Füßen kleben, Zehen genannt. Wofür zur Hölle sind Zehen eigentlich gut? Hm? Wozu brauchen wir die?

Ollie hatte mir oft Limo gekauft. Dann steckte er sich eine Zigarette an und sah mir zu, wie ich die Limonade trank. Jeden Sonntag machte er das. Aber irgendwann war er sonntags nicht mehr da. Und montags auch nicht. Dienstags auch nicht. Mittwochs auch nicht. Er war zu sehr damit beschäftigt, Geld zu verdienen, um James bezahlen zu können. Und irgendwann kam er gar nicht mehr.

Entweder James starb, oder ich würde sterben. Also, was meinen Sie, Doktor? Hätten Sie lieber ein Monster am Leben und ein junges Mädchen sterben lassen? Sagen Sie's mir, Sie beschissener Blödmann! Tut mir leid. Ich soll ja nicht mehr fluchen. Das haben Sie mir erklärt. *»Keine Gewalt. Kein Hass. Kein Fluchen. Die drei Ks. Merk dir das, solange du hier bist.«*

Aber vielleicht mag ich ja Gewalt! Was sagen Sie dazu? Und vielleicht mag ich Hass, und vielleicht gefällt es mir zu fluchen! Tut mir leid. Ich höre ja schon auf.

Ich liebe mein Buch. Die Wörter sickern durch meine Poren, rauschen durch die Adern und kommen alle im Gehirn zusammen, wo sie ein wunderschönes Bild malen. Meine Phantasie ist wie ein Vorhang, der für Schönheit undurchlässig ist. Bis auf die Schönheit meines Buches. Das Buch ist wie die Sonne, die durch meine Vorhänge scheint.

Früher war ich nicht traurig, müssen Sie wissen. Ich wurde nicht traurig geboren. Aber irgendwann wurde ich wohl süchtig nach Traurigkeit, fand Trost in ihr, so wie Daisy Trost in den Drogen fand. Sie kroch in meine Gedanken, als hätte eine Schlange ihre Giftzähne in mein Hirn geschlagen. Ich vergaß langsam, wie das Leben ohne dieses Gift gewesen war. Manchmal hilft mir mein Buch, mich zu erinnern, dass ich einmal – wie Dorothy – der Inbegriff von Schönheit gewesen war, die Verkörperung des Glücks, nach dem ich mich sehne.

16

Wochen vergingen. Als hätten winzige Feen sie auf die Wände und den Boden gesprenkelt, funkelte die Angst überall in unserer Wohnung. Daisy schrie mich immer öfter an, bis sie davon ganz heiser wurde. Das machte mich wütend. Sie war wie ein Roboter, der darauf programmiert war, vulgäre und gehässige Dinge zu sagen, wenn ich in ihre Nähe kam. Ich war die Seuche, die unter ihrer Haut kribbelte.

Eines Sonntags gab Daisy mir etwas Geld und trug mir auf, ein paar Dinge aus dem neuen Minimarkt zu besorgen. Mit strenger Miene sah ich zu, wie sie mir die Münzen in die Hand legte. Als ich am Laden ankam, atmete ich tief durch und ging erst dann hinein. Bevor ich in einem der Gänge verschwand, sah ich für einen Sekundenbruchteil zur Theke. Ich weiß nicht, warum. Normalerweise sehe ich Menschen nicht gern an. Aber an irgendetwas blieb mein Blick hängen. Nicht an dem etwa zwanzigjährigen jungen Mann, der hinter der Theke saß. Sondern an etwas auf dem winzigen Fernseher, den er neben der Theke stehen hatte. Auf dem Bildschirm waren Wörter zu sehen, Wörter, die ich kannte, die ich wieder und wieder gelesen hatte.

Ich machte einen Schritt rückwärts. *Der Zauberer*

von Oz. Der Film. Etwas vollkommen anderes als das, was ich mir vorgestellt hatte, erschien auf dem winzigen Bildschirm. Was ich sah, war eine ganz andere Welt. Andere Farben und Gesichter und Landschaften. Meine Kehle war wie zugeschnürt. Ich hatte von der Existenz dieses Films gewusst, aber ich hatte es nie gewagt, ihn mir anzusehen. Ich schaute weg und machte instinktiv einen weiteren Schritt rückwärts. Ein Ständer mit Chipstüten kippte um. Ich drehte mich schnell um und ging durch den Gang, ich zog den Kragen hoch, um mein Gesicht zu verbergen. Die Welt, die ich so akribisch in meinem Kopf aufgebaut hatte, war zerstört. Die Bäume auf dem Bildschirm waren das Gegenteil der Bäume, die ich mir vorgestellt hatte. Genau wie Dorothys Haus. Und seit wann hatten die da Pferde? Seit wann Hühner? Dorothys Gesicht war so viel intelligenter und schöner als mein eigenes. Ihre Wangen waren röter als meine, ihre Lippen voller. Lautlos hockte ich mich in eine Ecke und kaute nervös an den Fingernägeln. Ich schmeckte das Blut aus den eingerissenen Nagelbetten. Dorothys Haar war seidig und ihre Wimpern lang. In meiner Phantasie hatte ich sie aussehen lassen wie mich selbst. Aber nun sah ich, dass sie engelsgleich war, und das war ich nicht.

Ich rieb mir die Augen und stand auf. Ich suchte die Sachen zusammen, die ich für Daisy besorgen sollte, und legte sie auf die Theke. Der Verkäufer wandte den Blick vom Bildschirm ab und sah mich an. Ich versuchte geradeaus zu schauen, aber mein Blick wurde vom Bildschirm magisch angezogen. Dorothy hielt einen Krapfen in der Hand und sprach mit ihrer Tante Em.

»Also stör uns jetzt bitte nicht länger. Such dir einen stillen Platz und reg dich nicht mehr auf«, sagte Tante Em.

»Einen Platz ganz ohne Aufregungen?«, fragte Dorothy. *»Glaubst du, es gibt einen solchen Platz, Toto? Das muss es doch. Aber da kann man nicht mit dem Schiff oder mit der Bahn hinfahren. Er ist weit, weit weg. Weit hinterm Mond, weit hinterm Regen …«*

Ich hielt mir die Augen zu und biss mir fest auf die Unterlippe. Dann fing sie an zu singen. Ich spähte durch meine Finger und sah Dorothy zum Himmel blicken und mit warmer, liebevoller Stimme singen.

»Somewhere over the rainbow, way up high,
There's a land that I heard of, once in a lullaby …
Somewhere over the rainbow skies are blue,
And the dreams that you dare to dream, really do
come true …«

Der Verkäufer reichte mir eine Plastiktüte mit meinen Einkäufen, und ich nahm sie mit zitternden Händen entgegen. Mit dem Ellbogen erwischte ich einen Karton Ein-Dollar-Feuerzeuge, der von der Theke rutschte und laut scheppernd zu Boden fiel. Ich bückte mich, wobei mir das Buch unter dem Arm hervorrutschte und dumpf auf den Boden schlug.

»Ach, lass nur, das macht nichts«, sagte der Verkäufer. Er kam um die Theke herum, bückte sich und sammelte die Feuerzeuge auf.

»Magst du den *Zauberer von Oz*?«, fragte er, als sein

Blick auf das Buch fiel. Ich schnappte es mir und versuchte, es an meiner Brust vor seinen Blicken zu verstecken. Ich richtete mich auf.

»Somewhere over the rainbow«, sang Dorothy noch immer mit der Stimme eines Menschen, der zu viel geliebt hat, um Traurigkeit zu empfinden. Von jemandem, der ich nicht einmal annähernd werden konnte.

Ich zuckte nur mit den Schultern, drehte mich um und ging. Dorothys Stimme wurde leiser. Ich hielt es nicht aus. Ich hielt ihre Schönheit nicht aus und dass meine ganze Welt auf den Kopf gestellt worden war. Ich hätte diesen Laden nie betreten sollen. Eben war ich noch so selbstsicher gewesen; wusste genau, was mir gefiel und was nicht, was ich hasste und was ich bewunderte. Hatte bisher nie meine Entscheidungen hinterfragt. Wie konnte jetzt dieser Film meine Gedanken so verwandeln, dass sie mir nicht mehr wie meine eigenen vorkamen, sondern verschwommen, nichtssagend, unlesbar. Ich hatte mir ganz allein vorgestellt, wie die Geschichte aussah. Ein Film konnte das doch nicht einfach ändern. Aber hören Sie gut zu, Doktor, denn das war ja das Komische: Genau das tat er.

17

Am nächsten Tag in der Schule träumte ich wie immer vor mich hin. Bitte, lieber Gott, lass mich ins Land Oz treten, wenn ich durch die Schultür gehe, bitte lass mich an genau dem Ort stehen, an dem Dorothy stand, als sie ihre Haustür öffnete. Lass es die Welt sein, die ich mir vorgestellt habe, widerlege den Film. Bitte lass mich in eine Welt kommen, in der es zarte Blümchen in allen Farben des Regenbogens gibt und blauen Himmel, wo die Sonne warm und hell scheint und ein kleiner Fluss sich durch die Wiesen schlängelt und im Sonnenlicht glitzert. Ich werde dich kurz und klein hacken, wenn nicht! Bitte, lieber Gott, ich flehe dich an.

Ich hielt mich für den Rest des Tages an diesem Traum fest. Als die Schule aus war, ging ich zum Ausgang und legte beide Hände auf den Türgriff, mit angehaltenem Atem drückte ich die Tür auf. Ich stand draußen. Und sah wieder bloß die dreckigen Straßen voller Müll und zerbrochener Flaschen und Obdachloser, die mit dem Arm bis zur Schulter in Mülleimern wühlten. Dealer, Schlägertypen, kaltherzige Menschen. Ich schaute auf meine blassen Hände, fuhr mir mit dem Finger über die aufgesprungenen Lippen. Ich war noch immer Blue. Ganz sicher.

Ich machte mich auf den Heimweg. In der Evanor Street kam ich an diversen Geschäften vorbei und hielt an, als ich mein Spiegelbild im Schaufenster des kleinen Supermarktes sah. Ich sah grässlich aus. Wie ein Monster. Die Art Monster, über die Ollie gesagt hatte, sie existiere gar nicht. Ich ging hinein. Der junge Verkäufer saß hinter der Theke.

»Ach, da bist du ja wieder«, sagte er überrascht.

Eine Sekunde lang sah ich ihm forschend in die Augen, dann verschwand ich hastig in einem der Gänge. Warum war ich zurückgekommen? Ich blätterte ein paar Zeitschriften durch. Irgendetwas musste ich kaufen, also schnappte ich mir eine Flasche Root Beer und stellte sie auf die Theke. Ganz langsam wanderte mein Blick höher, höher, höher auf den Bildschirm. Meine Beine wurden taub. Der Film lief schon wieder. Ich sah den Verkäufer an und presste die Lippen aufeinander. Ich legte ihm die Münzen hin. Er sah mich an und lächelte.

Lesen Sie das ruhig noch mal, Herr Doktor. Sehen Sie? Er hatte keine Angst vor mir. Ich sah ihn finster an, warum lächelte er dann? Es war ein schwaches Lächeln, aber genug, um verwelkte Blumen aufblühen zu lassen. Ich nahm meine Flasche und ging. Konnte Dorothys Stimme hören. Ein Schauer lief mir über den Rücken, und ich schüttelte mich. Ihre Stimme war einfach ekelerregend.

18

Gegen fünf war ich wieder zu Hause. Als ich die Tür öffnete, lag Daisy faul auf der Couch und sah fern. Es gab keinerlei Anzeichen dafür, dass sie mich bemerkt hatte. Sie starrte einfach weiter auf den Bildschirm, als wäre er ein beknacktes goldenes Pony und ich nur eine alte Rostlaube von Auto.

Ich ging in mein Zimmer und legte mein Buch behutsam auf dem Kopfkissen ab. Ich deckte es halb zu, als wäre es ein schlafendes kleines Kind.

Eigentlich machte ich nie Hausaufgaben. Aber diesmal hatte Miss Droner, meine Englischlehrerin, uns einen Aufsatz über unsere Lieblingslektüre aufgegeben. Diese Gelegenheit, jemandem meine Beziehung zu meinem Buch zu erklären, durfte ich nicht ungenutzt verstreichen lassen. Ich kramte also in den Papieren auf meinem Tisch nach dem Aufgabenblatt, aber ich konnte es nicht finden. Ich ging zurück ins Wohnzimmer, aber zwischen den Zeitschriften war es auch nicht.

Als Nächstes wollte ich im Mülleimer in der Küche nachsehen. Vielleicht hatte Daisy den Zettel ja aus Versehen weggeworfen. Angeekelt griff ich hinein und zog leere Flaschen, abgelaufene Lebensmittel und Kassenzettel heraus. Der Mülleimer war fast leer, und mir wurde übel, als ich etwas entdeckte, das sich wie ein Schlag ins Gesicht anfühlte.

Ich war sofort auf den von Müll umringten Füßen. In der Hand hielt ich ein Plastiktütchen.

Schrei! Brüll sie an! Tu was! Mach endlich den Mund auf! Stattdessen ging ich laut stampfend zum Fernseher, stellte mich davor und hielt das Tütchen hoch. Daisy sagte kein Wort. Nur die Spielshow im Fernsehen war zu hören.

»Uuund wir haben eine Gewinnerin! Miss Macy McDonald, herzlichen Glückwunsch!«, rief die Stimme des Ansagers. Ich sah über die Schulter. Der Mann hatte perlweiße Zähne und glänzendes Haar. Das Publikum applaudierte, jeder einzelne Zuschauer trug ein breites Lächeln in seinem dämlichen Gesicht. Glückliche Menschen. Die ziehen mich echt runter. Ich warf das Tütchen auf den Boden.

Plötzlich bewegten sich ihre Augen, Leben schoss blitzartig in die Pupillen. In dieser Sekunde erhaschte ich einen Blick auf die alte Daisy. Ich hatte einen Kloß im Hals.

»Ich … ich versuche wirklich aufzuhören«, jammerte sie. »Aber es ist so schwer, weißt du? Es saugt alles Leben aus mir raus! Ich kann nicht einfach von einem Tag auf den anderen aufhören. Ich muss es … langsam ausschleichen! Und … und außerdem geht dich das auch gar nichts an!«

Wie ich die alte Daisy vermisse.

Die Daisy, die jetzt vor mir lag, hatte dünne Ärmchen, die Knochen an ihren Ellbogen stachen hervor wie Pfeilspitzen. Ihre Augenringe waren lilagrau. Ihre Haare spröde und brüchig, ebenso die Fingernägel. Ganz weiß und trocken. Ich erinnere mich noch, dass ich dachte, wenn ich sie jetzt anrühre, zerfällt sie zu Staub. Ich versuchte den Kloß in meinem Hals zu schlucken, aber er blieb, wo er war, bereit, die Tränen loszutreten.

Als Ollie noch lebte, war Daisy so hübsch. Wunderschöne blaue Augen, lockiges blondes Haar und ein ansteckendes Lächeln. Sie hatte zarte, rosige Haut. Jetzt nicht mehr. Ihre Augen waren einmal so blau wie der Himmel. Blau wie mein Name. Aber jetzt sind sie so trüb wie ein dreckiger Stadttümpel.

19

Ich ging jetzt öfter zum Minimarkt. Ich weiß nicht, warum. Ich hatte das Gefühl, wenn ich nicht hinginge, würde ich zerschmelzen und durch den Boden sickern, bis ich irgendwann in der Hölle ankäme. Und das wollte ich nicht. Vielleicht ging ich nur hin, um den Film zu sehen und mit mir selbst darüber zu diskutieren, warum er so schrecklich war.

Dunkle Wolken sammelten sich am Himmel, als ich mich auf den Weg machte. Durch die verdreckte Evanor Street blies der Wind. Augenblicke später kam harter, lauter Regen vom Himmel geprasselt, vor lauter Wasser konnte ich kaum vom Gehweg bis auf die Straße sehen. Das Buch steckte ich mir schnell unter die Jacke. Die Menschen flohen vor dem Regen wie ängstliche Mäuse, hinter den Autos entstanden kleine Bäche. Innerhalb von Sekunden war ich von Kopf bis Fuß durchnässt und musste zum Supermarkt rennen, um mich dort unterzustellen. Das Wasser tropfte mir aus den Haaren auf den Teppichboden. Mein blasses Gesicht glänzte unter dem künstlichen Licht.

»Alles okay bei dir? Willst du ’ne Decke? Ich muss hinten irgendwo eine haben«, sagte der junge Verkäufer und verschwand hinter dem Bambusvorhang.

Sie haben gesagt, er habe sich nur um mich gekümmert, weil er Angst vor mir hatte und ich ihm leidtat, Herr Doktor. Vielleicht haben Sie recht, vielleicht auch nicht. Ich weiß nur, dass ich am Anfang keinerlei Gefühle für ihn hatte.

Ein paar Minuten später kam er mit einer weichen Hello-Kitty-Decke wieder nach vorne. Ich warf sie mir wie einen Umhang um, als wäre ich eine Königin.

»Willst du 'ne Tasse Tee? Hab grad welchen gemacht«, sagte er.

Ich nickte, er schlüpfte erneut durch den Bambusvorhang und kam mit zwei dampfenden Styroporbechern zurück. Einen davon gab er mir.

Ich muss ziemlich verschreckt ausgesehen haben, denn plötzlich sagte er: »Ist in Ordnung, dass du nicht sprichst. Wirklich, macht mir nichts aus. Das zeigt nur, dass du viel nachdenkst.«

Er hatte dunkle, zerzauste Haare, seine Augen waren braun und sanft, aber markant genug, um Seelen zu durchstechen wie Nadeln Ballons. Ich brauchte exakt zehn Minuten und siebenundzwanzig Sekunden, um meinen Tee auszutrinken, das konnte ich auf der Uhr ablesen, die über seinem Kopf hing.

Ich fühlte mich ganz weich. Als wäre ich tatsächlich ein Mädchen. Aber dann erinnerte ich mich daran, dass es da einen anderen Mann gab und dass ich diesen Mann töten musste. In Sekundenschnelle war ich nicht mehr dieses Mädchen.

11:45. Verlässt *Olive Place.*

Das kritzelte ich auf meinen Notizblock und sah James zu, wie er die Straße hinunterging und sich dabei ein paarmal hastig umsah. Er strich sich mit Daumen und Zeigefinger über den Bart und betrat einen Spirituosenhandel. Ich schrieb es auf. Ein paar Minuten später kam er mit einer Bierflasche wieder heraus, steckte eine Packung Zigarren ein. Er ging zu einem glänzenden schwarzen Cadillac mit schwarzen Felgen und stieg ein.

Schwarzer Cadillac. Nummernschild: DTC-4923.

Der Cadillac fuhr los, und ich rannte hinterher. Ich rannte so schnell, als wollte ich vor der Wirklichkeit davonlaufen. Und für den Bruchteil einer Sekunde dachte ich: Wofür renne ich eigentlich? Aber dieser Gedanke wurde sofort von den Milliarden anderen Gedanken weggeschwemmt, die alle in diesem wilden Ozean namens Verstand schwammen. Der einzelne Gedanke kam nie wieder; er ertrank.

Batteriesäure floss mir durch Beine und Brust. Dann sah ich, wie der Cadillac vor einem Haus zum Stehen kam. Ich rannte über die Straße, versteckte mich hinter einem Baum und schnappte nach Luft.

James stieg aus und verschwand in dem Haus, das vollkommen langweilig aussah, groß, grau, mit kleinen Fenstern, so wie alle anderen Gebäude in dem Block. Als die Tür hinter ihm zufallen wollte, trat ich hinter dem Baum hervor und folgte ihm ins Haus.

Das Treppenhaus war schwarz. Alles andere um mich

herum war ebenfalls schwarz. Ich erhaschte gerade noch einen Blick auf James, der schon die nächste Treppe nahm. Ich folgte dem Geräusch seiner Schritte und versuchte dabei, selbst keine Geräusche zu machen. Ich rannte die restlichen Stufen hoch und sah am Ende des Ganges eine Tür offen stehen. Laute Musik drang heraus, und ich ging wie hypnotisiert darauf zu. Auf dem Boden lag ein abgewetzter, stellenweise löchriger roter Teppich. An den Wänden hingen gerahmte Schwarzweißfotos von Marilyn Monroe. Irgendjemand hatte ihr einen Kaugummi ins Gesicht geklebt. Ich kratzte ihn ab und warf ihn auf den Boden. Ich hatte immer gedacht, Gangster hätten riesige Villen auf der ganzen Welt, aber James hatte nur ein kleines Apartment. Als ich die Tür erreichte, reckte ich den Hals und spähte hinein. Der Raum war voller Menschen und in blauen Dunst getaucht. James saß mit einer Flasche Bier auf der Couch. Hinter ihm an der Wand hing ein großer Spiegel. Mädchen mit breitem Grinsen im Gesicht liefen in winzigen zerrissenen Shorts und pinken Stiefeln herum. Manche hatten große Afros und trugen Goldringe. Die Männer trugen tiefsitzende Hosen und weite Shirts. Die Musik prallte an den Wänden ab. James lachte über etwas, das jemand gesagt hatte, und schlug sich auf die Schenkel. Er nahm einen Schluck Bier und sah mich an. Nach ein paar Sekunden wandte er den Blick ab.

»Warte mal, warte, ey, Dane. Wer zur Hölle ist die denn?«, rief er und deutete mit dem Kopf in meine Richtung. Ich wich sofort zurück.

»Wer?«, hörte ich eine Stimme fragen.

Und dann rannte ich. Spürte, wie Marilyns Blicke sich mir in den Rücken bohrten. Rannte durch das dunkle Treppenhaus, rutschte aus und fiel auf die Knie. Ich spürte, wie die Haut aufriss, während ich zu Boden ging. Keuchend stand ich auf, rannte weiter, mehr Treppen, und zur Vordertür hinaus. Am Ende der Straße hielt ich an. Ein dünnes Rinnsal lief an meinem Bein hinab.

Mir wurde schlecht, wenn ich an James' Gesicht dachte. Mit seiner Stimme war es das Gleiche. Und mit seinen Händen, seinen Fingernägeln, seinen Schuhen, seinem beschissenen Bart und all den Bierflaschen, die er ständig in der Hand hatte. Ich konnte nur noch daran denken, wie schön es sein würde, ihn leblos am Boden liegen zu sehen.

20

Wissen Sie, wovor ich mehr Angst habe als vor mir selbst, Doktor? Vor Kirchen. Kirchen mit ihren Jesusbildern, auf denen er tot am Kreuz hängt. Warum gibt es keine Kirchen, in denen dem mächtigen Zauberer von Oz gehuldigt wird? Er ist groß und mächtig und gütig. Und er ist weder tot noch halb nackt noch verwundet.

Aber das Beängstigendste an Kirchen sind wohl die Deckenmalereien. Die Engel, die auf einen herabglotzen. Wahrscheinlich soll man sich von ihnen beschützt fühlen, aber ich hasse diese gemalten Augen, die auf einen heruntersehen. Ich habe immer das hintergründige Gefühl, dass die Figur in dem Gemälde plötzlich anfangen könnte sich zu bewegen, dass die Realität in Stücke springen und alle Bilder zum Leben erwachen würden.

Am nächsten Sonntagmorgen betrat ich lesend den Minimarkt. Der Verkäufer saß hinter der Theke und las in einer Zeitschrift. Der Fernseher war ausgeschaltet. Als ich gerade einen Gang betreten wollte, erfüllte eine beunruhigende, schrille Stimme den Laden.

»Hey du!«, rief sie. Ich drehte mich um und sah eine Gruppe Mädchen in der Tür stehen. Der Verkäufer sah von seiner Zeitschrift auf. Die Mädchen trugen grelles

Make-up, und ihre Lippen waren mit Lipgloss bepinselt. Sie gingen auf meine Schule.

»Was habt ihr vor?«, fragte ein blondes Mädchen. Sie nahm einen Schluck von ihrer Cola, sah sich im Raum um und bemerkte mich. Ich hatte lange keine Cola mehr getrunken. »Moment. O Gott, Blue? Was machst du denn hier?! Gehst du etwa hier einkaufen? In einem Minimarkt?!« Sie sah den Verkäufer an. »Wissen Sie denn nicht Bescheid?«

»Worüber?«

»Blue ist eine Soziopathin. Das ist so was wie ein Psychopath, nur mit einem asozialen Alien gemischt. Sie ist neu in der Schule. Stimmt's, Blue?«

Ich starrte in ihre dämonischen Augen. Ich verspürte den heftigen Drang, ihr das perfekt glänzende Blondhaar vom Schädel zu reißen und ihre drei Freundinnen damit zu erdrosseln.

»Was? Wovon redest du denn da?«, hörte ich den Verkäufer sagen.

»Ich mach keine Scherze. Ist echt traurig. Kannst jeden fragen.«

»Susie, hau ab, ich arbeite.«

»Mein Gott, okay! Bis dann«, erwiderte sie. Die Mädchen gingen. Eine von ihnen warf mir eine Kusshand zu. In meiner Phantasie fing ich den Kuss auf und zerquetschte ihn. Schweigend starrte ich zu Boden. Mir war schwindelig, ich musste mich an einem Regal festhalten. Ich schloss die Augen und merkte, wie die Welt sich hinter meinen Lidern drehte. Ich atmete tief durch.

Es gab einmal eine Zeit, in der ich mich wehrte. In

Florida zum Beispiel, und als Ollie noch am Leben war. Wenn die Leute mich beschimpften, ging ich zu ihnen hin und erteilte ihnen eine Lektion. Ich schrie und schlug und trat und kreischte. Die Lehrer mussten mich jedes Mal wegzerren, wenn ich mit den Fäusten drohte. Die Leute waren nicht oft gemein zu mir. Aber wenn, dann ließ ich mich nicht schikanieren. Hinterher kaufte ich mir immer ein Eis und hüpfte mit meinen lädierten Beinen zufrieden die Straße entlang. Ich lächelte. Niemand konnte mich damals aufhalten. Ich hatte die Macht, Worte mit meinem Kiefer zu zermalmen. *Hatte.*

Draußen riss der Wind an mir, als ich durch die Straßen jagte. Ich konnte mich dort nie wieder blicken lassen. Jetzt wusste er, dass ich verrückt war, und er würde aufhören, nett zu mir zu sein, und anfangen, mich zu hassen, so wie alle anderen. Es brach mir das Herz, Herr Doktor. Mein Herz war schon einmal gebrochen worden. Und jetzt wusste ich, dass mein Herz wie das Eis auf einem zugefrorenen Fluss war: Ist es einmal gebrochen, bricht es wieder und immer wieder. So war mein Herz. Und so ist es noch immer.

Doch nach der Schule ging ich bereits wieder in den Laden. Ich konnte nicht anders. Ich konnte seiner Anziehungskraft einfach nicht widerstehen.

Vielleicht war ich in dem Laden gedemütigt worden, aber bei dieser Sache ging es um Leben und Tod. Ich musste den fesselnden, furchterregenden, erschütternden Film sehen, oder ich würde sterben und im Nichts verschwinden. Sie können über mich lachen, so viel Sie wollen. Aber eines Tages werden Sie merken, dass die Köpfe aller Menschen hohl und leer sind. Und dann bekommen Sie es mit der Angst zu tun. Und Sie werden merken, dass Sie sich nur retten können, wenn Sie etwas Schönes in den Händen halten.

Ich überquerte mit meinem Buch unter dem Arm und tief in den Jackentaschen vergrabenen Händen die Straße und vermied wie immer jede Art von Augenkontakt. Als ich den Laden betrat, sah der Typ von seiner Zeitschrift auf. Ich senkte den Blick. Meine Schuhe waren verdreckt und zerrissen. Ich muss neue Schuhe kaufen, dachte ich. Schöne Schuhe. Vielleicht hübsche Glitzerschuhe wie die von Dorothy. Ja, das werde ich tun. Sobald ich das Geld habe.

»Du musst keine Angst vor mir haben.«

Ich sah den Verkäufer an.

»Hast du Angst?«, fragte er.

Ich wandte den Blick ab, auf den Film, verschränkte die Arme und zuckte mit den Schultern. Mein Blick wanderte unruhig suchend durch den Laden, und ich versuchte den Mut aufzubringen und zu sprechen. Aber ich brachte keinen Ton heraus.

Er sah, wie ich auf den Film starrte. Es war ein sehr merkwürdiger Augenblick. Ich sah weg, und er sah mir dabei zu, wie ich wegsah. Meine Lippen bildeten eine dünne Linie. Dorothy tätschelte Toto auf dem Bildschirm den Kopf, und plötzlich war ich von ihrer Schönheit so überwältigt, dass ich nicht weiter hinsehen konnte. Die Leute sagen immer, niemand wäre perfekt. Aber Dorothy war Perfektion auf einer Ebene, die nicht von dieser Welt war, sie hatte eine Bandbreite an himmlischen Eigenschaften, die für mich zu hoch war. Ich nahm meine Tasche und ging.

Früher hatte ich eine kleine Freundin, die in meinem Kopf lebte. Sie existierte nur in meinen Gedanken. Nein, keiner dieser Fälle, in denen ein Kind sich einen imaginären Freund ausdenkt und mit der Luft redet. Sondern eine Person, die in meinem Kopf lebte und mit mir redete. Wenn ich etwas sagen wollte, musste ich es nur denken. Sie hieß Clarice. Sie hatte pinke Haare, lila Lippen und grüne Augen. Sie trug immer Seide. Manchmal setzte sie sich eine große goldene Krone auf. Oder wickelte sich Blumen um die Arme. Jeden Tag, wenn ich aufwachte, wünschte sie mir einen guten Morgen. Als ich einmal in der Badewanne einschlief, war sie es, die mir das Leben rettete. Sie verschwand mit Ollies Tod.

Es ist doch komisch, dass wir für jedes Gefühl auf der Welt eine Bezeichnung haben. Keines unserer Gefühle ist mehr einzigartig. Es interessiert niemanden, wenn man sagt, dass man glücklich oder traurig ist. Wäre doch ziemlich cool, wenn irgendwann einer sagen würde: »Ich bin traurig«, und alle würden auf die Person zustürmen, ihr auf die Schulter klopfen, an ihrer Jacke zerren und fasziniert fragen: »Traurig? Von diesem Gefühl habe ich ja noch nie gehört. Wie fühlt es sich denn an? Gut? Können Sie es beschreiben? O Mann, wenn meine Frau das hört, wird sie ausflippen! Hört alle her! Heute wurde ein neues Gefühl gefühlt!«

15:24. James verlässt *Olive Place.*

Ich stand vor Ollies Restaurant und sah James herauskommen. Er trug wieder einen oberschicken glänzenden Anzug, und sein Haar glänzte gelig. Direkt vor dem Restaurant setzte er sich in sein glänzendes Auto und düste los. Ich wusste ja jetzt, wohin er fuhr, und sah dem Wagen mit zusammengekniffenen Augen hinterher. Plötzlich geriet er ins Schleudern. Fuhr wilde Kurven und krachte dann heftig in ein Gebäude. Der Knall hallte durch die Straße. Metallsplitter und Kleidungsfetzen flogen durch die Luft. Langsam fing das zerknautschte Autowrack Feuer. Die Flammen breiteten sich über das ganze Fahrzeug aus und steckten auch das Gebäude in Brand. Rauch stieg auf und verdunkelte den Himmel. Menschen flohen vom Unfallort, schlugen sich die Hände ins Gesicht, schrien wie wahnsinnig, die Augen leer. In der Ferne hörte ich Sirenen aufheulen. Ich rührte mich nicht vom Fleck.

Alles nur in meinem Kopf. Der Wagen fuhr unversehrt davon.

»Hey Baby, wie geht's dir?«, hörte ich eine Frauenstimme fragen. Ich stand vor James' Wohnung und drückte mein Ohr an die Tür.

»Irgend so ein hirnloser Schwachmat in der zwanzigsten Straße versucht mich zu verarschen. Aber ich hab ihn durchschaut. Will mir zwei Dreißiggrammtütchen Heroin verkaufen, die er mit Backpulver gestreckt hat. Hast du gehört? *Backpulver.* Wirst schon sehen, wenn er mich weiter so zum Narren hält, werden Antonio und ich ihn plattmachen, das schwöre ich. Ich mach keine Witze.«

»Darum bist du ja auch der Boss, Baby. Keiner legt sich mit dir an«, erwiderte die Frau. Sie hatte eine schrille, weinerliche Stimme und beendete jeden Satz mit einer Art Stöhnen. Hat mich richtig angepisst. Blöde Hure. Tut mir leid, Herr Doktor.

»So ist es. He, wo hast du meine Zigarren hingetan? Die liegen nicht auf'm Tisch.«

»Die hast du gestern alle aufgeraucht.«

»Verdammt. Okay, ich bin in fünf Minuten wieder da.«

Ich hörte schwere Schritte auf der anderen Seite der Tür. Blitzschnell rannte ich den Flur hinunter und ins Freie. Draußen steckte ich die Hände in die Taschen und ging unauffällig weiter.

Ich war so wild darauf, James zu töten, dass es mir unter der Haut brannte. Es war wie das Warten auf Weihnachten. Innerlich hatte ich jedoch panische Angst, dass jemand meinen Plan herausbekommen, die Polizei informieren und in die Welt hinausposaunen würde, dass ich verrückt war, was mich daran hindern würde, ihn zu töten. Es musste geschehen, es war unumgänglich, unabdingbar. Würde mich jemand aufhalten, wäre mein Verstand für immer verloren, im Sumpf des ewigen Wahnsinns versunken. Die Zuschauer – die summenden Fliegen über dem Sumpf – würden bloß zusehen, mich analysieren, meine Taten in ein Weckglas mit Etikett stopfen und Abstand halten. Sie würden sagen: *»Wir ver-*

suchen nur, dir zu helfen, wir wollen doch nur, dass es dir bessergeht.« Aber in Wirklichkeit würden sie nur summen, summen, summen wie die Fliegen, die sie sind. Sie würden alles tun, was in ihrer Macht steht, und dabei das Wichtigste vergessen: mich aus dem Sumpf zu ziehen. (Damit sind Sie gemeint, Herr Doktor, Sie und die Krankenschwestern.)

Darum durfte niemand davon erfahren. Wie hätte diese Gewalttat glorreicher sein können? Ich würde einen Mann töten, der mich zerschmettert hatte wie eine Muschel. Was konnte glorreicher sein, als den Mann zu töten, der einen selbst getötet hatte?

Mein erster Schultag in Florida war komisch gewesen, die Lehrer dort fragten mich einen Haufen unwichtiger Dinge. Da ich nicht sprach, musste ich es für sie aufschreiben. Sie fragten zum Beispiel: »Welches ist dein Lieblingstier?« Ich schrieb auf: ›Hirsch‹, und sie fragten: »Warum der Hirsch?« Und ich schrieb, das Geweih der Hirsche sehe aus wie Äste und es wäre doch cool, wenn Vögel darin nisten würden und kleine Babyvögelchen sich davon abstoßen und das Fliegen lernen würden. Ziemlich cool. Die Lehrer waren total verdattert und fragten nicht weiter.

»Willst du was mit mir essen gehen?«, fragte der junge Verkäufer. Ich stand in dem kleinen Laden, und mir wurde eiskalt. Essen? Wo? Ich sah mich um. Machte er Witze? Doch er wartete ganz entspannt auf eine Antwort. Weder lachte er mich aus, noch machte er sich über mich lustig oder sah mich komisch an. Keine Ahnung, was über mich kam, Herr Doktor. Ich nickte.

Also schnappte er sich seine Jacke, die über dem Stuhl hing, und schlüpfte hinein. Das Herz schlug mir bis zum Hals. Als er an mir vorbeiging, wehte mein offenes Haar hinter ihm her. Das machte mir Angst. Er war mächtig, und was war ich?

Wir machten uns auf den Weg. Nach draußen. Auf die Straße. Wo man uns zusammen sehen konnte. Zusammen. Die Leute würden uns sehen. Sie würden ihn fragen, warum er mit mir unterwegs war, mit der Soziopathin, der Irren, der mit dem Schweigefluch. Ich konnte ihre Worte schon hören und sie durch mein Herz schneiden fühlen. Er schloss hinter uns ab. Ich konnte meinen Atem sehen. Vielleicht bildete er ja einen Heiligenschein aus Wasserdampf um meinen Kopf.

»Lass uns zu Ellie's gehen, okay?«

Ich nickte und fixierte schnell wieder den Boden. Ich mochte Ellie's. Es war eine klassische Burgerbude mit lederbezogenen Sitzbänken, Kellnerinnen auf Rollschuhen und rot-weiß gestreiften Wänden. Jeder ging dorthin. Es war die einzige ordentliche Burgerbude in der Gegend, ohne Kakerlaken und so. Gangster aßen hier. Vielleicht auch James. Schulkinder. Kleine Mädchen. Verwegene Gestalten, Dealer, Schlägertypen.

Als wir eintraten, war das Erste, worauf mein Blick fiel, ein großes Bild an der Rückwand des Restaurants, ein Schwarzweißfoto von einem lächelnden Mann in Kochuniform, der neben einem anderen Koch stand. Der linke war der Chefkoch hier. Der andere war mein Vater.

Das hatte ich vergessen. Er hing an der Wand. Ich wollte das Bild mitnehmen. Ich wollte weinen. Ich wollte weg hier.

Ich stand unbeholfen da und starrte das Bild an, und mein Begleiter nahm mich sanft am Arm und wollte mich zu einem Tisch führen. Ich zog den Arm weg.

Ich hasste Ledersitze. Sie waren immer so klebrig, dass ich befürchtete, irgendwann für immer am Leder kleben zu bleiben und nie wieder aufstehen zu können.

»Also«, sagte er, schaute in die Karte und seufzte, »worauf hast du Lust?«

Ich sah mich um. Von der anderen Seite des Raumes aus starrten mich Kinder an, und ich konnte sie selbst auf die Entfernung spotten hören. Sie zeigten mit dem Finger auf mich, als würde ich hier nicht hingehören.

Ich sah mein verzerrtes Spiegelbild auf der glänzenden Tischoberfläche, und mir wurde klar, dass die Kinder recht hatten. Was machte ich hier eigentlich? Guck dich doch an, sagte ich mir. Guck dir deine leeren Augen an. Guck dir deine schmutzigen Hände an, die aufgesprungenen Lippen. Ich stand auf, sah meinen Begleiter zum Abschied an und nahm mein Buch.

Aber er schüttelte nur den Kopf. »Nein, nein, nein, du gehst nirgendwohin. Nicht ohne mich. Jetzt such dir was zu essen aus«, sagte er.

Bei diesen Worten huschten die Dämonen in meinem Kopf für einen Augenblick davon. Sie verschwanden in ihre Höhlen und versteckten sich im Dunkeln. So wirkte dieser Typ auf mich. Das war seine Tugend, seine Zauberkraft.

Ich setzte mich wieder, und er schob mir die Karte rüber. Die Kellnerin kam angerollt, Notizblock und Kugelschreiber gezückt.

»Herzlich willkommen bei Ellie's. Was darf's sein?«

»Ich nehme einen Hamburger und eine Coke«, sagte er. Die Kellnerin schrieb seine Bestellung auf, sie hatte die Haare zum Pferdeschwanz gebunden und trug eine weiße Kappe, auf der das Ellie's-Logo prangte. Darunter lugten einige Haarsträhnen hervor und hingen ihr ins Gesicht. Sie hatte falsche Nägel, und wenn sie sprach, konnte ich ihr Zungenpiercing sehen. Auf dem Namensschild an ihrer Brusttasche stand ›Lily Ann‹.

»Und du, Süße?«, fragte sie mich, ihre Augen waren ganz glasig vor Müdigkeit – vor Nichts. Ihre Augen waren leer und ihr Hirn ebenfalls, und das ließ mich überlegen, ob sie wirklich ein Mensch war. Also klappte ich die Karte zu und sah sie an.

»Äh, sie … sie nimmt das Gleiche wie ich«, schaltete sich der Verkäufer ein. Die Kellnerin schrieb auch das auf, steckte sich die Haare unter die Kappe und rollte davon.

Und dann sagte er etwas, das ich nie vergessen werde, Doktor. Nie. Egal, wie viele Pillen Sie mir geben, damit ich vergesse, dass ich verrückt bin, damit ich normal werde, ein Wesen mit Computergedanken. Ich werde diese Worte nie vergessen. Sie brachten in meinem Kopf eine Revolution ins Rollen. Es waren schlichte Worte, und er kann nicht geahnt haben, was sie für mich bedeuten würden. Aber es war, als würde eine Blume in meinem Herzen erblühen.

»Ich weiß, dass du nicht verrückt bist.«

Überwältigt stand ich erneut auf. Diesmal wartete ich seine Reaktion nicht ab. Es war zu viel. Ich schnappte mir meine Tasche und mein Buch und rannte wie blind hinaus. Ich drehte mich nicht um. Er muss mich für undankbar und unverschämt gehalten haben. Aber er hatte meine Haut berührt, mich am Arm gehalten, und obwohl ich ihn weggezogen hatte, war er nicht zurückgeschreckt. Wie konnte er so etwas sagen? Ich war ein dreizehnjähriges wurmiges, ekliges kleines Ding mit Augen, Nase, Haaren und ohne Mund. Und Männer mögen keine mundlosen Würmer. Sie mögen Mädchen mit Mini-Höschen und pinken Lippen und wenn sie auf süß und quirlig und lustig, lustig, lustig und Prinzessin und Einhörner machen. Ich war nicht lustig. Und es gab nichts, was das ändern konnte. Ich hatte mir den Mund zugenäht und Nadel und Faden verschluckt. Die Nadel steckte mir wahrscheinlich noch irgendwo im Hals, und das Garn hatte sich vermutlich um meine Eingeweide und Gott weiß was noch gewickelt. Ich würde nie sprechen und ich würde nie ein Mädchen sein.

Die Dämonen kamen wieder aus ihren Höhlen hervorgekrochen und schnitten Grimassen, Herr Doktor.

21

Noch im Halbschlaf stand ich auf und stolperte aus meinem Zimmer. Ich band mir die Haare zum Pferdeschwanz zusammen. Daisy stand auf einem Bein und hüpfte bei dem Versuch, sich einen Stiefel anzuziehen, durchs Wohnzimmer wie ein besoffener Flamingo.

»Ich gehe zur Tafel. Da muss man früh kommen, sonst schnappen sie einem die guten Sachen vor der Nase weg.«

Das letzte Mal war Daisy ein paar Monate nach Ollies Tod zur Tafel gegangen. Normalerweise gab sie mir auch ein paar Dollar Taschengeld, aber diese Woche nicht. Sie sagte nicht, warum.

Als sie endlich beide Stiefel an den Füßen hatte, richtete sie sich auf und seufzte. »Wir haben nur gerade einen kleinen Durchhänger. Aber das schaffen wir schon. Wir sollten Anthony dankbar sein, dass er mir den Job in der Werkstatt gegeben hat. Ich frage den Geschäftsführer mal, ob er irgendwie Doppelschichten für mich einrichten kann, in Ordnung?«

Damit zog sie sich die Jacke an und ging.

Ich badete und wusch mir die Haare. Nachdem ich mich abgetrocknet hatte, zog ich mich an und steckte das Buch ein. Ich trug einen extrawarmen Pulli, Stiefel und meine Jacke, trotzdem sickerte die Kälte mir in die Knochen, sobald ich draußen war.

In der Schule war es so restlos langweilig, da erspare ich Ihnen die Details lieber, Herr Doktor. Ich würde Ihr wertvolles, ordentliches Hirn nicht damit belasten wollen.

Jedenfalls ging ich nach der Schule wieder in den Laden. Ein Teil von mir folgte einfach meinen Füßen, ohne einen Funken Angst. Der andere Teil spürte bei dem Gedanken, den Verkäufer wiederzusehen, die Panik durch meine Eingeweide wandern. Sobald ich einen Fuß in den Laden gesetzt hatte, schwang Dorothys Stimme auf meinen Trommelfellen. Er saß hinter dem Tresen, den Blick auf den Bildschirm gerichtet, auf dem Dorothy weinend in einem merkwürdigen, dunklen, angsteinflößenden Raum saß und mit einer großen Kristallkugel sprach, in der Tante Em zu sehen war. Tante Em konnte Dorothy nicht sehen.

»Ich bin hier in Oz, Tante Emmy! Ich bin eingesperrt im Hexenschloss! Und ich möchte so gerne wieder nach Hause kommen!«

Als ich die Tränen aus Dorothys hübschen Augen die rosigen Wangen hinabkullern sah, spürte ich meine Lippen beben. Selbst wenn sie weinte, war sie zauberhaft. Wenn ich weinte, sah ich aus, als wäre ich von den Toten auferstanden. Mit zitternden Händen rieb ich mir die Augen, bis ich Sternchen sah, und stellte mir vor, ich wäre auf dem Bildschirm zu sehen.

Es war, als würde plötzlich die ganze Welt mit ihr weinen. Draußen vor dem Laden wurde es sehr still. Nur ihr Schluchzen brannte sich mir ins Hirn, sie war von aller Hoffnung verlassen, und mit jedem Schluchzer wurde ihre Qual auch meine.

Ich stellte meine Tasche auf dem Boden ab.

»Oh… hallo«, sagte der Verkäufer. Er hatte gerötete Augen und feuchte Wangen. Der Typ weinte. Er wandte das Gesicht ab und wischte sich mit dem Handrücken über die Augen, seine Schultern bebten noch immer ein wenig. Ich machte einen Schritt auf ihn zu, und jetzt blickten wir beide auf den kleinen Fernseher auf dem Tisch hinter der Theke. Seit Ollies Tod kam diese Angst aus meinem Herzen gekrochen, die mir sagte, ich müsse mich vor allem und jedem fürchten. Ich gehorchte diesen Gedanken, ohne darüber nachzudenken. Aber jetzt war plötzlich irgendetwas anders, in mir fing es an zu tauen. Leise fing ich an zu weinen, zu schniefen, meine Tränen fielen zu Boden. Verschämt wischte ich sie weg. Warum weinte ich? Ich hasste den Film doch! Ich verachtete ihn mit jeder Faser meines Körpers. Hör auf zu weinen, sagte ich mir. Aber die Tränen wollten nicht aufhören, und so ließ ich sie laufen. Ich und dieser Fremde, dessen Namen ich noch nicht einmal kannte, teilten – wenn auch nur kurz – das gleiche Gefühl, weinten über das Gleiche. Ich versteckte meine Verletzlichkeit nicht vor ihm, Doktor. Diese paar Minuten lang hatte ich keine Angst.

Die Tränen rollten mir übers Gesicht, während ich Dorothys Tränen kullern sah, ich redete mir ein, ich wäre sie. Ihre Tränen waren meine Tränen. Ihr Wehklagen war mein Wehklagen, und ihre braunen Augen waren meine braunen Augen. Mit beiden Händen rieb ich mir grob über die Haut unter den Augen, bis es brannte. Dann nahm ich ganz leise meine Tasche, um den weinenden jungen Mann nicht zu stören, und ließ ihn allein.

Auf dem Nachhauseweg ging ich über die zugefrorenen Pfützen auf dem Gehweg. Es würde bald schneien. Die Kälte umfing mich. Unter dem Eis existierte eine andere Welt; dunkel, still, zwischen Eis und Untergrund lauerte ein Schatten.

Als ich nach Hause kam, verschwand ich direkt im Badezimmer, um Daisy aus dem Weg zu gehen. Ich schloss die Tür ab und ließ mir ein Bad ein. Unsere Wohnung in Florida hatte keine Badewanne gehabt. Nur eine Dusche mit einem Stück Seife und ein paar künstlichen Fingernägeln, die darin stecken geblieben waren, wie Zigarettenkippen in einem Blumenkübel.

Ich ließ meine Klamotten zu Boden fallen, dann sah ich in den Spiegel und betrachtete meinen Körper. Meine Hüftknochen stachen hervor, und ich konnte die Rippen zählen. Die Haare reichten mir bis zum Bauchnabel. Ich fand sie zu lang. Aus einem Impuls heraus nahm ich die Schere, die neben dem Waschbecken lag, und fing an, mir die Haare zu schneiden. Mit ein paar Schnitten war die Hälfte der Länge ab und lag in langen Strähnen auf dem Boden, kraftlos, wie Leichen. Ich kämmte mir die Haare, die jetzt nur noch bis zur Schulter reichten, und fand, ich sah jetzt viel besser aus.

Als der Spiegel vollständig beschlagen war, stieg ich in die Wanne. Ich sah zu, wie der Dampf über dem Wasser aufstieg. Mit einem Mal war der Raum totenstill. Die Stille drückte mir aufs Trommelfell und erzeugte ein Klingeln in meinem Kopf. Ich schloss die Augen, hielt die Luft an und ließ den Kopf ganz langsam unter Wasser gleiten. Ich hätte ertrinken können, Doktor. Ich hätte sterben können. Ihnen wäre das egal gewesen. Mir hat mal jemand erzählt, in der Wanne zu ertrinken sei der friedlichste Tod. Kein Blut, keine Gewalt, kein Geschrei. Meine Ohren liefen langsam mit Wasser voll. Als ich ganz untergetaucht war, schrien meine Lungen nach Luft. Das Blut pochte in meinem Kopf, als würde das Hirn mit der Faust aufs Bewusstsein einschlagen und schreien: Atme! Atme! Der Tod war ganz nah. Ich spürte, wie meine Eingeweide langsam auseinanderrissen. Ich konnte jetzt sterben und in alle Ewigkeit bei Ollie sein. Worauf wartete ich? Ertrink doch! Jetzt!

Ich schoss aus dem Wasser und schnappte nach Luft. Wischte mir das Wasser aus den Augen und sah mich keuchend um. Alles beim Alten. Ich war nicht tot.

Ich machte mich und andere glauben, dass ich nicht lebte, dass in meinem Herzen kein Platz wäre für Gefühle. Jeden verdammten Tag wurde mehr Salz in die Wunden gestreut, die ich in meinem Inneren trug. Und niemand ahnte etwas davon. Warum also hatte ich einem Fremden mein Innerstes gezeigt? Warum ließ ich den Tränen vor seinen Augen freien Lauf? Meine Füße sahen weich und rosig aus, sie hatten die Farbe von neugeborenen Mäusen. Der Anblick machte mich schrecklich wehmütig. O Gott, da war es wieder. Eine Erinnerung flatterte in meinen Kopf, wie ein einzelnes Blatt, das langsam vom Baum fällt.

»Sieh dich mal an, Blue! Du bist ja von oben bis unten voller Dreck! Komm schnell, ab mit dir in die Badewanne.« Es war ein warmer Frühlingstag gewesen, der Regen hatte die Stadt reingewaschen. Ich hatte mir Gummistiefel angezogen und war im Badeanzug durch die Pfützen im Park gesprungen. Ollie hielt mich dabei an der Hand, und wir hüpften gemeinsam durch den Park, durch den Regen. Er war nass bis auf die Haut, die Haare klebten ihm im Gesicht. Ich schmierte mir Lehm ins Gesicht und brüllte wie ein Tiger. Als der Donner plötzlich durch die Straßen rollte, schrie ich so laut auf, dass Ollie später steif und fest behauptete, ihm sei dabei das Trommelfell geplatzt. Er hob mich hoch, hielt mich wie ein Baby und rannte nach Hause. Er schrie mit mir, damit ich nicht die Einzige sein musste, die Angst hatte. Die paar Leute, die auf der Straße unterwegs waren, starrten uns fassungslos an.

»Aber ich mag den Badeanzug. Er ist blau!«

»Das weiß ich doch. Daisy hat ihn dir gekauft, erinnerst du dich noch? Meinetwegen kannst du ihn anbehalten.«

»Kann ich einen Kakao haben?«

Er lachte auf. »Was? Kakao willst du? Na gut, dann sollst du einen haben. Aber du musst mir versprechen, in der Badewanne brav sitzen zu bleiben und dir das Gesicht zu waschen.«

»Okay.«

Er ging hinaus, und ich klatschte mit den Händen auf die Wasseroberfläche, um Wellen zu machen. Ich wischte mir den Lehm aus dem Gesicht und sah, wie das Wasser sich braun färbte. Ich erinnere mich, wie nervös mich das machte, also goss ich eine komplette Flasche Badezusatz ins Wasser. Millionen winziger Regenbogenblasen stiegen aus dem schmutzigen Wasser auf, wie bei einem Zaubertrick. Als Ollie zurückkam, brachte er zwei warme Tassen mit, eine für sich, eine für mich. Er setzte sich neben der Wanne auf den Boden, und ich schlürfte im warmen Seifenwasser meinen Kakao.

In meiner Erinnerung ist es der beste Kakao, den ich je getrunken habe. Ich trinke keinen Kakao mehr, ich will nicht, dass sich die Erinnerung daran über die Erinnerung an jenen Tag legt.

Ich sah ins Badewasser. Ich konnte nicht mehr zwischen Tränen und Wasser unterscheiden. Es war mir auch egal. Ich hätte auch das Mädchen sein können, das die Badewanne vollweint und sich dann hineinlegt. Ich seufzte und schloss einen Moment lang die Augen. Dann stieg ich aus der Wanne und trocknete mich ab. Wickelte mich ins Handtuch. In meinem Zimmer zog ich einen Pyjama an. Den Rest des Tages lag ich einfach im Bett. Von Zeit zu Zeit fuhr ich mir sanft mit den Fingerspitzen über die Wangen und spielte im Kopf wieder und wieder ab, wie meine und seine Tränen gleichzeitig geflossen waren.

22

Ich wachte auf, als die Wohnungstür aufflog und gegen die Wand knallte. Sie schlug so laut auf, dass ich für eine Sekunde dachte, die Wand würde einstürzen. Ich setzte mich im Bett auf. Ich hörte zwei Stimmen, die sich wütend anschrien. Eine gehörte Daisy. Die andere war eine Männerstimme, tief und dunkel. Ich kroch aus dem Bett und öffnete meine Tür ganz vorsichtig einen Spaltbreit, ich bemühte mich, dabei kein Geräusch zu machen.

Im Wohnzimmer stand Anthony, er war es, der so aufgebracht schrie. Daisy stand weinend vor ihm, mit tiefen Falten zwischen den Augenbrauen.

»Wie konntest du nur, Daisy?«, rief er. »Kommst nach fünf Jahren auf einmal zurück und erwartest, dass ich dir sofort einen Job gebe – was ich getan habe –, und fängst dann an, aus der beschissenen Kasse zu klauen? Und das seit Wochen, wie ich höre! Was geht dir eigentlich so durch den Kopf? Glaubst du, du bist die Einzige, bei der das Geld knapp ist, hm? Das ist bei uns allen so! Wir brauchen jeden einzelnen gottverdammten Cent, den wir verdienen! Du bist nicht die Einzige, Daisy! Verdammte Scheiße!«

»Anthony«, sagte sie unter Tränen, während sie versuchte zu Atem zu kommen, »ich ... ich hab's versaut, okay? Ich hab's versaut! Ich weiß! Ich bin eine Versagerin, eine hinterlistige Hexe, das weiß ich alles! Ich zahle dir das Geld zurück, wenn du willst! Ich wollte es eigentlich gar nicht nehmen! Aber ... Ich brauche es einfach!«

»Und zwar für deine beschissene Sucht! Das ist der einzige Grund! Du brauchst es nicht für Essen oder Kleidung! Nein, es ist alles für den Scheiß, auf dem du hängengeblieben bist! Und was ist mit Blue?! Deinen Job bist du los! Wie zum Teufel willst du jetzt die Rechnungen bezahlen, hm? Wie willst du das Essen bezahlen? Hast du überhaupt mal einen einzigen Gedanken an Blue verschwendet? Jemals? Erst stirbt Ollie, und du zerrst sie hinter dir her nach Florida. Dann wirst du kokainabhängig, ziehst zurück nach Marlinville, weil die Dealer hinter dir her sind, und Blue schleppst du einfach wieder mit dir mit! Hast du mal darüber nachgedacht, wie sie sich dabei fühlt? Hast du das? Wie willst du ihr erklären, dass du gefeuert bist? Und wenn du es nicht tust, mach ich es!«

Ich rührte mich nicht. Ich war zu sehr von der Tatsache überwältigt, dass Anthony mich als Menschen gesehen hatte. Seine Worte wanderten in mir herum, und ich fühlte mich gerettet. Ich wollte ihm in die Arme laufen, an seiner Schulter schluchzen und nicht mehr aufhören, ihm zu danken.

»Wag es nicht!«, schrie Daisy, während sie versuchte, ihn aus dem Raum zu schubsen, sie riss an seiner Jacke, schlug ihm auf die Brust und schluchzte.

»Ich gehe erst, wenn du merkst, was du hier für eine Scheiße gebaut hast!«, brüllte er. »Sieh dich doch mal an! Sieh dir diese Wohnung an! Du wirst noch enden wie Ollie!«

Ich machte die Tür wieder zu und lehnte mich mit dem Rücken dagegen. Sobald sie zu war, hörte das Schreien auf. Dann plötzlich ging mir etwas auf, etwas, das mir ein ganz anderes Gefühl verschaffte. Und ich fragte mich, warum ich versucht hatte, dieses Gefühl zu unterdrücken, indem ich über Anthony und Ollie nachgedacht hatte. Daisy hatte Geld gestohlen. Daisy war genauso schlimm wie James. Was für ein Chaos, alles war Chaos, eine dicke Suppe trauriger und schlechter Menschen.

Da würde ich nie herauskommen, machte ich mir klar. Weder aus Marlinville noch aus Daisys Leben, noch aus meinem eigenen Kopf. Ich saß in der Falle wie eine Ratte. Daisy würde ich nie loswerden, so wie ich meinen Kopf nie loswerden würde. Wie eine Wespe in der Honigfalle, die mit jeder Bewegung nur noch tiefer versinkt, dem Untergang geweiht.

Jeder hat diesen Moment im Leben, in dem er sich und sein Leben betrachtet und merkt: Nichts wird mehr so sein, wie es einmal war. Das war mein Moment. Es war ein weiterer Meilenstein auf meiner Reise zur Revolution, Herr Doktor. Ein weiterer abgehakter Punkt auf der Karte. Wenn ich James tötete, würde alles wieder normal werden. Ich war nicht auf der Suche nach einem grausamen, ekelhaften Abenteuer. Es war ein Schrei nach Hilfe. Ich wusste – oder glaubte –, wenn ich es schaffte, ihn zu töten, würde ich mich langsam beruhigen und wieder zu Verstand kommen. Und wenn mir das Töten gefiel, konnte ich Daisy auch noch umbringen. Auch sie loswerden. Ich konnte alle töten und König der Welt werden. James' Schädel wäre meine Krone. Die Tiere würden meine Untertanen werden, und die Bäume würden sich vor mir verneigen. Mäuschen mir die Füße küssen.

Das Lustige an der Sache ist, dass ich merkte, was ich tat, Herr Doktor. Ich wusste, wie krank es war. Aber ich klebte mir den Mund zu und die Augenlider fest, um meine braunen Augen zu zeigen, die unschuldig strahlten. Niemand konnte etwas von dem verdrehten Plan ahnen, den ich in meinem Kopf ausbrütete. Ziemlich traurig eigentlich. Ihr Nachbar könnte ein Psychopath sein, und Sie würden es nie erfahren. Menschen haben alle möglichen Gedanken. Und jene, die wir für geeignet und angemessen halten, packen wir wie Geschenke aus und zeigen, was darin ist. Die verstörenden Gedanken bleiben unangetastet und werden in den Müll geworfen. Die meisten Menschen lassen die Schleifen an diesen Gedanken fest verknotet. Das sind die normalen Leute. Diejenigen, die die Schleifen aufmachen, sind die Wahnsinnigen, die unmenschlichen Kreaturen, die auf dieser Erde wandeln. Zu denen gehöre ich.

Ich nahm meinen Notizblock vom Schreibtisch. Blätterte durch die Seiten, bis ich die Seite mit James' Adresse fand. Ich hatte das Gefühl, es sei an der Zeit. An der Zeit, zu morden. Ich konnte mich nicht mehr durch einen weiteren Tag schleppen in dem Wissen, dass James noch immer frei herumlief und atmete. Ich wollte nicht mehr warten. Keine Anspannung mehr. Keine Ratten mehr, die an meinem Herzen nagten.

Immer noch im Schlafanzug, zog ich meine Stiefel an und ging hinaus. Anthony und Daisy sahen mich an. Daisys Augen waren gerötet, die Nase nass und voller Rotz, und ihre Mundwinkel hingen nach unten, als wären sie falsch herum angenäht worden.

»Blue?«, fragte sie leise und wischte sich über die Nase. »Was machst du? Wo willst du hin?«

Ich ignorierte sie und zog meine Jacke an.

»Was glaubst du eigentlich –«

Ich warf die Wohnungstür hinter mir zu und rannte zur Treppe.

»Was ist denn hier los?«, hörte ich Daisy noch rufen. »Blue, komm zurück! Wo zur Hölle willst du hin?«

Ich stolperte und schlug mit dem Gesicht auf. Mein Kinn schrammte über den Zementboden. Ächzend richtete ich mich wieder auf. Und da stiegen sie in mir auf, die Wellen, die Gischt. Die Wut. Die Wut, die ich verspürt hatte, als ich seinen Namen zum ersten Mal gelesen hatte. Vorsichtig betastete ich mein aufgeschlagenes Kinn und hatte Blut an den Fingern. Ich betrachtete das Blut. So rein, so rot, dass es mich blendete. Ich drückte die Haustür auf und trat in die Nacht. Ich verschränkte die Arme vor der Brust und ging schnell. Ein Betrunkener mit schmutzigbraunen Händen fragte mich nach meinem Namen.

Lola, dachte ich. Mein Name ist Lola. Wenn ich James umgebracht habe, werde ich seine Leiche im Wald verscharren, nach Tennessee ziehen, meinen Namen zu Lola ändern lassen und eine Farm gründen. Mord. Das Wort flog immer und immer wieder durch meine Gedanken, mir wurde richtig schwindlig davon. Ich sah plötzlich alles doppelt. Ertrank in dem Wort. Es war ein tolles Gefühl. Und gleichzeitig hasste ich es.

Der Betrunkene fragte weiter, aber ich konnte nur denken: *Wie erwische ich James?* Der Gedanke wiederholte sich in meinem Kopf in einer Endlosschleife. Ich hörte gar nicht, was der Mann sagte, und ging einfach weiter, als wäre er Luft. Ich lief los, aber plötzlich störte mich eine leere Coladose mitten auf der Straße. Ich ging vorbei und versuchte, nicht auf sie zu achten, das würde mich nur ablenken, was die Zeit verlängern würde, die ich bis zu James' Apartment brauchte, und das wiederum würde den Mord verzögern. Ich ging weiter, und mir fiel eine kaputte Straßenlaterne auf. Wieder war ich so quälend genervt davon, dass ich die Augen zusammenkniff, um den Anblick nicht aus der Nähe ertragen zu müssen.

Ich hechelte wie ein wilder Hund, als ich James' Haus betrat. Ein dunkelblauer Schatten lag über dem Flur, wie in einem Horrorfilm. Die Türen waren weiß und hatten große, glänzende Schlösser. Das einzig Bunte war der rote Teppich, der dem Flur wohl eine anständige Note verleihen sollte. Ich legte ein Ohr an die Tür. Stille. Vielleicht schlief er, vielleicht war er nicht zu Hause. Ich atmete langsam durch die Nase ein und aus. Dann klopfte ich. Dreimal. Ich wartete ein paar Minuten. Stille. Es war niemand zu Hause. Vielleicht trieb er sich auf irgendeiner Party rum. Ungeduldig blickte ich mich um. Ich trat ein paar Schritte zurück und warf mich gegen die Tür, um sie aufzubrechen. Noch mal. Und noch mal. Ich hieb mit den Fäusten auf das Holz ein. Schlug und trat wütend gegen die Tür, bis ich die Notaxt entdeckte, die in einer Ecke hinter Glas hing. Die Scheibe schlug ich mit der Hand ein. Winzige Scherben bohrten sich in meine Haut, aber in meiner Mordgier spürte ich den Schmerz nicht. Ich nahm die Axt aus dem Kasten. Wog das Gewicht in den Händen, schwer wie reines Gold. Wer immer mich so sah würde alle meine Befehle befolgen; ich war unbezwingbar. Plötzlich war ich nicht mehr das wurmige, eklige kleine Ding ohne Mund. Ich hatte die Macht von Königen und Kaisern. Das konnte mir keiner nehmen. Ich ging zurück zur Tür, wirbelte die Axt durch die Luft und schlug sie in die Tür. Das Holz splitterte laut. Ich fühlte mich wie der Verrückte in *The Shining.* In meinem Kopf verschmolzen Wirklichkeit und Traum wie Eiskugeln an einem Sommertag.

Niemand kam, um zu sehen, was los war, oder mich aufzuhalten oder die Polizei zu rufen. Vielleicht war das hier normal. Diese Art von Gewalt. Vielleicht hatten sie auch Angst. Oder vielleicht hofften sie alle heimlich darauf, dass ich James tötete, und feuerten mich hinter verschlossenen Türen an.

Ich schlug die Axt wieder ins Holz und wieder und wieder, bis das Loch so groß war, dass meine Hand hindurchpasste. Ich steckte den ganzen Arm hinein und öffnete die Tür von innen. Mein Hals war ganz trocken und meine Lippen eiskalt.

Die Wohnung war überraschend geschmackvoll eingerichtet und ordentlich. Eine dunkelrote Ledercouch stand in der Mitte des Raumes. Ein großer Fernseher. Die Küche war sauber, und schicke Mäntel hingen fein säuberlich auf Kleiderbügeln. Eine Welle des Zorns durchflutete mich. Ich ging ins Schlafzimmer und öffnete seinen Kleiderschrank. Auch hier war alles so verdammt ordentlich und makellos, dass mir die Augen brannten. Ich fing an, James' Klamotten zu zerreißen. Ich zog die Schnürsenkel aus allen seinen schnieken Schuhen und band damit hübsche Schleifen. Warf die Schuhe quer durch den Raum. Suchte den schönsten Anzug heraus und zog ihn an. Ich krempelte die langen Ärmel hoch und öffnete seine Nachttischschublade. Nahm einen Marker heraus und schrieb: »Fahr zur Hölle« an die Wand. Ging ins Badezimmer und riss den Duschvorhang herunter. Warf ihn mir über wie ein gottverdammtes Cape. Wer war jetzt der starke Mann, hm? Hatte James ein Cape, Doktor? Nö. Glaube nicht. Ich nahm die Shampoo- und Duschgelflaschen und warf sie ins Klo. Ich schlug mit der Faust in den Spiegel und sah zu, wie er in tausend Scherben sprang. Die Risse sahen aus wie ein Spinnennetz. Meine Fingerknöchel bluteten jetzt heftiger. Aber Schmerzen waren mir so egal wie eine Ameise in einer Gehwegritze, so egal, dass ich jedem diese Schmerzen zufügen konnte, und sie würden sich nicht wehren können.

Mit dem Marker schrieb ich auf den kaputten Spiegel: *»Ich verfolge dich bis in den Tod.«*

Als ich mein gesprungenes Spiegelbild sah, nahm ich

eine glitzernde Lidschattenpalette, wahrscheinlich von einer seiner Huren, und fuhr mit dem Finger durch den Glitter. Schmierte ihn mir auf die Wangen, um auszusehen wie eine Fee. Ich war eine Fee mit Cape, Anzug und Mission, und niemand konnte mich aufhalten. Ich warf die Palette auf den Boden und wollte gerade aus dem Badezimmer verschwinden, als ich eine Tür quietschen hörte. Mein Herz blieb stehen.

»Scheiße, was ist denn hier passiert?«, brüllte eine tiefe Stimme. Eine Frau schnappte nach Luft. Ich rannte zurück ins Schlafzimmer und sah mich um. Der Mond vor dem Fenster schien mir in die Augen. Ich blieb stehen, und für einen Augenblick verschwand meine Panik. Der Mond, rund und rein, leuchtete eine beruhigende Atmosphäre in die Nacht. Wie das Licht durch das Glasfenster fiel, wirkte das demolierte Zimmer beinahe friedlich, als wäre es naturgegeben wie die Gezeiten und der Sonnenaufgang. Ich wollte zum Mond fliegen und nie mehr auf die Erde zurückkehren.

»Scheiße, was ist hier passiert?«, wiederholte James im Raum nebenan.

Ich verbannte alle Gedanken aus meinem Kopf, kletterte in den Schrank, zog die Türen zu und kauerte mich in die dunkelste Ecke. Hielt mir die Arme vors Gesicht und rollte mich zusammen.

Seine Schritte kamen näher und näher, und dann waren sie im gleichen Raum.

»Arschlöcher! Was haben sie mitgenommen? Mein Dope? Mein Geld? Guck nach dem Dope und dem Geld, Clara!«

»Aber ich –«

»Guck nach meinen scheiß Sachen, Clara!«

Ihre Absätze klapperten über den Boden, als sie das Schlafzimmer verließ, begleitet von einem zarten Klingeln – vermutlich die Armbänder an ihren Handgelenken.

Seine Stimme war so nah, als würde er sich über meine Schulter beugen und mir ins Ohr flüstern. Allein die Vorstellung ließ mich zusammenzucken. Mit dem Rücken stieß ich an einen einzelnen Schuh hinter mir, der gegen die Schrankwand gedrückt wurde. *Tock.*

»Halt! Warte! *Ich hab was gehört!*«

Meine Muskeln waren so angespannt, dass mir schlecht wurde. In tiefsten Innern meines Körpers machte sich ein intensiver Schmerz breit.

Ich kam wieder zu mir.

James würde die Schranktüren öffnen und mich hier finden. Er würde mich an meinem Shirt hochziehen und mich totschlagen. Ich könnte mein Buch nie wieder lesen. Wenn das wirklich passiert wäre, Herr Doktor, würde ich jetzt nicht dieses Buch für Sie schreiben. Sie hätten meinen Namen niemals erfahren. Mich nicht gekannt. Ich wäre nur eine weitere verschwundene Seele gewesen. Ein Geist. Wahrscheinlich sitzt gerade einer in Ihrem Sessel. Oder liegt auf Ihrer Couch. Sieht aus dem Fenster den vorbeifahrenden Autos zu. Ich wollte kein Geist werden. Ich wollte nicht einfach ein weiterer gestorbener Mensch sein, an den niemand mehr dachte. Eine vergessene Erinnerung. Ich wollte nicht verschwinden. Ich schloss die Augen. Ganz fest. Ich hielt den Atem an.

James fluchte und knurrte vor sich hin, und ich hörte, wie er frustriert umherlief. Ich hörte seine Schritte näher und näher kommen, in der Dunkelheit kam es mir vor, als würde er durch meinen Kopf laufen. Sein bebender Atem war so nah, dass ich ihn scheinbar mit der Hand einfangen konnte. Ich hörte, wie er sich gegen die Schranktüren lehnte. *Mach sie nicht auf!*

»Dein ganzes Zeug ist noch in den Schubladen, Baby!«

»Das ist gerade nicht der richtige Zeitpunkt, um mich Baby zu nennen«, rief er. Seine tiefe Stimme ließ das Holz schwingen. Dann echote plötzlich das Geheul von Polizeisirenen durch die Flure. »Pack alles ein! Dope, Geld, alles! Beeil dich!«

Die Nachbarn waren wohl doch nicht auf meiner Seite.

»Aber wo –?«

»Meine Fresse, dann mach ich's eben selbst!« Er stapfte aus dem Zimmer und aus meinem Kopf. Schubladen und Türen quietschten beim Aufziehen und wurden wieder zugeworfen. Die Sirenen kamen immer näher. Wenn sie mich hier fanden, wusste der Teufel, was mit mir geschehen würde.

»Komm, wir müssen los! Wir müssen jetzt sofort los!«, rief James.

»Aber die Tür ist total im Arsch, da kann doch jeder rein!«

»Sehe ich aus, als würde mich das jetzt interessieren?!«, schoss er so explosionsartig hervor, dass es klang, als wäre ihm die Halsader dabei geplatzt.

»W-wo wollen wir denn überhaupt hin?«, schrie sie zurück.

»Ben! Der Idiot aus der Zwanzigsten! Er ist schuld an der Scheiße, da bin ich mir sicher! Nur um mir zu zeigen, dass er keine Angst vor mir hat, oder so'n Scheiß! Ich schwöre bei Gott, er war's! Jetzt beeil dich, wir treffen uns unten an der Treppe. Damit kommt er nicht lebendig davon!«

Ihre Stimmen wurden leiser, bis die Geräusche von der Nacht verschluckt wurden. Die Sirenen jagten durch die Straßen. Ich trat die Schranktür auf und rannte los. Unterwegs stolperte ich über den Teppich und schlug hin. Draußen hörte ich die Polizeiautos mit quietschenden Bremsen zum Stehen kommen, dann wurden die Türen zugeschlagen. Hastig rappelte ich mich wieder auf und rannte zum Fenster. Ich öffnete es, kletterte auf die Feuertreppe und rannte so schnell aufs Dach, dass die Treppe klapperte wie Klapperschlangen, die sich über mich lustig machten und drohten, mich fallen zu lassen. Mein zittriger Atem störte die Ruhe nach der Zerstörung. Auf dem Dach angekommen, rannte ich zu einem Schornstein und versteckte mich dahinter. Jetzt hörte ich Polizeistiefel auf dem Gehweg unten.

Für exakt dreiundsechzig Minuten rührte ich mich nicht von der Stelle; dann hörte ich, wie die Polizeiautos wieder angelassen wurden und davonfuhren. Ganz langsam stand ich auf. Meine Beine schmerzten. Es war mir ein Rätsel, warum sie nicht auf dem Dach gesucht hatten. Andererseits hatte der Einbruch ja nicht hier oben stattgefunden. Ich trat auf die wacklige Treppe und kletterte hinunter, an James' Apartment und all den anderen Apartments vorbei. Als ich endlich festen Boden unter den Füßen hatte, fühlte ich mich wie ein neuer Mensch. Stärker. Aber leer. Ich wickelte mich fest in den Duschvorhang und beobachtete meinen dunklen Schatten, als ich aus der Hinterhausgasse auf die leere Straße trat.

Ich wollte ihn tot sehen. Seine Stimme widerte mich an. Ob ich sie durch den Regen hörte oder rückwärts abgespielt, nichts konnte den Übelkeit erregenden Zorn in meinem Inneren aufhalten.

Ich sage es mir immer wieder, Herr Doktor, das war mein anderes Ich. Ich sage mir, es war mein unkontrollierbares Ich, vom Wahnsinn vergiftet. Aber hier stehe ich, taub und hilflos, und frage mich, ob nicht doch ich es war.

Aber manche Dinge und manche Fragen bleiben eben besser unbeantwortet, unausgesprochen.

23

Am nächsten Tag hockte ich hinter meinem Baum vor dem Minimarkt und wartete auf das Schichtende des jungen Verkäufers. Im Gesicht, da, wo Daisy mich geschlagen hatte, als ich am Abend zuvor erst um Mitternacht nach Hause gekommen war, trug ich einen lilagrünen Fleck. Er ließ mich bunter wirken, fand ich, ein farbiges, verzerrtes Gesicht, ein lebendiger Picasso.

Stundenlang starrte ich die Ladentür an, bis er endlich, Punkt sieben, herauskam. Er trug eine Jacke und einen olivgrünen Armeerucksack. Ich stand auf und wartete, bis er genug Vorsprung hatte, dann folgte ich ihm. Ich benutzte die gleiche Taktik wie bei James. Duckte mich hinter geparkten Autos und Bäumen und betrat schnell ein Geschäft, wenn er mal über die Schulter blickte. An einer Bushaltestelle setzte er sich auf die Bank. Ich wartete hinter einem Baum, bis der Bus kam, und als die Türen gerade schließen wollten, sprang ich hinein, zog mir die Kapuze über den Kopf und setzte mich ganz nach hinten. Es roch nach Lehm im Bus. Nach Lehm und dem undefinierbaren Geruch der Menschen, die in ihrem Morgen-, Mittags- und Feierabenddusel mit dem Bus gefahren waren. Nach ein paar Minuten sah ich mich vorsichtig um. Er saß neben einer alten Dame mit weiß gelocktem Haar (wie ein Schaf) und sah aus dem Fenster. Ich sah die Welt an seinen gespiegelten Augen vorbeiziehen.

Einige Haltestellen später stand er auf und winkte dem Busfahrer zum Abschied, also stand ich ebenfalls auf und sprang aus dem Bus, ohne bezahlt zu haben. Ich schlich weiter hinter ihm her. Und auf einmal drehte er sich wie aus heiterem Himmel um und sah mich an.

Der Magen rutschte mir in die Hose und das Herz in den Hals. Als hätte jemand an einem Gummiband gezogen, das von meinen Fußknochen bis zur Schädeldecke gespannt war, und es dann losgelassen. Ich war noch nie beim Stalken erwischt worden.

»Was machst du da?«, fragte er.

Ich machte den Mund auf, aber es kam nur ein Keuchen heraus. Ich versuchte meinen Rachen mit Worten zu füllen, aber er blieb leer. Ich ging ein paar Schritte rückwärts und betete darum, mit dem Boden zu verschmelzen oder von einer der zerrupften Krähen aufgepickt zu werden, die vereinzelt durch die Luft segelten. Nichts geschah. Ich ließ den Kopf hängen und sah auf meine Schuhspitzen.

»Verfolgst du mich etwa?«

Ich sah ihn an, vorsichtig, schüchtern, aber ich vermied es, ihm in die Augen zu schauen. Tiere machen das manchmal, wenn man sie direkt ansieht. Ich war wohl auch so ein Tier. Ich war genauso dreckig, genauso naiv, und meine chaotischen, aber ausgeprägten Gedanken setzten sich aus verstreuten Fragmenten zusammen. Ich vergrub die Hände tief in den Taschen.

Er fragte nicht, warum ich nicht antwortete. Er sagte nur: »Ich bin Charlie.«

Charlie. Er streckte mir die Hand entgegen. Hand. Das Schönste an einem Mann mussten seine Hände sein.

Ich hatte die ganze Zeit geglaubt, ich sei innerlich tot. Meine Haut, einst rosig, war jetzt bleich. Meine Augen, einst glänzend und neugierig, waren jetzt stumpf und leer. Mein Herz, einst schlagend und voller Leben, war jetzt schwarz und verschrumpelt wie eine Rosine. Wie er mir die Hand hinhielt, die Unschuld, die sein Körper wie Sonnenstrahlen ausstrahlte, die Ernsthaftigkeit; das war mein Ruf nach Erlösung. In meiner Brust spürte ich das Herz langsam wieder schlagen. Meine Arterien, meine Venen, mein Blut, einst grau, nahmen wieder Farbe an.

Ich schüttelte ihm die Hand.

»Und wie heißt du?«, fragte er.

Er ließ mich vergessen, dass ich ein Tier war. Er ließ mich vergessen, dass ich eine feige Ratte war, ein hinterhältiger Fuchs. Einen Moment lang sah ich ihm in die Augen – wie ein richtiger freier Mensch. Ich entdeckte darin keinen Ekel oder Hass. Stattdessen sah ich in seinen dunklen Augen Wissen aufblitzen, kindliche Naivität. Wie ein Wirbelsturm drangen sie in meinen Kopf und sagten mir: *»Es gibt Dinge, von denen du nichts weißt. Und ich will sie dir zeigen.«*

Ohne an die Konsequenzen, die mögliche Demütigung zu denken, zog ich einen Stift aus der Tasche und schrieb mir meinen Namen in die Hand. Ich hielt sie ihm hin, damit er lesen konnte.

»Blue.«

Ich drehte mich auf dem Absatz um und ließ ihn stehen. Es ging nicht anders. Sonst wäre ich tot umgefallen. Es war ein Augenblick unerträglich reiner Schönheit. Auf dem Nachhauseweg wiederholte ich seinen Namen im Kopf so oft, dass mir ganz schwindlig wurde. Wenn ihn jemand aussprach, mussten ihm Rosenblätter aus dem Mund schweben und seine Zunge von Honig betrunken sein. In meinem Zimmer holte ich den Notizblock aus meiner Tasche. Schrieb mit zitternden Händen den Namen, der in mir umhersegelte wie eine flügelschlagende Taube. Charlie.

24

Als ich noch jünger war, dachte ich, jemand, der eine Schachtel mit Kuchen trage, müsse unschuldig und gutherzig sein. Ebenso Leute mit dicken Schals und Fäustlingen. Jemand mit einem Blumenstrauß in der Hand.

Seit Ollies Tod konnte ich jedoch nur noch darüber nachdenken, ob die Leute, die vorbeigingen, schon mal einen Vogel oder eine Katze überfahren hatten. Oder ob sie ihren Fernseher anschrien. Ob sie schon einmal etwas geklaut oder jemandem ins Gesicht geschlagen hatten. Ich wünschte, ich könnte meine Gedanken per Reißverschluss aufmachen und sie ausziehen wie eine Jacke. Charlie, er konnte das. Er konnte mir die Jacke in Windeseile von den Schultern streifen, als hätte ich sie nie angehabt.

Drei Tage später hatte ich genug Mut gesammelt, um mich wieder im Laden blicken zu lassen. Der Film lief. Dorothy hüpfte fröhlich die gelbgepflasterte Straße hinunter und schwang dabei ein Weidenkörbchen vor und zurück. Sie lächelte mit ihren vollen, kirschroten Lippen, als sie die Landschaft um sich herum betrachtete, und entblößte dabei perlweiße Zähne. Hohe, mit grünem

Gras bedeckte Berge lagen am Horizont und leuchteten unter dem hellblauen Himmel. Meine Fingernägel bohrten sich langsam in meine Haut wie stumpfe Messer. Ich biss die Zähne zusammen und knurrte in mich hinein. All dieses schöne Land, wäre es doch nur meins. Es *war* meins.

Charlie drehte sich um. Sein Blick war so sanft, so versöhnlich, dass ich die Hände sinken ließ und den Kiefer entspannte. Ich sah an meinen Armen hinab. Meine Nägel hatten kleine weiße Halbkreise hinterlassen, wie Mondsicheln.

»Du liebst den Film, stimmt's?«, fragte er.

Ich sah ihn an und schüttelte den Kopf. Ich hasste ihn. Er hatte mir meine Welt und meine Dorothy genommen. Als hätten Einbrecher mein Hirn aufgebrochen und die Möbel umgeworfen, die Bilder an der Wand zerhauen und die Fenster eingeschmissen. Und doch hatte der Film diese zerstörerische Anziehungskraft.

»Warum kommst du dann her?«

Wir wussten beide nicht, was die eintretende Stille bedeuten sollte. Sie war wie eine Blindenschrift, die keiner von uns entziffern konnte.

Ich zuckte mit den Schultern.

Er hielt den Film an. »Hast du Angst vor dem Film?«

Wieder Stille. Dann nickte ich vorsichtig.

Er zögerte beinahe unmerklich und fragte dann: »Hast du vor vielen Dingen Angst?«

Wollte er sich nur unterhalten, oder fragte er nach, weil er sich Sorgen machte? Ich nickte wieder. Er fragte nicht weiter. Wir hörten Schritte und sahen auf. Ein bärtiger Mann mit ungepflegtem Haar verschwand im dritten Gang und steuerte auf den Schnaps zu. Ich seufzte und nahm meine Tasche. Ich sah auf die Straße hinaus. Ein impulsiver Gedanke schwebte in meinen Kopf. Der Gedanke war eine Kugel und mein Bewusstsein die Waffe. Ich drückte den Abzug. Ich konnte jetzt über die Straße gehen und mich von einem Auto überfahren lassen, dann müsste ich mich nicht mehr mit James und Dorothy und was auch immer ich an anderen verdrängten Problemen hatte, auseinandersetzen. Ja. Das war der Plan. Ein *Virgin Suicide* werden. Ich würde mich einfach mitten auf die Straße stellen, bis irgendein unachtsamer Dreckskerl angerast kam und vergaß, auf die Bremse zu treten. Im Tod wäre ich für alle Ewigkeit Dorothy. Und sterben würde ich heute definitiv. Ich wandte mich zum Gehen.

»Vielleicht können wir uns ja irgendwann mal treffen oder so«, sagte Charlie. Halb war es ein Vorschlag, halb eine Frage.

Seine Worte setzten meinen Kopf unter Strom. Mein Herz schmolz augenblicklich und tropfte herab wie Kerzenwachs. Ich drehte mich nicht um, aber ich blieb stehen. Ich schloss die Augen vor Entzücken und ließ das Kerzenwachs in mir herabtropfen und mir ein Lächeln ins Gesicht zaubern. Ich machte die Augen wieder auf und ging weiter. Ich ließ den Laden hinter mir, aber in meiner Magengegend machte sich ein komisches, schwelendes Gefühl breit. Als hätte er seine Worte genau dort mit Tinte eingeritzt. Mit jedem Schritt kam die Straße näher. Jedes Auto, das vorbeifuhr, stellte ein Blutbad, gebrochene Knochen und Tod in Aussicht. An der Straßenecke blieb ich stehen. Und plötzlich wünschte ich mir nicht mehr, zu sterben. Ich sah nach links und rechts, bevor ich die Straße überquerte. Ohne mich noch einmal umzudrehen, ging ich weiter und wusste, ich war verliebt.

25

Es wurde gerade dunkel, als ich in die Küche kam. Daisy kochte das Abendessen. Sie hatte endlich einen Job in einem Secondhandladen bekommen und war jetzt oft nicht zu Hause. Zusätzlich machte sie Nachtschichten bei Walmart.

Als sich unsere Blicke trafen, fühlte es sich an, als hätten wir uns seit Jahren nicht gesehen. Die Nudeln kochten – Daisy kochte, Herr Doktor, sie kochte! –, das Radio und das Wasser in der Spüle liefen, und wir standen einfach da und sahen uns an wie Tiere, die sich zum ersten Mal begegnen.

»Die Schule hat schon wieder angerufen«, sagte Daisy und schüttete die Nudeln ab. Dann stellte sie zwei gefüllte Teller und ein Schälchen mit geriebenem Käse auf den Tisch. Wir setzten uns, und ich fing an zu essen.

»Miss Fisher sagt, du wärst zu dem Termin nicht aufgekreuzt, den du nach der Schule bei ihr hattest. Sie ist ganz schön angepisst. Und ich auch.«

Ich kaute weiter. Drehte eine Gabel Spaghetti auf und überlegte, wie es wohl wäre, wenn Haare aus Spaghetti wären. Daisys Stimme blendete ich aus.

»Blue, wenn du nicht langsam ein bisschen mitmachst, schicke ich dich in Therapie. Ich schwör's dir.«

Schweigen. Ich kaute weiter, nahm einen Schluck Wasser und wischte mir den Mund ab. *Vielleicht können wir uns ja irgendwann mal treffen oder so.* Vielleicht. Wollte er damit sagen, dass er sich nicht sicher war? Hatte er nur Mitleid mit mir? Oder war er so darauf erpicht, etwas mit mir zu unternehmen, dass er das ›vielleicht‹ hinzugefügt hatte, um nicht überbegierig zu wirken? Und was meinte er mit ›oder so‹? Was sollte man denn noch machen, außer sich zu treffen? Die Welt bereisen? O ja, ich wollte die Welt mit Charlie bereisen. Bestimmt wusste er alles über die großen Länder, Städte und Ozeane. Seine warmen braunen Augen wirkten so vertrauenswürdig … und seine dunklen Strubbelhaare, sein markanter Kiefer, seine männlichen, adrigen Hände … So stark, dass sie meine Dämonen erwürgen konnten, und dafür brauchte es wirklich Kraft. Ich sah kurz auf, und Daisys Blick bohrte sich in meine Augen. Hatte sie etwas gesagt? Hatte sie etwas angekündigt? War das wieder eine ihrer Lektionen, von denen ich bisher alle ignoriert hatte? Ich rieb mir die Augen, ich hatte eine Mission. Ich plante einen Mord. Ein Junge durfte mir da nicht in die Quere kommen, nicht einmal ein so gutaussehender wie Charlie. Das würde ich nicht zulassen. Oder doch? Aber das wäre unverzeihlich. Was wäre ich denn dann, ein richtiges *Mädchen*?

Daisy legte ihre Gabel ab. Es war, wie ich vermutet hatte. Daisy hatte etwas gesagt und wartete jetzt auf meine stumme Antwort.

»Seit wann hältst du dich eigentlich für so verdammt überlegen, dass du mich einfach ignorierst?«

Ich legte meine Gabel leise ab. Ich versuchte den Abend zurückzuspulen, aber ich hatte keinerlei Erinnerung an das, was sie nur Augenblicke zuvor gesagt hatte.

Sie nahm mir den Teller weg und knallte ihn in die Spüle. Dabei hatte ich den ganzen Tag noch nichts gegessen.

»Wenn du dich in der Schule nicht langsam mal zusammenreißt, werde ich dein beschissenes Buch verbrennen. Ich werd Benzin drübergießen und es anzünden. Und du weißt, dass das keine leere Drohung ist«, knurrte Daisy.

Sie wartete darauf, dass ich einen Ton von mir gab, egal welchen, ein leises Jaulen, ein Winseln, um ihr zu zeigen, dass ich am Leben war, dass es mir gutging. Aber ich schwieg. Ich hatte keinerlei Absicht, ihr diesen Gefallen zu tun. Bei dem Gedanken allein wand ich mich auf meinem Stuhl. Das sah sie.

»Weißt du was? Geh. Jetzt sofort. Verschwinde aus meiner Wohnung.«

Ich ließ ihre Worte ein paar Sekunden lang auf mich wirken. Plötzlich hatte ich Lust, sie zu erwürgen. Ihr die Haare vom Kopf zu reißen. Wenn ich ihr die Kopfhaut abziehen und ihren Schädel knacken würde, würde sich vielleicht herausstellen, dass er nur mit Koks gefüllt war. Unsere Blicke trafen sich. Unheimliche Traurigkeit und Müdigkeit überkamen mich, und ich wollte nur noch schlafen.

Ganz langsam stand ich auf und nahm meine Jacke von der Couch. Über die Schulter sah ich Daisy ein letztes Mal an und warf die Tür dann hinter mir ins Schloss.

Draußen empfing mich die Mitternachtsluft. Nachts allein auf der Straße ist es gar nicht so übel. Man kann sich vorstellen, man wäre der einzige Mensch auf der Welt. Alle Gebäude und Häuser und Läden wären verlassen, die ganze Stadt wegen irgendeiner Katastrophe evakuiert worden und ich als Einzige übrig geblieben. Die Häuser wären noch so, wie sie verlassen worden waren, das Essen würde noch auf den Tischen stehen. Die Fernseher noch laufen. Die Betten der Kinder wären noch warm. Ich könnte in die Läden gehen und alles mitnehmen. Könnte mir im Kino Filme umsonst ansehen.

Allerdings war in der Gegend, in der Daisy und ich lebten, kein normaler Mensch so dumm, nachts auf der Straße herumzuspazieren. Nachts sind die Gangs unterwegs, betrunken, brutal, unberechenbar. Der Hauptgrund ist wahrscheinlich, dass im Dunkeln einfach alles unheimlicher wirkt. Wenn die Leute eine kaputte Laterne flackern sehen, denken sie gleich an Geister. Ein leerstehendes Gebäude mit vernagelten Fenstern muss ein Paradies für Kriminelle und Diebe sein. Und eine schmutzige schwarze Katze, die sich nachts auf dem Bürgersteig putzt, muss zum Teufel gehören; bei Tageslicht streicheln die Leute die Katze, aber nicht in der Nacht. Ich würde es machen.

Auf der Suche nach einem Schlafplatz bog ich in eine kleine Gasse ein. Ein großer Karton hinter einer Mülltonne schien mir geeignet. Ich kletterte hinein, rollte mich zusammen und schloss die Augen.

Dachte Charlie gerade an mich? Doktor, bitte sagen Sie mir, dass es so war. Dass er von mir träumte… Das musste er. War ich … war ich unsichtbar? War ich nur ein schweigendes, eintöniges, lebloses Wesen, das sich durch die Straßen und zur Schule schleppte und sonst keinen Lebensinhalt hatte? Jeden Tag einem mörderischen Kreislauf ausgesetzt war? Essen, schlafen, lesen, Schule, lesen, essen, schlafen. War ich der Inbegriff des Nichts? War ich das? Nein, Charlie dachte bestimmt an mich. Träumte von mir. Ich war nicht unsichtbar. Ich war nicht leblos. Mein Kopf war nicht hohl. Er dachte an mich. Und Daisy auch. Sie dachten beide an mich, alle dachten an mich. Die ganze Welt dachte an mich. Dorothy dachte an mich. Der Blechmann, die Vogelscheuche, der Löwe, Toto. Der Zauberer von Oz. Sogar Ollie da oben. Sie alle dachten an mich! Ich war nicht nur irgendjemand, Herr Doktor. Ich war kein abgemagerter Hund, den man aussetzt, um ihn verhungern zu lassen.

Ich schloss die Augen wieder und wälzte mich unruhig hin und her. Schlang die Arme um den Körper, um mich zu wärmen, und dachte an das Buch; das würde mir helfen zu träumen. Dann fiel ich in einen unruhigen Schlaf.

Noch vor dem Morgengrauen ging ich zurück nach Hause. Daisy war nicht da.

26

Ich kannte James' Wochenplan inzwischen auswendig. Ich wusste, an welchen Tagen er ins *Olive Place* ging und wann zu gewissen Mitarbeitern unter gewissen Adressen.

Ich wusste, wann er für Lagebesprechungen zu diversen Deckwohnungen fuhr.

Ich wusste, was er am liebsten aß – im *Olive Place* aß er regelmäßig Spaghetti bolognese mit Extrasoße –, und in anderen Restaurants bestellte er normalerweise einen kleinen Salat mit Sardinen als Vorspeise und ein großes, saftiges, durchgebratenes Steak mit Salz und Pfeffer als Hauptgericht.

Er fraß wie ein Tier, die ungeduldige Bestie. Nachtisch bestellte er nur, wenn er mit dieser Frau, Clara, ausging. Dann gab es Eis mit heißer Schokoladensauce, Schlagsahne, einer roten Kirsche obendrauf und zwei Löffeln. Sie aßen es immer auf genau die gleiche Art und Weise. Erst ließ er Clara einen Löffel der heißen, geschmolzenen Schokolade nehmen. Dann ließ er sie grinsend die Kirsche vom Stiel beißen, warf ihn über die Schulter, und danach löffelten sie beide das Eis.

Er trank Stout, ein sehr dunkles Bier. Wenn es nicht auf der Karte stand, schmiss er die Serviette wütend auf den Tisch – von dem Wutanfall, den er dabei hatte, ganz zu schweigen – und verließ das Restaurant.

Es war nur eine Frage von Wochen, bevor ich zuschlagen würde, Herr Doktor.

27

»Hey, Blue«, sagte er.

Ich setzte mich ganz hinten im Laden in einer Ecke auf den Boden. Ich setzte mich nicht auf einen Stuhl hinter der Theke, ich fürchtete, das würde er zu frech finden, und dann wäre alles verdorben, gerade wo sich alles so richtig anfühlte. Als wäre er eine Decke, in die ich mich eingewickelt hatte, hielt Charlie mich warm und machte kein Aufhebens darum, wenn ich zitterte. Manchmal braucht man einfach nur einen Menschen, der einen mit Liebe überschüttet, mit einer Liebe, die man schwer in Worte fassen kann.

Ich weiß nicht, ob ich ihn einen Jungen oder einen Typen oder einen jungen Mann nennen soll. Er war zu alt, um ein Junge, aber zu besonders, um einfach ein Typ zu sein, und mir zu vertraut für die Formalität, die beim jungen Mann mitschwang. Ich werde ihn einfach Charlie nennen.

Ich schlug mein Buch auf und las weiter, wo ich aufgehört hatte.

»Und ich will, dass er mir nach Kansas zurückhilft«, sagte Dorothy.

»Wo liegt Kansas?«, fragte der Mann erstaunt.

»Ich weiß es nicht«, seufzte Dorothy kummervoll, »aber es ist meine Heimat, und ich bin sicher, es muss irgendwo liegen.«

Ich versank gerade in der Geschichte, als eine Stimme irgendwo im Hintergrund mich aufweckte. Ich sah auf, Charlie stand mit offenem Mund vor der Theke, die Augen hatte er weit aufgerissen.

»Blue, guck mal!«, rief er und zeigte zur offenen Tür. Mein Blick folgte seinem Finger

Schnee. Dicke Schneeflocken fielen vom Himmel, so dicht, dass ich nicht einmal mehr bis zur Straße sehen konnte. Der Schnee verwandelte Marlinville in eine reine Stadt; keine grauen Bänke mehr, keine grauen Mülltonnen und grauen Häuser; ausnahmsweise einmal war die Welt schön. Ich klappte mein Buch entgeistert zu und stand auf.

»Willst du rausgehen?«, fragte Charlie.

Ich sah erst ihn an, dann den Schnee und nickte. Ich nahm meine Tasche, und wir gingen nach draußen. Die Kälte schnitt in meinen Körper und in meine Fingerspitzen wie Rasiermesser. Der Schnee war wie ein Vorhang, der meine Angst versteckte. Denn plötzlich ließ ich meine Tasche fallen und tobte mit Charlie die Blocks rauf und runter, ungehemmt wie ein Kind, ein echtes Mädchen. So etwas hatte ich bisher nur mit Ollie gemacht. Weit und breit war kein Mensch zu sehen. Meine ramponierten Schuhe waren vollgesogen mit Eiswasser, und die Kälte biss mir unerbittlich in die Zehen. Ich hob etwas Schnee auf und warf ihn in die Luft, sah zu, wie er wieder herunterkam. Die Schneeflocken landeten auf meinem dunklen Haar und um mich herum auf dem Boden.

Charlie strahlte mich an, rieb die Hände aneinander und lachte.

Kurze Zeit später lagen wir im Schnee. Ich sah auf zum Himmel, der mit reinweißen Wolken bedeckt war. Ich stellte mir vor, die Hexe des Nordens hätte mit einem Fingerschnipp Wattebällchen über der Stadt ausgeschüttelt, die alles weiß gefärbt hatten. Ich sah Charlie an, und er sah mich an.

Er rutschte näher, so dass wir ganz nah beieinander lagen, Auge in Auge, unsere Nasen berührten sich fast. Mein Herz raste, vielleicht lag es an der Kälte. Mit der einen Gesichtshälfte lagen wir im beißend kalten Schnee, die andere Seite war den kalten Flocken ausgesetzt, die darauf landeten.

Und genau da im Schnee küsste er mich. Ganz sanft, aber es war, als hätte der Kuss uns die Macht gegeben, über den Planeten zu herrschen. Plötzlich spürte ich den Schnee gar nicht mehr. Ich war überwältigt von der Nähe zwischen uns, als wären wir eins. Ein einziger Mensch, ein einziges, wild schlagendes Herz, ein einziges Nervensystem, das jede unserer Bewegungen steuerte. Ich fühlte mich wie auferstanden.

Er schlang die Arme um meinen Hals und hielt mich ganz fest. Ich tat das Gleiche. Ich fühlte mich so sicher, jetzt war sogar der Schnee egal. Wir hielten einander wie ineinander verschlungene Baumwurzeln.

Plötzlich wurde ein Schalter in meinem Kopf umgelegt, und ich wollte nur noch weg. Ich sollte doch eigentlich Angst haben. Warum hatte ich keine? Ich stand auf, nahm meine eingeschneite Tasche und lief los. Ich hielt den Blick starr auf den Schnee vor meinen Füßen gerichtet. Ich fühlte mich nicht wie ich selbst, als würde ich nicht mehr in meiner eigenen Haut stecken – aber der Schnee fiel weiter, als wäre nichts passiert. Das war der Moment, in dem mir bewusst wurde, dass die Welt niemals aufhört sich zu drehen, für nichts und niemanden.

»Warte! Was ist denn los? Hast du Angst?«, rief er mir hinterher. Ich schüttelte den Kopf und ging weiter. Ich versuchte mich auf das Geräusch des fallenden Schnees zu konzentrieren, um mich zu beruhigen, aber in meinem Kopf hörte er sich an wie ein kaputter Fernseher. Ich wusste, dass das nicht sein konnte, Schnee fällt schließlich lautlos; deswegen mag ich ihn ja so gern. Warum produzierte mein Hirn also solche Dinge?

»Tja, dann … tschüss, Blue!«

Er rief mir hinterher, aber seine Stimme hörte sich ganz klein an, sie wurde beinahe ganz verschluckt von den Häuserschluchten. Ich hielt an und betrachtete mein Spiegelbild in einem Schaufenster. Sah, dass ich weinte. Da stand ich nun im Schnee, eine kleine, dunkle Puppe. Der Schnee war so weiß, dass er meine Dunkelheit erhellte. Was für ein Anblick! Was für ein scheußlicher Anblick! Ich drehte mich um. Er wirkte so unschuldig, wie er da noch immer im Schnee saß. Mein Magen drehte und wand sich zu Knoten, das Herz brannte mir, die Lippen kribbelten, und mein Kopf fühlte sich heiß und schwer an. Ich musste etwas sagen, oder ich würde tot umfallen.

Also tat ich es.

Leise.

Ich wusste, dass er mich nicht hören konnte. Ich konnte mich selbst kaum hören. Zuerst formte ich das Wort einige Male stumm mit den Lippen. Probierte erst mal aus, wie es sich auf meiner Zunge anfühlte. Und dann geschah es. Ich ließ das Wort über meine Lippen gleiten.

»Wiedersehen«, flüsterte ich.

Ich drehte mich um und ging. Ich hatte gesprochen. Fünf Jahre war es her. Ich hatte den Mund aufgemacht und ein Wort ausgesprochen. Ein einfaches, unwichtiges Wort. Aber mit einer Bedeutung, die alles verändern würde.

28

Am nächsten Tag in der Schule konnte ich nur den Kopf auf den Tisch legen und seinen Namen immer wieder mit den Lippen formen. Meine Seele brannte, Herr Doktor.

»Blue, setz dich ordentlich hin«, sagte meine Geschichtslehrerin. Wenn ich die Augen schloss, sah ich seinen Namen in Neonfarben hinter meinen Lidern flackern. Ich legte den Kopf leicht schief und fixierte die Lehrerin. Mit den Fingern formte ich eine Pistole und zielte auf sie.

»Was du da gerade machst, ist völlig unangebracht, und das weißt du genau, Blue. Nimm sofort die Hand runter. Ich sage es nur ein Mal. Setz dich ordentlich hin und pass auf.«

Ich sah meine Hand an – Zeige- und Mittelfinger zeigten auf die Lehrerin, der Daumen in die Luft –, und ganz langsam verwandelte sie sich in eine echte Pistole. Schwarz, schwer, kühl lag sie in meiner Hand, bereit zum Abdrücken. Wiedersehen, Frau Lehrerin.

Ich drückte den Abzug.

Nichts. Die Lehrerin stand immer noch mit den Händen in den Hüften da. Kein Blut, keine Aufregung, keine Panik. Ich ließ den Kopf langsam wieder auf den Tisch sinken und nahm den Arm herunter. Die Pistole war verschwunden.

Ich merkte, wie makaber das gewesen war, und sehnte mich danach, dass Charlie mir zeigte, wie ich wieder schön sein konnte, dass er mich aus meinen brutalen Tagträumen rettete.

Tage vergingen. Mein Mund war fest verschlossen, seit ich zu Charlie gesprochen hatte. Ich konnte immer noch nicht glauben, dass ich es getan hatte. Ich konnte nicht verstehen, wie ein Mensch, ein ganz normaler Mensch, meine Seele hatte betreten können. Und wie er dabei Korridore und Geheimgänge hatte öffnen können, von deren Existenz ich keine Ahnung gehabt hatte. Und plötzlich… Gefühle in mir hatte auslösen können. Es gab kein Zurück. Ich konnte es nicht verbergen.

Ich stand vor dem Minimarkt und überlegte, ob ich hineingehen sollte oder nicht. *Hau ab,* dachte ich. *Wenn du diesen Laden jetzt betrittst, bist du auf ewig verloren.* Ich rührte mich nicht.

Ich beobachtete ihn durchs Fenster. Sah, wie sein Blick beim Lesen über die Buchseiten flog, die Pupillen von links nach rechts rutschten. Er hatte die Augenbrauen zusammengezogen, so dass sich eine leichte Falte auf seiner Stirn abzeichnete. Den Kopf stützte er auf den Ellbogen. Sein dunkles Haar war wirr, aber nicht zu wirr. Er wirkte wie in einer anderen Welt, einer Welt der Gelassenheit. Vielleicht war er auch nur sehr gut darin, Frustration und Ärger zu verbergen. Als er umblätterte, fielen mir seine Fingernägel auf. Sie waren quadratisch, kaum abgerundet an den Ecken und sehr kurz. Er tippte ein paarmal mit dem Finger auf die Theke. Eins. Zwei. Drei. Ich konnte es beinahe hören.

Im gleichen Augenblick sah Charlie von seinem Buch auf. Bemerkte mich. Winkte. Und ich erinnerte mich, was Ollie einmal zu mir gesagt hatte, als ich von einem Mädchen in der Schule gehänselt worden war.

»Liebe ist die stärkste Macht auf Erden. Sie ist mächtig, sie kann schaffen und zerstören, sie kann geben und nehmen.

Wir wollen den Hass nicht, und wir wollen die Angst nicht, aber wir leben in einer Welt, in der aus den Trümmern, die die Liebe hinterlässt, aus den Herzen, die sie bricht, Hass und Angst entstehen können.

Wenn du also Angst hast, möchte ich, dass du an Folgendes denkst: Deine Liebe kann deine Angst besiegen. Lass die Angst nie deinen Mut besiegen.«

Also ging ich hinein.

Ich hatte wieder festen Boden unter den Füßen. Plötzlich hatte ich keine Angst mehr. Vor nichts. Auf die Stimmen in meinem Kopf hörte ich nicht mehr.

»Ich muss dir etwas zeigen«, sagte er und stand auf, als ich an die Theke kam. Er zog die Jacke an, die über seiner Stuhllehne gehangen hatte, und bedeutete mir, mit ihm mitzugehen. Er ging ins Hinterzimmer und ich hinterher. Er nahm meine Hand. Seine war viel größer als meine, und mir wurde bewusst, wie viel älter und stärker und größer er war. Er drückte eine dunkle Tür auf, die zu einer roten Wendeltreppe führte. Der Boden davor war mit winzigen roten Farbklecksen gesprenkelt, die mich an Lametta erinnerten. Er hielt meine Hand, bis wir ganz oben ankamen. Dann öffnete er eine weitere Tür.

Ein paar Vögel flogen auf, als wir aufs Dach hinaustraten. Die Stadt lag unter einer Schneedecke, die aussah wie der feine helle Flaum eines Pfirsichs. Ich sah Hunderte von Häusern, große und kleine. Eingeschlagene Fenster. Blanke Fenster. Rosa Mauern. Schwarze Mauern. Graue Mauern. Ich sah die leerstehenden Häuser, die ich so liebte. Und Häuser voller Leben. Da und dort hatten sich auf den Dächern Pfützen von grauem Matsch gebildet.

»Hier oben kann dir keiner was anhaben«, sagte Charlie und sah mich an. »Hier ist niemand außer uns. Ich fühle mich hier immer sehr sicher. Und das kannst du auch.«

Ich ging zum Rand des Dachs und sah hinab. Tief unter mir waren Autos und Menschen und Hunde unterwegs. Ich tat so, als würde ich einen Mann zwischen Daumen und Zeigefinger zerquetschen. Ich sammelte Speichel im Mund und spuckte ihn aus wie ein kleines Kind. Ich sah zu, wie er fiel und direkt neben einem Baum auf dem Boden landete. Meine Spucke würde für immer da sein. Sie würde durch den Dreck sickern und bis in alle Ewigkeit in den Gehwegritzen festsitzen, etwas von mir würde noch auf diesem Planeten verbleiben, wenn ich schon lange weg war. Ich hatte keine Angst mehr, zu sterben.

Ich sah zu Charlie hinüber und hatte plötzlich das Gefühl, den Mund aufmachen und etwas fragen zu müssen. Ich musste irgendwas sagen. Manchmal begegnete ich Fremden mit schönen Haaren oder schönen Schuhen und hatte solche Lust, ihnen etwas Nettes zu sagen. Ich nahm dann all meinen Mut zusammen und überlegte mir ganz genau, was ich sagen würde, aber im allerletzten Moment schwieg ich doch immer, sah ihnen hinterher und bereute es, nichts gesagt zu haben. Diese Reue wollte ich jetzt nicht spüren. Ich würde etwas sagen. Nein, doch nicht. Fünf Jahre lang hatte ich mir geschworen, es nicht zu tun. Ich hatte dieses Versprechen bereits einmal gebrochen. Ich würde es jetzt nicht schon wieder brechen und es einfach für den Rest meines Lebens verdrängen. Das konnte ich nicht. Oder doch …?

Eine Taube landete auf dem Dach und sah mir direkt ins Gesicht. Ich kannte mal ein Mädchen, das mit Tauben sprechen konnte. Sie war sehr dünn, und ihr Haar war ebenfalls dünn und blond. Sie war immer von Tauben umringt, egal, wohin sie ging. Die Tauben liebten sie einfach. Sie warteten vor dem Supermarkt auf sie. Sie setzten sich an ihr Fenster, wenn sie schlief. Bis das Mädchen eines Tages mit dem Segelboot auf einen See hinausfuhr und nie zurückkehrte. Die Tauben weinten zwölf Tage lang. Danach verstreuten sie sich an stille Orte und gingen vor Trauer ein.

Das dünne blonde Mädchen kannte ich wirklich, Herr Doktor. Aber den Rest habe ich mir ausgedacht.

Der Wind blies mir ins Gesicht, und die Taube flatterte davon.

»Was ist, wenn wir da runterfallen?«, fragte ich ganz leise.

Es kam wie aus dem Nichts. Ohne gedankliche Vorwarnung oder Verzögerung. Es rutschte mir einfach raus. Charlie blickte mich verwirrt an. Ich sah ihm an den Augen an, dass sein Hirn eine Sekunde lang aussetzte. Wir würden sterben. Das würde passieren. Wir würden einfach sterben. Dämliche Frage. Wir würden mit dem Gesicht auf den Asphalt schlagen, und unsere Zähne würden durch die Gegend fliegen. Niemand würde je wieder von uns hören. Verblüffte Tauben würden neben unseren Leichen landen und das grausige Schlachtfeld begutachten.

»Dann fliegen wir«, erwiderte er und grinste.

Ich steckte die Hände in die Taschen und beugte mich wieder ein Stückchen vor, so dass ich den Gehweg sehen konnte. Leise breitete sich ein Grinsen auf meinem Gesicht aus. In meinem ganzen Leben hatte ich an nichts fester geglaubt.

Dann fliegen wir.

29

Ich wollte seinen Namen auf Werbeplakate malen, ihn in Bäume schnitzen, Leuten nachts ins Ohr flüstern. Seinen Namen am Bahnhof singen und dabei einen leeren Pappbecher für Kleingeldspenden halten. Ich wollte mich in seinem Namen suhlen, darin ertrinken. Ich wollte ihn auf jede Seite meines Notizblocks schreiben, immer und immer wieder. Meine Liebe war still. Aber voller Sehnsucht. Er musste mindestens sechs Jahre älter sein als ich, aber das war mir egal. Ich wollte, dass er mir Essen machte, mich ins Bett brachte und mir einen Gutenachtkuss gab. Ich wollte heulen, wenn ich ihm in die Augen sah. Ich wusste, dass die Liebe der Grund für meinen frühen Tod sein würde, dass sie mich auffressen und wieder ausspucken würde. Aber das war mir egal, vollkommen egal.

30

In meinem Zimmer saß auf dem Bett eine große, dunkle Gestalt, die Arme verschränkt, das Kinn lag auf der Brust. Ihr Gesicht war von dem wolkenartigen dunklen Schatten nicht zu unterscheiden, in den der Raum sie eingehüllt hatte. Sie hielt etwas Großes in den Händen; ich verstand das alles nicht, und ein Schauer überlief mich, als ich sah, dass etwas von dem Gegenstand herabtropfte. Die Gestalt machte ein Licht an. Schatten schossen in die Wölbungen und Falten ihres Gesichts. Licht schoss in ihre blitzenden Augen. Er war es. Er hielt Charlies abgetrennten Kopf hoch. Seine Augen starrten die Decke an, der Mund stand offen, Blut tropfte aus seinem Hals auf den Boden. James glotzte mich an. Meine Beine sackten unter mir weg.

»Dummes Mädchen«, sagte James.

Seine Stimme war nicht die, die ich bisher gehört hatte. Es war eine sehr leise, rauhe, brummende Stimme, als würde sie einem Raubtier gehören. Er warf Charlies Kopf achtlos weg und zündete sich eine dicke Zigarre an. Der süßliche, dicke Qualm brannte mir im Hals, und ich hustete so lange und heftig, dass vor meinen Augen alles verschwamm. Ich wachte auf.

»Kannst du dein beschissenes Frühstück vielleicht noch ein bisschen langsamer essen? Mein Gott, was ist denn los mit dir?«, fragte Daisy.

Ich steckte mir einen Löffel Haferbrei in den Mund und wiederholte den Vorgang so lange, bis die Schale leer war, wie ein gutes Mädchen. Ich gähnte, wie es ein gesundes Mädchen tun sollte. Ich rieb mir die Augen wie ein normales Mädchen. Was ich doch für eine Tarnkünstlerin war!

Das war der Tag, an dem ich erkannte, wie teuflisch ich war. Ich war fähig zu lieben, und ich wusste es besser, ich kannte Moral, ich wusste, wo die Trennlinie zwischen Gut und Böse verlief, ich konnte zwischen Moralisch und Unmoralisch unterscheiden. Und ich tat es trotzdem. Das ist böse.

31

Du hast mit mir gesprochen«, sagte Charlie.

Wir standen einander im Laden gegenüber. Ich ließ die Worte einwirken, so wie ich als Kind die Finger langsam in den Schlamm gelegt und gespürt hatte, wie meine Haut ihn aufsaugte.

Ich habe mit dir gesprochen, weil ich vorher ganz allein in einer… geschützten Welt gelebt habe, mit meinem geschützten, abgeschotteten Verstand, nur so habe ich es durch den Tag geschafft. Oh, mein Liebster, du hättest sehen sollen, was das für eine bittere Winterwelt in mir war. Mein Hirn erlitt solche Erfrierungen, dass es lila anlief, meine Finger waren taub vor Kälte. Und dann traf ich dich. Und mit dir kam der Frühling, es fing an, in mir zu regnen, zum Rhythmus meines Herzschlags, und der Garten in meinem Kopf sprießte plötzlich grün und üppig, und Veilchen schossen mir aus dem Hirn.

Ich senkte den Blick, fummelte an meinen Fingern herum und verbarg diese Gedanken vor ihm. Hätte er sie nur gekannt, denke ich manchmal. Hätte er doch nur von dieser Liebe gewusst, die ich mit mir herumtrug wie eine scharfe Klinge.

32

Ich folgte Charlie innerhalb einer Woche an mehrere Orte. Ich wusste, dass er auf der guten Seite von Marlinville wohnte, in der Bay Street 201. Er ging auf die Graybrooke Film Academy. Er lebte allein in einem Apartment mit einem grauen Bett und einer großen Vitrine voller DVDs. Ich fragte ihn viele Dinge, und er erlaubte mir, sie aufzuschreiben, wie bei Ihnen, Herr Doktor. Manchmal stellte ich die Fragen ganz leise, wenn ich keine Angst hatte.

Es war ein Sonntag, an dem er mich mit in seine Wohnung nahm. Die Fenster hatten metallene Querstreben. Innen war das ganze Haus grau. Die Wände, die Treppen, der Boden. Er hatte einen winzig kleinen Fernseher. An der Wand tickte eine große alte Holzuhr. Es überraschte mich, dass seine Wohnung so normal war.

Bei jedem Schritt, den ich machte, spürte ich seine Seele über mir schweben. Auf dem Schreibtisch lag eine Zeichnung von einem Mädchen, ihr langes dunkles Haar fiel ihr über die Schultern, das Gesicht konnte man nicht sehen. Das wollte ich mir merken und in meinen Notizblock schreiben, sobald ich nach Hause kam. Im Wohnzimmer setzte ich mich auf eine dunkelrote Couch mit bunten Kissen. Mit durchgedrücktem Rücken schaute ich auf den schwarzen Bildschirm. Das matte Schwarz schluckte meinen Blick. Charlie setzte sich neben mich.

»Das ist es also«, sagte er.

Alles um mich herum gehörte ihm, es war so viel, dass ich kaum alles aufnehmen konnte. Ich versuchte, die Tränen herunterzuschlucken, die in mir aufstiegen, und holte mein Buch aus der Tasche. Als ich es gerade aufklappen wollte, legte er die Hand auf den Umschlag.

»Ich werde dir den ganzen Film zeigen«, sagte er. »Du hast immer nur mal eine Szene gesehen, aber nie den ganzen Film. Du musst mir versprechen, keine Angst zu haben. Wenn du ihn nach, sagen wir, einer halben Stunde nicht magst, kannst du gehen und musst ihn nie wieder sehen. Versprochen?«

Ich sah ihn an und nickte.

Damit nahm er die Fernbedienung vom Couchtisch, drückte Start und lehnte sich zurück. Der Bildschirm war noch immer schwarz. Sekunden vergingen, und dann erschien ein Löwe, der sein Publikum voller Anmut anbrüllte. Darunter stand in goldenen Buchstaben: METRO-GOLDWYN-MAYER. Anschließend war eine wunderschöne, herzzerreißende Melodie zu hören, und es wurden Namen eingeblendet: Regisseur, Produzent, Schauspieler, Buchautor. Und dann erschien in großen, weißen, geschwungenen Lettern: *The Wizard of Oz.* Ich hatte Gänsehaut an Armen, Hals, Fingern und im Gesicht. Ich wusste nicht, dass es solche Empfindungen gab. Und dann fing der Film an. Man sah eine lange, lange unbefestigte Straße und Dorothy, die diese Straße entlanglief, Toto trippelte auf seinen kleinen Pfötchen neben ihr her.

Der Film war in Sepia. Die Landschaft bestand aus weiten Feldern voller Weizen und anderem Getreide, die sich bis an den Horizont erstreckten. Mir blieb der Mund offen stehen. Dorothys Stimme war wunderbar warm, ihre Augen groß und liebevoll, ihre Lippen voll, ihre Wangen wirkten samtig-zart – all das hätte ich auch gern gesehen, wenn ich in den Spiegel schaute. Ich stellte mir vor, ich wäre diejenige, die die Straße entlanglief, und hörte auf, mich zu ärgern. Ich machte keinen Mucks, und Minute um Minute verstrich.

Dann ging der Wirbelsturm los. Ich sah Dorothy um das Haus laufen, den Wind durch ihre Haare fahren. Papier und Heu wirbelten durch die Luft, Dorothy hob Toto auf und lief in ihr Zimmer, um sich dort zu verstecken, sie hatte dem Fenster den Rücken zugewandt, als – krach! – das Fenster aus dem Rahmen brach und sie am Hinterkopf traf. Dorothy fiel bewusstlos aufs Bett, das Haus hob ab und trudelte durch die Luft, höher und immer höher in den wirbelnden Zyklon.

Ich hielt mir die Hand aufs Herz und hoffte, sie wäre bald in Sicherheit – ich wäre bald in Sicherheit.

Dann plötzlich wurde es still. Das Haus musste irgendwo gelandet sein. Dorothy stand von ihrem Bett auf, rieb sich den Kopf und sah sich um. Sie nahm Toto auf den Arm und ging vorsichtig durch das Haus. Sie öffnete die Haustür.

Was ich als Nächstes sah, werde ich nie vergessen.

Ich glaube nicht, dass es irgendetwas Schöneres gibt als das, was ich auf diesem Bildschirm sah. Alles um mich herum brach weg, als wäre ich in ihre Welt geschlüpft.

Die Wände hinter dem Bildschirm verschwanden ebenso wie die Filme, die sich neben dem Fernseher stapelten. Der Wohnzimmertisch, die Couch, die Zimmer, die Küche, die Wohnung, das Haus, alles verschwand. Nur Charlie blieb, er saß neben mir in einem See aus reinem, leuchtendem Weiß, als wären wir die Sonne, und nichts könnte uns etwas anhaben. All meine Probleme verschwanden. Alles, was hässlich und angsteinflößend und elend war … Es verschwand ganz einfach. Ich kannte keine Traurigkeit mehr. Die Schönheit der Landschaft, die sich vor mir erstreckte, traf durch die Augen und die Seele direkt in mein schlagendes Herz. Schöne große Blumen in allen Regenbogenfarben – blau und rot, gelb und violett – wuchsen im Gras. Irgendwo sang eine sanfte, engelsgleiche Stimme. Meine Nackenhärchen stellten sich auf. In der Ferne war meilenweit grünes Gras zu sehen. Hohe Berge. Winzige weiße Häuser mit Reetdächern standen um einen grau, gelb und rot gepflasterten kleinen Platz herum. Ein leuchtend blauer Fluss zog sich mitten durch das kleine Dorf, das Wasser glitzerte im Sonnenlicht. Ich vergaß alles Elend. Was war Kummer noch gleich? Was war Schmerz? Ich vergaß, wie sich Wut anfühlte und Enttäuschung und jegliche Grausamkeit auf der Welt. Ich spürte etwas auf meiner Hand, und als ich nachsah, füllten Charlies Finger die Lücken zwischen meinen aus, sanft drückte er meine Hand. Ich zog sie nicht zurück. Als ich wieder aufsah, weinte ich. Ich weinte leise, aber heftig. Ich schaute mir den Film weiter an, ich ging nicht.

An diesem Tag verliebte ich mich in den Film, und seit diesem Tag habe ich nicht einen einzigen schlechten, eifersüchtigen, hasserfüllten Gedanken mehr daran gehegt.

33

Es war Weihnachten, und es schneite sehr viel. Im Naturkundeunterricht erzählten alle ganz aufgeregt, was sie sich zum Fest wünschten, wo sie feiern würden, was als Weihnachtsessen auf den Tisch kam. Jeder bekam ein Blatt Papier und ein paar billige Buntstifte, und dann sollten wir ein Bild von unserem Weihnachtsessen malen. Bescheuerte Idee! Als wären wir in der dritten Klasse. Es war ohnehin klar, dass die Lehrerin die Bilder nach dem Unterricht wegwerfen würde. Also malte ich stattdessen James in seinem Anzug, Blut tropfte ihm aus dem Mund, und in seinem Bauch steckte ein Messer. Innerlich musste ich lachen. Es war komisch. Mein Kopf war aus dem Gleichgewicht geraten, ich war hin und her gerissen zwischen unbändiger Liebe für Charlie und unbändigem Hass auf James. Zwei gegensätzliche Universen, die sich in meinem Inneren bekriegten.

Als ich gerade mit dem Messer fertig war, kam Miss Roberts an meinen Tisch.

»Was zum … Was soll das denn sein? Was machst du denn da?«, rief sie und nahm mir das Bild weg.

Meine Klassenkameraden hörten auf zu malen und drehten sich zu mir um.

»Das ist ja wohl eine Frechheit. Du weißt genau, dass

ich so etwas hier nicht dulden kann. Ab mit dir zur Schulleitung, jetzt sofort. Nimm das hier mit. Und sag Miss Fisher, dass ich dich geschickt habe. Ich bin entsetzt, Blue! Wer soll das überhaupt sein?«

Wenn Sie wüssten, was er mir angetan hat, würden Sie mich ermutigen. Sie würden wohlwollend nicken und vorschlagen, ich solle aus dem Messer doch lieber ein Schwert machen.

»Blue, du sollst den Klassenraum verlassen, habe ich gesagt.«

Ich stand auf und riss ihr das Blatt aus der Hand. Ich ging die Flure hinunter, die Wände hingen voller bunter Bilder, Poster und Broschüren, die die Schüler gebastelt hatten. Überall war Lametta, und alles war mit Filzstift und Füller bekritzelt und fröhlich, fröhlich, fröhlich. Im Vorbeigehen riss ich Poster und Bilder von den Wänden. Ich klopfte an Miss Fishers Tür.

»Herein«, rief sie.

Ich öffnete langsam die Tür, sie saß an ihrem Schreibtisch und schrieb etwas.

»Hallo, Blue. Brauchst du Hilfe?«

Ich ging rüber zu ihrem Schreibtisch und legte mein Bild über das Blatt, auf dem sie gerade schrieb. Sie richtete sich auf und runzelte die Stirn. Ihre Lippen kräuselten sich beinahe unmerklich.

»Was ist das?«

Ich zuckte mit den Schultern.

»Hast du das gemalt?«

Ich nickte.

»Warum malst du denn so was, Blue? Wer ist das?«

Nur ein Monster, sonst nichts. Das interessiert Sie ja ohnehin nicht.

»Versuchst du mit diesem Bild, deine Wut auf diese Person auszudrücken? Ist das jemand, der dir nahesteht?«

Und wie er mir nahesteht! Er ist in meine gottverdammte Seele gekrochen und hat sie auf den Kopf gestellt.

»Gewalt ist an dieser Schule nicht gern gesehen, egal in welcher Form. Das weißt du doch, oder?«

Ich nickte wieder.

»Wenn du noch mal so etwas malst, wird das Konsequenzen haben. Falls du irgendwelche Probleme hast, über die du sprechen möchtest, ist jetzt der richtige Zeitpunkt. Möchtest du irgendetwas mit mir besprechen?«

Ich sah sie nur an.

»Lass mich wissen, wenn du irgendwelche Sorgen hast. Du kannst jetzt zurück in den Unterricht gehen. Aber versuch, dir keinen Ärger mehr einzuhandeln«, sagte sie.

Ich bin der Ärger. Ich bin bis obenhin voll davon. Ich esse Ärger zum Frühstück. Ich werde nie wieder rein sein. Wie stellt man das Gefühl von Reinheit eigentlich wieder her? Indem man sie so lange zerstört, bis sie vulgär, pervers und widerwärtig geworden ist und man nicht mehr nach ihr streben kann. Meine Liebe zu Charlie war rein … so rein, wie ich sie haben wollte. Aber der Riss in meinem Kopf wurde immer länger.

Als die Schule aus war, schneite es noch immer. Ich schob die Hände in die Taschen und seufzte. Die anderen hüpften vergnügt in ihr warmes Zuhause. Zu ihren Familien, die schon auf sie warteten. Zum Weihnachtsbaum im Wohnzimmer. Mein Gott, wie ich Kinder hasse. Alle zusammen. Ich hasse es, ihre kleinen Herzen voller Glück und Unschuld und Freude schlagen zu hören. Ich weiß, dass ich nicht so bin wie sie.

»Ich ruf dich dann morgen früh an und erzähl dir, was ich gekriegt hab!«, hörte ich ein Mädchen ihrer Freundin zurufen. Ich stapfte durch den hohen Schnee und zog mir die Kapuze ins Gesicht. Irgendwo wurde ein Weihnachtslied gespielt. Die Augen der anderen Kinder funkelten wie die Sterne, ihre Wangen leuchteten rosig. Der Himmel hatte die Farbe von alten Glühbirnen.

Seit Ollies Tod wurde Weihnachten in unserem Haushalt nicht mehr gefeiert. Daisy wollte es nicht. Geldverschwendung. Jeden Morgen ging sie um sechs zur Arbeit in den Secondhandladen auf der guten Seite der Stadt und kam erst im Dunkeln zurück, wenn die Spätschicht bei Walmart zu Ende war.

Zu Hause setzte ich mich allein ins Wohnzimmer und starrte die Decke an. Ich wiederholte im Kopf Szenen aus dem Film und dachte daran, wie perfekt der Tag gewesen war, wie perfekt wir zusammen waren, an seinen warmen Körper, der sich an meinen schmiegte, wie wir das Gleiche sahen, fühlten, wussten. Oh, wie wunderschön der Film war, diese ganze Welt, dieses Paradies.

Dann dachte ich, dass Ollie vielleicht in dieser Welt war. Dass er sich im Film versteckte. Wenn ich ihn nur aufmerksam genug angesehen hätte, hätte ich ihn vielleicht hinter den Büschen und Bäumen entdeckt, vielleicht hätte er mir zugewinkt, vielleicht hätte er ein Schild hochgehalten, auf dem stand: *»Ich vermisse dich, Blue«*, nur für mich. Vielleicht hätte er eine Blume gepflückt und sie mir aus dem Bildschirm herausgereicht, und vielleicht wäre er dann auch selbst aus dem Bildschirm gestiegen und hätte mich in den Arm genommen und mich nie wieder alleingelassen. In der Kirche sagen sie, man solle beten, und in der Schule sagen sie, man solle von Größerem träumen. Und das tat ich. Ich betete und träumte, dass Ollie in meinem Zimmer auftauchen würde, ich betete und träumte so viel, dass es weh tat, Herr Doktor. Aber egal, wie sehr ich mich anstrengte, er kam nie.

Ich hielt mir die Hände vors Gesicht und grub die Nägel in die Wangen. Es war so still und ich so vollkommen allein, dass ich die Tränen einfach nicht zurückhalten konnte. Sie liefen mir einfach übers Gesicht. Erst langsam, jede Träne wartete geduldig, bis die vorherige hinabgerollt war. Aber dann rollten sie alle gleichzeitig, wie Regen. Ich hörte Dorothy in meinem Kopf singen. Und das Lied, dieses Lied, das ich einfach nicht vergessen konnte, klingelte mir in den Ohren.

»Somewhere over the rainbow, way up high,
There's a land that I've heard of, once in a lullaby…
Somewhere over the rainbow, skies are blue,
And the dreams that you dare to dream, really do come true…«

Mit tränenblinden Augen lief ich zum Fenster, sah zum grauen Himmel hinauf. Wo war er denn bloß, wo war dieser Ort hinter dem Regenbogen? Mein Kopf wurde schwer, die Knochen in meinem Körper gaben nach, sie baumelten an Fäden, und ich starrte vor mich hin. Ganz langsam trockneten meine Tränen und verwandelten sich in feine Salzfäden auf meinen Wangen. Meinen hohlen, blassen Wangen (samtweich) und salzigen Lippen (rot und voll wie saftige Kirschen). Tränen, die aus meinen geblendeten, müden Augen gerollt waren (groß und liebevoll wie die Augen eines Rehs). Wie Dorothys. Ich musste Dorothy sein.

Wenn ich mit Charlie zusammen war, schien mir egal zu sein, wer ich war.

»Blue Vanity! Aufwachen!«

Wenn ich jetzt die Augen aufmache, werde ich im Lande Oz im Gras liegen. Umgeben von Blumen und zwitschernden Vögeln, und Toto wird fröhlich durchs Unterholz springen. James wird tot sein, unter der Erde verrotten. Ich muss nur die Augen aufmachen. Und keine Angst haben. Einfach aufmachen.

Ich schlug die Augen auf. Daisy saß am Fußende. Die Lampen brannten durch mich hindurch. Schwarze, verschwommene Flecken tanzten vor meinen Augen, als ich blinzelte, wie Tintenflecken auf Papier. Ich hatte Kopfschmerzen. Schmutzige Socken lagen auf dem Boden, und am Türknauf hing ein Müllbeutel mit Pappbechern, Essensresten und sonstigem Müll. Es roch nach saurer Milch.

Ich war nicht hinter dem Regenbogen. James war nicht tot. Und Charlie war nirgends zu sehen.

Daisys Schlüsselbein stach unter ihrem Tanktop hervor. Ihre Augen wirkten wie die eines Fischs, wässrig und kalt. Ihre Haut war ölig und verschwitzt, ihre Nägel brüchig und blass. Wenn James unser Leben nicht zerstört hätte, hätte Daisy nie angefangen, Koks zu nehmen. Und ich würde ganz normal sprechen.

Da ging mir auf, dass ich James nicht nur für mich töten musste. Sondern auch für Daisy. Für Charlie. Für jeden, den ich je geliebt hatte und den ich in Zukunft lieben würde. Für jeden, der Liebe brauchte, für jeden, der die Liebe verloren hatte. Für jeden, der vergessen hatte, was Liebe ist. Für meinen Vater. Ich würde James' Schädel zusammen mit einer Rose als Glücksbringer auf Ollies Grab legen. Warum konnte ich James nicht einfach eine Ohrfeige verpassen und es dabei bewenden lassen? Warum nicht einfach die Fenster seiner Restaurants und Läden mit Steinen einwerfen und es dabei bewenden lassen? Warum nicht seine schicken, glänzenden Autos zerkratzen und es dabei bewenden lassen? Das werde ich Ihnen erklären, Doktor. Denn Stock und Stein brechen sein Bein, doch nur der Tod, der löscht ihn aus.

»BLUE TÖTET GANGSTERBOSS! HURRA! SIEG DER GERECHTIGKEIT!« Ich dachte, ich würde es auf die Titelseiten aller Zeitungen und Zeitschriften schaffen. In die Geschichtsbücher. Ich dachte, die Leute würden mich fotografieren wollen und mich verehren.

Aber in den Geschichtsbüchern wurde ich nicht erwähnt. Ich kam auch nicht in die Schlagzeilen. Die Leute machten keine Fotos von mir, und niemand verehrte mich. Meine dämonischen Gedanken hatten mir Gold, Diamanten und Glück versprochen. Und jetzt steh ich da in einem weißen Zimmer mit schmalem Bett und ein paar bunten Pillen, die ich mit dem Morgentee hinunterspüle. Ich schreibe mir mein eigenes Geschichtsbuch, in dem nur ich vorkomme. Lesen Sie nur weiter, Doktor.

34

Blue Vanity! Aufwachen!«, rief Daisy noch einmal. »Rate mal, wer gerade angerufen hat! Miss Fisher. Sie hat mir von deinem Bild erzählt. Und dass du seit den Weihnachtsferien in der Schule keinen Finger gerührt hast. Sie sagt, sie könne dich nicht versetzen, weil die Lehrer dich nur aufgrund von Tests benoten können. Was ist verdammt noch mal mit dir los? Was hast du?!«

Ich schnappte mir ein Kissen und drückte es zusammen mit dem Buch fest an mich.

»Komm mir nicht schon wieder so! Tu nicht so, als hättest du keine Ahnung. Du weißt verflucht genau Bescheid!« Sie riss mir das Kissen aus den Armen und schleuderte es quer durch den Raum. »Du musst deinen Job auch erledigen! Du weißt, dass sie uns die Polizei auf den Hals hetzen können, wenn du dich nicht anstrengst! Ich hab gehört, die machen so was! Ich schmeiße hier das ganze Geld für diese beschissene Schule aus dem Fenster, und du machst gar nichts, verdammt noch mal!«

Sie wusste nicht weiter. Ratlos blickte sie sich im Raum um, vielleicht auf der Suche nach einer Antwort, als ihr Blick auf das Buch fiel.

»Es ist das Buch, stimmt's?«, zischte sie.

Jetzt entriss sie mir auch das Buch. Sie sah es einen

Augenblick lang an. Ihr Blick huschte über den Titel, aber ich wusste, dass sie ihn in Wirklichkeit gar nicht las. Für sie hatte das Buch keinerlei Bedeutung, es kam aus einem Paralleluniversum und bedeutete ihr nichts. Natürlich kannte sie das Buch. Als Kind hatte sie es wahrscheinlich auch gelesen. Aber es war nicht haftengeblieben. Sie hatte seinen Wert nicht erkannt. Sie würde ihn nie erkennen. Frustriert warf sie es mir wieder hin.

Sie traf mich am Arm, und das Buch fiel zu Boden. Ich lehnte mich aus dem Bett, angelte es mir, setzte mich abrupt auf.

Dämon.

»Es ist das beschissene Buch – es ist … es ist die Geschichte! Es liegt nur an dem Buch!«, brüllte sie. »Du denkst an nichts anderes mehr, oder? Das muss es sein. Du musst damit aufhören, Blue! Du kannst nicht … du kannst nicht – o Gott!« Sie fasste sich mit beiden Händen an den Hinterkopf und sah zur Decke. Ich wusste nicht, nach welchem Wort sie suchte. »Meine Fresse, du wirst echt wahnsinnig!«

Das war ich bereits.

»Du machst einfach gar nichts. Nicht in der Schule, nicht zu Hause. Nichts.«

Sie setzte sich neben mich auf die Couch. Sie vergrub das Gesicht in ihren dreckigen Händen. Händen, die Lines zogen. Den gleichen Händen, die einmal meine weichen, rosigen Babyhändchen gehalten hatten …

»Du bist echt ein Psycho«, murmelte sie.

Eine leere Flasche lag in der Ecke. Ich sah mein Buch an und lächelte ganz leicht. Die Geschichte verfolgte mich wie ein schöner und verwirrender Traum. Tag und Nacht. Und ich liebte dieses Gefühl. Ich war ein Psycho, aber es ging mir hervorragend dabei.

War ich Blue? Oder war ich Dorothy? Ich war beides. Nein, ich war Blue, Ollies Tochter. Aber trotzdem war ich auch Dorothy, geboren und aufgewachsen in Kansas.

Als sie sah, wie ich das Buch betrachtete, fing Daisy an zu weinen. Tränen liefen ihr über die Wangen, sie bot einen entsetzlichen Anblick.

»Wird es denn nie wieder gut?«, flüsterte sie und versuchte durchzuatmen. Sie wischte die Tränen mit zitternder Hand weg und sah mich an. Ihre Augen waren ganz rot.

»Du merkst überhaupt nicht, wie du vor Traurigkeit über Ollies Tod verrückt wirst, oder? Du merkst es einfach nicht.«

Ihre Worte hingen in der Luft. Ich wurde nicht verrückt vor Trauer. Ich wurde verrückt, weil James noch immer am Leben und ich in Charlie verliebt war, und das zur gleichen Zeit. Ich war das Lamm, das sich um die zwei Löwen riss, statt andersherum. Ich wurde verrückt, weil ich so perfekt sein wollte wie das Mädchen in der Geschichte.

»Du … du weißt aber, dass das alles nicht echt ist … oder?«, fragte sie zögerlich. »Das ist … es ist alles nur erfunden …«

Nimm das zurück! Halt die Klappe! Sag das nicht! Sag das nicht! Sag so etwas nicht! Die Geschichte ist echt, klar?! Dorothy ist echt! Ich bin Dorothy! Das alles ist echt! Du hast es ja nicht mal gelesen! Du weißt nicht mal… du weißt gar nicht, worum es geht! Das ist alles echt!

Plötzlich überkam mich eine solche Panik, dass die Geschichte wirklich erfunden sein könnte, dass ich vom Sofa rutschte und mich auf dem Boden zusammenrollte. Ich ertrug ihre Blicke nicht. Ich kämpfte mit den Tränen und versuchte mich so klein zu machen, wie es nur ging. Vielleicht würde ich ja durch ein Loch im Teppich fallen, durch einen Verbindungstunnel, ich würde im Lande Oz aus dem Himmel fallen und im Gras landen.

»Das ganze Leben ist ein großes Theater, und wir alle spielen unsere Rollen, Blue«, sagte Daisy und schaute ins Nichts. »Das gilt auch für dich. Das Leben ist kein Traum. Und du musst langsam anfangen, deine Rolle zu spielen, und aufhören zu träumen. Kapierst du? Hör endlich auf zu träumen. Die Geschichte ist nicht echt. Das Leben ist echt.«

Ich schloss die Augen.

Ich musste aber träumen. Und eine Rolle wollte ich nicht spielen. Ich war dazu verdammt, auf ewig eine Träumerin zu bleiben.

35

Wir standen da und sahen uns an. Charlie und ich. Wir waren ganz still, wir standen regungslos da und sahen einander in die Augen. Draußen hörte ich ein Auto vorbeifahren.

»Verliere ich den Verstand?«, flüsterte ich.

Die Wände und der Stuhl sollten mich nicht hören. Nur er. Ich wollte nicht verrückt werden. Ein kleines Mädchen wie ich konnte doch gar nicht verrückt sein. Der Kopf eines Mädchens wie mir ist innen pink und gefüllt mit Regenbogen und Zuckerwatte. So sollte es jedenfalls sein. Ein junges Mädchen konnte doch keine Mörderin sein. Ein junges Mädchen konnte unmöglich eine Psychopathin sein, unter chronischer Schlaflosigkeit leiden, eine Diebin, eine Killerin sein. Das war etwas für erwachsene Männer. Nichts für Mädchen.

»Wer seinen Verstand noch hat, ist normal. Und normal ist langweilig«, erwiderte er. »Warum fragst du?«

Weil ich jemanden töten werde. Bald.

Ich zuckte mit den Schultern.

»Kann ich dir was sagen?«, fragte er.

Ich nickte.

»Ich will dich lieben«, sagte er. »Ich will dich lieben und dich ganz festhalten. Darf ich?«

Ich wollte fast die Augen schließen, mich der Dunkelheit hingeben und die Worte auf meine Haut tropfen lassen. Jetzt wusste ich, dass es einen Gott gab. Denn kein Teufel hätte zugelassen, dass jemand so etwas zu mir sagt. Wenn ich Gott je traf, würde ich ihm eine Geschichte erzählen. Von einem Mädchen, das jeden Abend in den Wald ging und sich die Sterne auf den Kopf fallen ließ. Es war sehr einsam, und wenn es in den Spiegel schaute, sah es ein fremdes Mädchen. Ein stilles, todbringendes Mädchen, dem Sterne im Schädel steckten. Eines Tages trat ein Junge in sein Leben. Auch ihm steckten Sterne im Schädel. Da wusste das Mädchen, dass es selbst das Mädchen im Spiegel war. Nun wusste es, wer es war. Und es nahm den Jungen an der Hand und ging mit ihm in den Wald, wo sie sich bis ans Ende aller Tage die Sterne auf den Kopf regnen ließen.

Charlie hatte mir eine Frage gestellt.

»Ja.«

Und mit brennendem Herzen lief ich davon.

36

Mit der Zeit sah ich James nicht mehr als menschliches Wesen. Ich verfolgte ihn noch immer jeden Tag nach der Schule. Das konnte man schon nicht mehr als Gewohnheit oder Routine bezeichnen; es war eine Sucht.

Wenn ich ihn sah, vergaß ich, dass ihn einst eine Frau geboren und er vielleicht sogar Schwestern und Brüder hatte. Ich sah nur die dunkle Kreatur im dunklen Anzug, der jegliche Moral abging. In meinen Augen war er ein Monster. Nicht einmal ein lebendiges, sondern eins von diesen Plastikmonstern für kleine Kinder. Ich war das Kind. Und ich hatte James in der Hand. Es war nur eine Frage der Zeit, bis ich ihm Arme und Kopf abriss und sie an die Wand warf.

Ich wollte eine Nachricht im Laden hinterlassen, dass ich James noch in derselben Nacht um ein Uhr umbringen würde. Ich schrieb einen Zettel, versteckte mich hinter meinem Baum vor dem Schaufenster und beobachtete Charlie. Ich wollte hineinschleichen, wenn er abgelenkt war, und den Zettel in seinen Rucksack schmuggeln. Er saß hinter der Theke und malte in einem Notizbuch herum. Von Zeit zu Zeit kratzte er sich am Kopf.

Charlie saß noch immer hinter der Theke. Ich beobachtete ihn beim Zeichnen und sah, wie seine sanften Augen die Linien mitzeichneten. Wie die Schatten, die seine Wangenknochen warfen, seinen markanten Kiefer noch stärker hervortreten ließen. Wie er die Lippen aufeinanderpresste. Seine Brust hob und senkte sich mit jedem Atemzug, eine nie enden wollende, beruhigende Bewegung, wie die Wellen im Meer. Die Hand mit dem Stift fuhr weiter über die Seite. Sein Blick war fest auf das Papier gerichtet, und ich stellte mir vor, wie sie vor Konzentration funkelten. Dann sah er zum Telefon, das neben ihm stand, legte den Stift zur Seite und nahm den Hörer ab. Er stand auf, sah sich im Laden um und ging nach hinten.

Ich hielt meinen Zettel fest an die Brust gedrückt, rannte über die Straße und betrat auf Zehenspitzen den Laden. Charlies Stimme drang durch die dünne Wand.

»Ja, Chips sind fast keine mehr da. Nachos? Davon haben wir noch jede Menge«, sagte er zu dem Menschen am anderen Ende. Ich hörte, wie er sich an Kartons zu schaffen machte.

Lautlos kniete ich mich hin und steckte den Zettel in den Rucksack, der auf dem Boden stand. Aber als ich gerade wieder hinausflitzen wollte, fiel mein Blick auf das Notizbuch, das offen auf der Theke lag.

Er hatte ein Mädchen gezeichnet, das auf dem Boden saß und den Betrachter ansah, mich ansah. Es hatte dunkle Haare, wie ich. Es trug die gleichen kaputten Schuhe wie ich. Die gleichen Jeans. Die große Jacke sah genau so aus wie die, die ich gerade anhatte. Sie lächelte ganz leicht. Kein offenes, enthusiastisches Lächeln. Sondern ein Lächeln, bei dem man sich fragte, woran sie wohl gerade dachte. Ihre Augen funkelten und waren groß und aufmerksam. Dann bemerkte ich das Buch in ihrem Schoß. Ein dickes Buch, auf dem in geschwungenen Buchstaben *Der Zauberer von Oz* stand. Mein Herz setzte erst aus, dann sprang es mir aus der Brust und flog in den Himmel.

37

In dieser Nacht wachte ich schweißgebadet auf. Ich schaute auf den Wecker neben meinem Bett. 00:32. Es war an der Zeit. Die Haare klebten mir im Nacken, und ich bekam keine Luft unter der Decke. Ich verhedderte mich in meinem Pyjama, strampelte mich frei, stand auf, zog mich an. Plötzlich packte mich eine brutale Zerstörungslust. Ich schlich mich aus meinem Zimmer in die Küche. Dort zog ich die Schubladen auf und suchte das längste Messer heraus, das wir hatten. Ich hielt es fest in der Hand.

Sie wollen wissen, warum man einen Menschen töten will, wenn man so unglaublich verliebt ist, Doktor. Warum man einen Menschen tötet und diese Bürde für den Rest seines Lebens mit sich herumträgt. Schauen Sie in den Spiegel! Denken Sie an Ihren Erzfeind! Wiederholen Sie den Namen Ihres Feindes immer wieder, lassen Sie den widerlichen Klang seines Namens den Raum erfüllen! Denken Sie an all das, was Ihr Feind Ihnen angetan hat! Nehmen Sie ein Messer, oder eine Pistole – was Ihnen lieber ist! Stellen Sie Ihren Feind! Stoßen Sie ihm das Messer in den Bauch! Versenken Sie eine Kugel zwischen seinen Augen! Und Sie werden wissen, warum.

In der unheimlichen Stille der Küche kamen mir

plötzlich die Tränen. Sie strömten mir übers Gesicht und tropften auf den Boden. Panik machte sich in mir breit. Ich hieb das Messer in den Küchentisch. Mit aller Kraft hob ich die Arme über den Kopf und stieß es ins Holz. Aber ich hatte zu wenig Kraft, das Messer kratzte kaum an der Oberfläche. Ich fühlte mich schwach. Ich war ein Nichts. Trotzig nahm ich einen Teller von der Arbeitsplatte und schleuderte ihn quer durch den Raum. Es gab ein fürchterliches Geschepper, als er den Fernseher traf.

Ich weinte mit jeder Zelle meines Körpers, mit jedem Atom, jedem Hautschüppchen, jedem Härchen. Es war entsetzlich. Selbst mein Schatten weinte. Ich stieß einen Schrei aus. Lauthals. Er brannte mir in Hals und Ohren. Ein Schrei, der Amseln vom Himmel fallen und Glühbirnen zerplatzen lassen konnte.

Wenige Sekunden später stand Daisy in der Küche und sah mich mit dem Messer in der Hand.

»Was ist denn jetzt schon wieder los?! O Gott, Blue, was machst du? Leg … leg das Messer weg! Lass es los! Blue, ich meine es ernst, leg sofort das Messer weg!«

Ich stürmte einfach an ihr vorbei. Sie machte instinktiv einen Schritt rückwärts. Ich zog meine Stiefel an und sah dabei aus dem Fenster, Daisy drehte ich den Rücken zu. Ich knirschte mit den Zähnen und knurrte wie ein angriffsbereiter Wolf.

»Blue, das ist nicht witzig! Leg das Messer weg!«, schrie sie. Ihre Stimme bebte. »Du drehst durch! Hör auf mich! Bitte!«

Ich drehte mich um, und sie machte einen weiteren Schritt rückwärts. Jetzt hatte ich die Macht. Ich hielt ein

Messer in der Hand, und damit konnte ich aufschlitzen, wen ich wollte.

»Beruhig dich doch bitte«, sagte sie. »Wenn du das Messer jetzt nicht fallen lässt, dann … dann muss ich die Polizei rufen.«

Wozu? Um ihnen zu zeigen, dass ich ein Messer in der Hand habe? Oder um ihnen das ganze beschissene Koks zu zeigen, das du in deinem Schlafzimmer versteckst?

Ich rannte aus der Wohnung, durchs Treppenhaus ins Freie, in die dunkle Nacht. Es war ganz still draußen. Ich ging zügig und überlegte, wie ich ihn töten würde. Ihm das Messer in den Bauch rammen? Die Kehle aufschlitzen? Vielleicht konnte ich ihm mit der Messerspitze die Augen ausstechen und ihn einfach leiden lassen. Oder in seinen Knochen herumstochern, bis ich sie brechen hörte wie das Gabelbein eines Truthahns.

Es war ein Donnerstag. Donnerstags übernachtete James in einer der Wohnungen, die relativ nah bei unserer lagen – der mit den Bildern von Marilyn Monroe.

Die Lampen im Flur waren alle kaputt, es war dunkel. Ich blieb kurz stehen und sah mir eines der Marilynbilder an. Sie winkte mir zu und lächelte charmant, und ich stellte mich auf die Zehenspitzen und küsste sie auf die Wange. Dann weiter zu seiner Tür. Ich hob den Arm über den Kopf und rammte das Messer in die Tür. Türblatt und Schlösser waren erneuert worden. Ich stach wieder zu. Immer und immer wieder. Ich fauchte und schrie, ich hatte vor nichts mehr Angst. Ich bin mir sicher, wenn man normalen Menschen eine Waffe in die Hand drücken und ihnen sagen würde, sie könnten damit alles machen, würden auch sie die Kontrolle verlieren. Selbst diejenigen, die sich für die Zurechnungsfähigsten unter uns halten: Priester, Könige, Anwälte. Sie würden alle die Kontrolle verlieren. Denn niemand ist wirklich zurechnungsfähig.

Ich rammte das Messer noch einmal in die Tür. Ich hob die Arme so hoch, dass ich die Flurleuchte erwischte. Das Glas zersprang, und Scherben regneten von der Decke. Es wurde dunkel. Es regnete Glasscherben, das gefiel mir. Ich klaubte welche auf und warf sie in die Luft. Winzige Schnitte zeigten sich in meinen Händen. Winzige Blutstropfen quollen aus dem offenen Fleisch hervor.

Ich hörte, wie sich hinter mir eine Tür öffnete. Licht fiel von der Straße in den Flur, aber ich erkannte lediglich einen dunklen Umriss.

Hau ab, wer auch immer du bist!

Ich brach zusammen und konnte mich nur noch an meinem Messer festklammern.

»Blue … ?«

Ich hob langsam den Kopf und hielt das Messer drohend in Richtung der Stimme.

Hau ab!

Ich brauchte einen Moment, bis mir klarwurde, wer da im Flur stand. Ich kniff die Augen zusammen und versuchte, den Umriss, die Kopfform zu erkennen. Mein Griff um das Messer lockerte sich.

»Blue … Bist du das?«, fragte Charlie.

Ich nickte. Ich bin es. Ich bin Blue. Das stimmt. Ich bin die traurige Blue. Ich werde immer die traurige Blue sein. Der tosende Sturm in meinem Inneren legte sich, die Sonne ließ sich hinter den Wolken blicken. Ich ließ das Messer fallen und hielt mir die Hände vors Gesicht. Was machte ich hier eigentlich? Plötzlich packte mich die Angst. Nicht vor der Dunkelheit um mich herum, Herr Doktor. Oder vor dem scharfen Messer, das nun auf dem Boden lag. Nein. Mich packte die Angst vor mir selbst.

»Was machst du denn hier?« Charlie kam näher und kniete sich neben mich. Er strich mir das Haar hinters Ohr. Ich versuchte wegzukriechen und schüttelte den Kopf.

»L-lass mich in Ruhe«, flüsterte ich. Meine Stimme brach.

»Aber warum denn?«

»Ich bin g-geisteskrank.«

»Blue, ich –«

»Ich mein's ernst. Lass mich in Ruhe. Wenn du noch näher kommst … dann muss ich dich umbringen.«

»Was sagst du denn da?«

»Ich weiß auch nicht. Das … das bin nicht ich. Das ist mein Kopf. Ich kann nichts dafür. *Ich kann wirklich nichts dafür!*«

»Okay, okay«, beschwichtigte er mich. »Beruhig dich erst mal. Wir kriegen das schon hin, hörst du? Beruhig dich. Lass uns abhauen, bevor er nach Hause kommt.«

Er schob mir einen Arm unter die Taille und den anderen unter die Beine und hob mich hoch.

»Das … das Messer. Nimm das Messer mit«, flüsterte ich.

Er setzte mich kurz wieder ab, hob das Messer auf. Ich sah die Macken in der Tür, als er mich wegtrug. Marilyn blickte mir hinterher und schüttelte den Kopf. »Feigling«, hörte ich sie flüstern. Das ließ mich zusammenfahren, dass mir die Zähne klapperten. Er trug mich nach draußen. Die Laternen tanzten vor meinen Augen und machten mich nervös. Ich hob den Blick zum Himmel, wo Milliarden funkelnder Sterne die Dunkelheit durchstachen.

Sofort wurde ich ruhiger. Weil der Himmel und der Mond noch da waren und hinter dem Horizont die Sonne darauf wartete, für mich aufzuwachen, und darauf, dass ich mir vergab.

»Glaubst du an einen Ort hinter dem Regenbogen? Gibt es den?«, flüsterte ich ihm ins Ohr.

»Na sicher gibt es den.«

»W-wirklich? Glaubst du daran?«

»Ja.«

Ich atmete Wolken in die Dunkelheit, die mich umgab. Die Bäume, Häuser, Autos, Bänke, Gehwege waren alle in einen Mantel aus schwarzer Tinte gehüllt. Außerhalb meines Kopfes war alles beim Alten. Es war mitten in der Nacht. Menschen und Tiere schliefen, Blumen wuchsen aus der Erde. Die Mordgedanken verschwanden. Die Verrücktheit war verschwunden. Ich sah wieder zum Himmel.

»Und … und glaubst du auch daran, dass Ollie irgendwo da oben ist? Unter den Sternen?«, fragte ich. Ich hatte einen Kloß im Hals. Charlie sah kurz auf mich herab, als er mich über die leere Straße trug.

»Ja. Und da wird er immer bleiben.«

Wir kamen an eine Tür – seine Tür. Er trug mich die Treppen zu seiner Wohnung hinauf, vorbei an der roten Couch und der Küche, in ein anderes Zimmer. Sein Schlafzimmer. Es war leer bis auf ein Bett, einen Tisch und einen Kleiderschrank. Keine Action-man-Figuren. Keine Comics. Keine Poster von Gewaltfilmen oder nackten Frauen. Er trug mich zum Bett, legte mich vorsichtig darauf ab, deckte mich zu und setzte sich ans Fußende. Mein Kopf war bleischwer. Ich wollte mich in einer Höhle verkriechen, mit den Bären Winterschlaf halten und erst im Frühling wieder aufwachen.

»Woher wusstest du, wo ich bin?«, fragte ich.

»Der Zettel«, erwiderte er. Da erst erinnerte ich mich. Den hatte ich vollkommen vergessen.

»Kannst du mir was Schönes erzählen?«, bat ich ihn.

»Was meinst du denn?«

»Ich weiß nicht. Irgendwas Aufheiterndes. Erzähl mir … von deinen Eltern.«

Er stellte keine Fragen darüber, wie und warum ich getan hatte, was ich getan hatte, ich konnte mich entspannen. Er erzählte mir von seiner Mom, die ganz im Norden von Florida lebte. Dass sie antikes Silber sammelte, glänzendes, hübsches Silber. Dass sein Vater ein mürrischer alter Mann war, der stur und immer schnell mit einem Urteil bei der Hand war, und dass er sich einmal den Daumen gebrochen hatte, als er im Garten eine Hütte bauen wollte, und es nicht zugeben konnte.

»Dad, du hast dir den Daumen gebrochen. Guck ihn dir doch mal an, der ist ganz krumm!«

»Also bitte, reg dich mal nicht so auf, Junge. Ist doch nur eine kleine Schramme. Und wann habe ich dir eigentlich gesagt, du sollst hier rumstehen wie ein nutzloses Huhn. Los, hol mir mal einen Kaffee. Was glaubst du eigentlich, wer du bist, dass du hier einfach jedem einen gebrochenen Daumen unterstellen kannst?«

Ich war froh, dass er noch beide Eltern hatte und dass sie echt waren und er nicht irgendeinem Märchen entsprungen war.

38

Ich wachte früh auf. Durch das Fenster konnte ich die Bäume sehen, die sich im Wind wiegten. Ich rieb mir die Augen und setzte mich auf.

Das Licht der Morgensonne erhellte den Raum. Weiße Socken lagen achtlos auf einem Haufen. Ich fühlte mich wie die Sonne. Warm und hell. Normalerweise war ich eher wie der Mond am Morgen. Vergessen, hinter Wichtigerem als mir selbst verblasst. Und normalerweise hätte mich der Anblick eines Stuhls, der mitten im Raum steht, oder eine angelehnte Tür misstrauisch gemacht. Ebenso wie der weiße, an manchen Stellen gelblich verfärbte Teppich und die abgewetzten Vorhänge mich verunsichert hätten. Aber in diesem Augenblick war ich einfach zufrieden, Doktor, das schwöre ich. Ich hatte Lust, mir und jedem anderen Blumen ins Haar zu flechten. Selbst Hunden und Katzen und Kaninchen wollte ich welche ins Fell stecken.

Charlie lag neben mir in den zerwühlten Laken. Helle Staubkörnchen schwebten in der Sonne.

»Guten Morgen«, sagte er.

»Hallo, Charlie«, flüsterte ich. Seinen Namen auszusprechen machte mich gleich wieder müde. Aber nicht so, dass ich hätte weiterschlafen wollen. Es war ein gutes

Gefühl, das mich durchströmte, wie wenn man einen großen Schluck Alkohol trinkt und es im Rachen ganz warm wird. Ich lehnte mich wieder zurück und schaute ihm in die Augen. Das Kissen wärmte meine Wange.

»Als du mich gestern gefunden hast…«, setzte ich an, »hattest du da Angst vor mir?«

Er nahm sanft meine Hand und legte sie mit der Handfläche an seine. Seine Finger waren viel länger und die Haut viel rauher als meine. Ich hatte nur Augen für seine Hand, während er sprach. Ein Teil von mir musste gegen den Drang ankämpfen, ihm die Fingernägel in die Haut zu graben. Hätte ich ihn nicht so sehr geliebt, hätte ich es getan.

»Ich habe keine Angst vor dir«, antwortete er leise. »Ich habe Angst vor deiner anderen Seite. Aber ich lasse dich nicht mehr allein. Ich weiß schließlich nicht, welchen Regungen du nachgibst, wenn ich nicht da bin, um dich vor dir selbst zu retten.«

Es klingelte. Charlie ließ meine Hand los und stand murrend auf. Ich hörte die Tür quietschen und dann eine tiefe Stimme.

»Oh, schon so spät?!«, fragte Charlie erschrocken. »Tut mir leid, Sir, ich…«

Ich kletterte aus dem Bett, ging Charlie langsam hinterher und sah schließlich den Mann in der Tür stehen.

»Ist mir scheißegal!«, schimpfte er. »Es ist zwölf Uhr, und du solltest um zehn Uhr da sein.«

Mein Magen wurde ganz schwer. All die zärtlichen Gefühle waren wie weggeblasen.

Das war er. Er stand nur etwa einen Meter von mir

entfernt. Seine Reißzähne und seine schwarzen Augen glänzten, seine Klauen starrten vor Blut und Dreck. Mir wurde übel.

»Ach, wen haben wir denn da?«, fragte er spöttisch, als sein Blick auf mich fiel.

Ich versteckte mich hinter Charlie und glaubte, in tausend Stücke zerspringen zu müssen. Ich krallte mich in sein T-Shirt und hielt mich daran fest, als hinge mein Leben davon ab. Seine Augen. Ich war noch nicht bereit, ihm gegenüberzutreten.

»Das ist also der Grund? Du holst dir irgendeine Schlampe ins Bett und lässt mich hängen, ja? Wie alt ist die überhaupt? Das ist doch noch ein Kind! Du bist wohl ein bisschen krank im Kopf, was? Hör zu, Junge. Mit mir willst du dich nicht anlegen. Klar?«

»Ja, ist klar, Sir, hab ich verstanden. Wird nicht wieder passieren, versprochen. Ich ziehe mich sofort an, und … und dann bin ich in zehn Minuten da.«

»In fünf, verflucht! Und jetzt beeil dich gefälligst.«

Damit knallte er die Tür zu. Seine Schritte ließen das ganze Haus erzittern. Die Fenster klirrten. Gläser und Teller wackelten und fielen von der Arbeitsfläche in der Küche. Ich blinzelte zweimal. In Wirklichkeit war nichts passiert. Ich sah mir meine Handlinien an, die Haut und die Härchen, die sich auf meinen Armen aufstellten, und plötzlich fühlte ich mich sterbenselend. Ich konnte nicht glauben, dass ich nur ein paar Augenblicke zuvor von so hellen Gefühlen erfüllt gewesen war.

»Scheiße«, nuschelte Charlie und lief ins Schlafzimmer.

Auf einmal kam mir alles so unwirklich vor. Die Couch verschmolz mit dem Boden, die Tür verschmolz mit der Wand, und ich selbst zerfloss auch langsam. Ich konnte an nichts anderes mehr denken als an James' Augen. Der ganze Raum drehte sich. Vor wenigen Minuten noch hatte ich nicht mehr töten wollen. Jetzt schlich sich der Gedanke wieder in meinen Kopf. Er kroch mir unter die Haut. Ging mir ins Blut. Und da wurde mir etwas klar. Niemand konnte mir helfen. Nicht mein Buch. Nicht Charlie. Nichts würde etwas an mir ändern, und nichts würde mich weniger verrückt machen. Davon war ich damals überzeugt. Davon bin ich noch immer überzeugt. Das ist meine Diagnose, Herr Doktor. Egal wie lange Sie mich hierbehalten, egal wie viel Mut Sie mir zusprechen, egal wie oft Sie mir sagen, es wäre alles nur eine Phase. Ich kenne die Wahrheit. Ich werde nie gesund sein. Und wissen Sie was, Doktor? Als ich da so stand und mir klarwurde, dass ich niemals normal sein würde, wusste ich auf einmal: Es war mir egal.

Ich war süchtig nach Gut und Böse. Ich war süchtig nach meinem Buch, ich war süchtig nach den Worten, die mein Denken und Fühlen veränderten. Ich war süchtig nach zarten Pflänzchen, die an Bahngleisen wuchsen. Ich war süchtig danach, weisen alten Hunden dabei zuzusehen, wie sie träge die Straße entlangliefen. Ich war süchtig danach, Leute zu beobachten, die durch den Regen liefen. Ich war süchtig danach, Leute zu beobachten, die rennen mussten, um ihren Zug noch zu erwischen. Ich war süchtig nach schönen Dingen in schönen Farben. Ich war süchtig nach dem sanften, verzweifelten Blick von Obdachlosen. Ich war süchtig nach glänzenden Dingen. Ohrringen, Halsketten, Ringen.

Ich war süchtig danach, Bücher einsam auf Bänken liegen zu sehen, von ihren Besitzern vergessen. Ich war süchtig nach Blumen, die von Bussen, Autos, Fahrrädern überrollt wurden. Ich war süchtig nach Hundeknurren. Ich war süchtig nach regendurchnässten Menschen. Ich war süchtig danach, Menschen ihren Zug verpassen zu sehen. Ich war süchtig nach leerstehenden Häusern, die nie wieder bewohnt sein würden. Ich war süchtig nach Obdachlosen, die ihre Bitte um Kleingeld herunterleierten. Ich war süchtig nach glänzenden Messern, Pistolen, Schwertern. Ich hasste James mit jeder Faser meines Seins. Das hat sich bis heute nicht geändert. Aber gleichzeitig war ich auch süchtig danach, James in die Augen zu sehen. Süchtig danach, ihn die Straße entlangstolzieren zu sehen. Seine perfekt gebügelten Anzüge zu sehen. Ich war süchtig nach dem elektrisierenden Rausch, den sein Anblick in mir auslöste. Und nach dem Wissen, dass er die Augen eines Tages nicht mehr aufschlagen würde. Dem Wissen, dass er eines Tages nicht mehr die Straße entlangstolzieren würde. Dass seine Anzüge eines Tages nicht mehr gebügelt werden würden. Man könnte wohl sagen, dass ich vor allem anderen süchtig war. Süchtig nach meinem Wahnsinn.

Ich hoffe, Sie verstehen das, Doktor.

39

Ich saß auf einer Bank vor dem *Olive Place* und versteckte mich hinter meinem Buch, für den Fall, dass James aus dem Fenster sah. Es musste diese Woche geschehen. Ich glich meinen Stundenplan mit Daisys Schichtplan ab. Es war Dienstag. Es musste nachts stattfinden, das war leichter und unauffälliger. Donnerstags und freitags hatte Daisy Nachtschicht bei Walmart. Donnerstag würde passen. Ich wollte gewaschen und blitzsauber sein, wenn ich ihn umbrachte, daher musste ich vorher baden.

Donnerstag also.

Daisy ging um acht Uhr abends zur Arbeit und kam um fünf Uhr morgens nach Hause. Ich konnte zur Schule gehen, nach Hause kommen, und sobald Daisy weg war, würde ich mich fertigmachen, bei Charlie vorbeischauen und dann James einen Besuch abstatten, um ihn zu töten.

In mein Notizbuch schrieb ich in großen Buchstaben:

DONNERSTAG, 23 UHR: DIE ERMORDUNG

Ich hatte inzwischen einen festen Plan. Ich würde Charlie nichts verraten, diesmal würde ich es mir nicht verderben und mich selbst als schwach dastehen lassen. Diesmal würde nicht *ich* diejenige sein, die man aus James' Haus tragen musste. Dadurch fühlte ich mich schon viel besser.

Als ich einmal allein zu Hause war und zufällig Daisys Geldversteck gefunden hatte, ließ ich mir eine Prostituierte kommen. Man musste nur eine Nummer wählen, woraufhin die Anruferadresse ermittelt wurde und die Nutte irgendwann vor der Tür stand. Man musste kein einziges Wort sagen. Sie wollte direkt wieder gehen, als sie vor der Tür stand und ihr klarwurde, dass ich, ein elfjähriges Mädchen, sie bestellt hatte. Ohne ein Wort zeigte ich ihr das Geld. Sie stopfte es sich in den BH und protestierte nicht weiter. Ich wollte nur etwas Gesellschaft. Sie hieß Chelsea. Chelsea Starr.

»Mit zwei R. So wie Ringo Starr«, sagte sie mehrfach. Sie wollte nur bleiben, wenn wir die Lottoziehung im Fernsehen schauen würden, sie kaufte nämlich jeden Tag Lose und wollte wissen, ob ihre Nummern gezogen wurden. Ich willigte ein, aber es war so langweilig, dass ich nach einer Weile einschlief. Ihre Haare waren lang und fettig und ihre Augen pechschwarz geschminkt. Sie trug ein Oberteil aus schwarzem Samt und einen Rock, der ihr kaum über den Hintern reichte. Ich redete mir ein, sie wäre hübsch. Aber ich erinnere mich, gedacht zu haben, wenn sie an einem Spiegel vorbeikäme, würde ihr Spiegelbild ein giftiges Monster zeigen.

Diese ganze Geschichte habe ich mir nur ausgedacht, Herr Doktor.

»Du willst ihn umbringen«, sagte Charlie, der hinter seiner Theke saß.

»Du hast diesen Zettel geschrieben, Blue. Ich weiß, dass du es warst. Wie hätte ich dich sonst finden sollen? Du musst mit mir darüber sprechen. Ich kann dir helfen. Du glaubst doch nicht wirklich, dass man einfach so losziehen und jemanden umbringen kann.«

Was, wenn ich dir erzählen würde, dass es Wesen auf dieser Welt gibt, Wesen mit Augen, Nase und Mund, dem Äußeren eines Menschen, die innerlich nicht im Entferntesten menschlich sind? Wesen, die keinerlei menschliche Empfindung kennen. Wesen, die nur am Leben sind, um zu stehlen, zu betrügen, zu foltern und zu zerstören. Ich stimme dir absolut zu, dass man keine Unschuldigen töten darf. Aber man darf das boshafte Ungeziefer dieser Erde töten, und das wird sich nie ändern.

»Ich weiß nicht.« Ich zwang die Worte aus meinem Mund.

»Doch, das weißt du. Ich weiß, dass du es weißt. Bitte sag es.«

Ich sah Charlie in die Augen. Braun mit goldenen Sprenkeln, ich hatte Lust, in ihnen zu schwimmen. Es war fürchterlich, die Verzweiflung in seinem Blick zu lesen, wie dunkle Fische, die hektisch hinter seinen Pupillen umherschwammen, und zu wissen, dass ich nichts tun konnte, um sie zu beruhigen, denn ich war die Ursache für ihre Unruhe.

»Entschuldige«, flüsterte ich.

»Was denn?«

»Mich.«

Schweigen.

»Blue, versprich es mir. Versprich mir, dass du keinen Unsinn machst.«

Ich hatte keine Lust, irgendwas zu versprechen. Und ich hatte auch keine Lust, das zu tun, was er wollte. Niemand konnte die Dämonen in meinem Kopf aufhalten.

»Blue!«, rief er mit Panik in der Stimme und schüttelte mich. Über sein Gesicht fiel ein Schatten. Da waren auch Schatten um seinen Mund, unter den Wimpern, die die Verzweiflung in seinen beschatteten Augen verdeckten. Ich hatte nicht die Kraft, ihn zu beruhigen. Ich hatte ja nicht einmal die Kraft, mich selbst zu trösten, von einem anderen Menschen ganz zu schweigen.

»Blue, versprich es mir! Du musst es mir versprechen!«

Schweigen.

»Versprich es mir!«

Er packte mich am Arm. Die Panik schoss wie Strom aus seinen Fingern und durch meinen ganzen Körper.

»Das kann ich nicht!«, schrie ich. »Ich kann nicht, ich kann nicht, ich kann nicht!«

Ich schubste ihn weg und stieß einen Schrei aus. Er stolperte rückwärts und sah mich verängstigt an, als hätte ich plötzlich die Gestalt einer unbekannten Kreatur angenommen. Seine lieben, fürsorglichen Worte machten mich krank, sie klebten an meinem Hirn wie Zucker, den ich abkratzen wollte. Ich wollte, dass er mich so sehr hasste wie ich mich selbst, ich wollte, dass er mich in Stücke riss, mich auf die Palme brachte, mich schüttelte, bis mir die Knochen klapperten, ich wollte, dass er für mich empfand, was ich für alle anderen empfand, damit er meinen Schmerz verstand, damit er endlich aufhören würde, mich retten zu wollen.

Oder war es mir vielleicht recht, dass ich mich bei ihm wie ein richtiges Mädchen fühlte, ein Mädchen mit Herz und Hirn? War das alles nur in meinem Kopf?

Meine Beine gaben unter mir nach, und ich fiel um wie ein Sack Mehl. Ich versuchte es zu unterdrücken, ich versuchte wirklich, mich zusammenzureißen, aber da war er.

James, direkt vor mir.

Zuerst war alles verschwommen, ein unscharfes, flackerndes Bild, aber dann sah ich seinen Anzug klar und deutlich, ich konnte sogar einzelne Barthaare erkennen. Seine Fingernägel wurden scharfgestellt, seine quietschenden Schuhe, seine goldenen Ringe und zu guter Letzt das Funkeln in seinen Augen. Wie ein Tropfen Tinte, der vom Papier aufgesaugt wird, drängte er sich in mein Blickfeld, und ich konnte nichts dagegen tun.

Ich schrie und kroch weg von ihm, wischte mit der Hand vor meinem Gesicht herum in dem Versuch, ihn wegzuwischen, ihn zu verschmieren, als wäre er ein frisch gemaltes Bild. Dann war er plötzlich hinter mir, er legte mir die Hände auf die Schultern. Ich kroch zur anderen Seite des Raumes.

»Blue! Blue! Hör auf! Beruhige dich!«

Ich hörte Charlies Stimme ganz leise im Hintergrund. Aber James war auf einmal überall. Er spiegelte sich in den Fensterscheiben, er verließ den Raum, er versteckte sich unter der Theke, überall, wo ich hinsah, war er schon. Als ich blinzelte, steckte er unter meinen Augenlidern und hielt sich an den roten Adern darin fest.

»Blue! Bitte!«

James schüttelte mich. Blut, vielleicht meins, vielleicht Charlies, tropfte aus seinem Mund, und mit seinen glänzenden Augen, wie Murmeln, starrte er mich an, als würde ich in die beiden schwarzen Löcher eines doppelläufigen Gewehrs sehen. Ich hörte dauernd meinen Namen. Warum sagte er meinen Namen, woher wusste er, wer ich war? Ich wusste nur, dass ich ihn auf der Zunge schmecken konnte, ich sah seine Silhouette in der Lampe an der Decke, hörte ihn über mir Fratzen ziehen. Ich zerlief, ich verblasste, ich ertrank in seinem Sein, in dem, was er war, was er immer sein würde.

40

Ich wurde von irgendwem oder irgendetwas hin und her geschaukelt. Als wäre ich auf einem Boot, das lautlos in einem Nebel verschwand. Ich wollte die Augen eigentlich nicht aufmachen, aber ich wollte wissen, woher das Licht kam, das durch meine Augenlider schien. Vielleicht war ich ja endlich in Oz. Vielleicht war es endlich die Sonne von Oz, die aus dem Himmel von Oz auf mich herabschien. Ich war ganz ruhig; ich befand mich im Auge des Sturms, wurde vom wilden Tanz des Windes gewiegt. Ich machte erst ein Auge auf, dann das andere. Es war nicht die Sonne, sondern eine Lampe.

Er war nicht weg. Er blickte mich direkt an, mit Augen aus der Hölle. Ich wurde zur Seite geschleudert und versuchte, schnell und lautlos von ihm wegzukommen. Wie eine Schlange wand ich mich auf dem Boden.

»Ich bin's, Charlie.«

Ich hielt inne und sah ihm noch einmal ins Gesicht. Plötzlich war die Illusion wieder Realität. Charlie. Ich erkannte sein dunkles Haar, die gutmütigen Augen, den markanten Kiefer. In seinem Blick lag eine unbestimmte Traurigkeit, die ich nachvollziehen, aber nicht akzeptieren konnte. Seine Lippen bildeten eine gerade Linie.

»Ist er noch da?«, flüsterte ich.

Er schüttelte den Kopf. »Das war er nie.«

Ich wiederholte den Satz noch einmal für mich. *»Das war er nie.«* Ich versuchte, durchs Fenster einen Blick auf den Himmel zu erhaschen, um mir zu verdeutlichen, dass ein paar Dinge, die ich sah, *wirklich* da waren, aber es war dunkel und bewölkt, und der Himmel schien sich vor mir verstecken zu wollen. Ich fragte mich, ob *ich* überhaupt wirklich da war. Ob Charlie wirklich da war.

Charlie senkte den Blick. »Ich weiß nicht, was ich machen soll«, sagte er leise.

Oh, mein Liebster, du hast in meinem Kopf den Frühling ausgelöst, mit Blumen, Vögeln, Schmetterlingen, doch jeder weiß, dass auch im Frühling Füchse jagen, das Land von Raubvögeln unterworfen wird. Im Grunde hat sich nichts verändert. Die Kulisse ist eine andere, aber nicht der Kampf. Es gibt nichts mehr zu tun, ich habe alles versucht.

»Bitte versuch dich zu erinnern, wer du bist«, flüsterte er. »Bitte erinnere dich, wer ich bin.«

Ich seufzte.

Und dann dachte ich: Ich werde dich vermissen. Nicht weil ich sterben würde. Gefängnis oder Psychiatrie nahm ich gar nicht als Möglichkeiten für die nähere Zukunft wahr. Nein. Ich würde ihn vermissen, weil ich wusste, dass ich mich und alles, was dazugehörte, nach dem Mord endgültig verlieren würde, ich würde den Verstand verlieren, ich würde vergessen, wie man lebt, und ich würde ihn nie wieder so lieben wie jetzt.

»Ich sterbe, wenn ich ihn nicht umbringe«, flüsterte ich.

Charlie schüttelte den Kopf.

»Nein, Blue, nein«, sagte er. »Du wirst nicht sterben. Du … du kommst wieder in Ordnung, und ich helfe dir dabei.«

Jetzt schüttelte ich den Kopf.

»Doch, doch!«, rief er. »Sag nicht, dass es nicht so ist. Sag mir nicht, dass du nicht wieder in Ordnung kommst. Alles wird wieder gut. Alles wird ganz toll. Wenn du mit der Schule fertig bist, wirst du … Dann suchst du dir ein nettes kleines Cottage irgendwo ganz weit weg und musst ihn nie wiedersehen. Dann kannst du dein Buch so oft lesen, wie du willst, und den Film jeden Tag ansehen, niemand wird dich daran hindern.«

»Du verstehst das nicht.«

»Doch, ich verstehe das. Und wenn nicht – dann erklär's mir. Erklär mir alles, damit ich dich verstehe.«

Was soll ich sagen? Wie sollte ich einen Satz formulieren, der meine Unschuld bewies, meine Zurechnungsfähigkeit? Aber dann wurde mir klar, dass es ohnehin keinen Zweck hatte, es gab kein Zurück mehr. Also ließ ich den Worten freien Lauf.

»In mir spiegeln sich die menschlichen Abgründe«, begann ich und redete so lange wie seit Jahren nicht. Meine Stimme hörte sich komisch an. »Ich weiß, wovon die Menschen in dunkelster Nacht träumen, in ihren dunkelsten Stunden, höre die Hilfeschreie aus tiefster Seele. Ich kenne die Gedanken von Leuten, wenn sie Blut wittern. Was die Leute denken, wenn sie allein und ungestört sind, unaussprechliche Gedanken. Das alles kannst du nicht sehen. Deswegen wirst du es auch nie verstehen.«

In seinen rotgeränderten Augen stiegen wieder Tränen auf.

»Ich habe mich geirrt«, flüsterte er. Und dann schrie er: »Du bist wirklich verrückt. Du bist ein verrücktes, trauriges kleines Mädchen und… und ich weiß nicht, was zum Teufel ich mit dir machen soll!«

Ich biss die Zähne zusammen. Ich wünschte, die Decke würde auf ihn herunterkrachen. Ich wünschte, der Wirbelsturm in meinem Kopf würde ihn mit sich reißen und in den Himmel katapultieren. Und ich fauchte: »Ich werde ihn vernichten, und dann wird es mir wieder gutgehen.«

»Nein, Blue«, presste er mit mahlendem Kiefer hervor, »die Sache wird *dich* vernichten.«

Trotz der leichten Kopfschmerzen von meinem Zusammenbruch konnte ich, sobald ich auf die Straße trat, nur noch darüber nachdenken, wie ich wohl an eine Pistole kommen konnte. Diesen Streich, den mein Hirn mir spielte, diesen Wechsel zwischen unsterblicher Verliebtheit und unendlicher Mordgier, ertrug ich nicht mehr, ich musste mich zwischen Gut und Böse entscheiden.

Sie wissen ja, welchen Weg ich eingeschlagen habe, Herr Doktor.

Ich kannte damals nicht viele Leute, denen ich den Besitz einer Waffe zugetraut hätte. Daisy hatte ein paar Freundinnen, laute, unerträgliche Weiber mit klebrigsüßem Parfüm. Aber ich hatte keine Ahnung, wo sie inzwischen wohnten, und wahrscheinlich hätten sie ohnehin keine gehabt. Ollies Freunde waren größtenteils liebenswürdige Männer gewesen, und ich konnte mir keinen von ihnen mit einer Pistole oder sonst einer Art von Waffe vorstellen. Einen vielleicht. Er hieß Billy Joe, aber ich hatte vergessen, wie er aussah, das war also auch keine Option. Ein anderer, Samuel, hatte eine dunkle, waffenlastige Vergangenheit gehabt, aber von ihm hatten wir seit Jahren nichts gehört.

Da fiel mir Anthony ein. Ollies bester Freund. Er besaß Waffen. Er hatte mir einmal eine gezeigt, als ich noch klein gewesen war.

Ich vermisste Anthony. Seit dem Vorfall mit Daisy hatte ich ihn nicht mehr gesehen. Offenbar wollte er jetzt nichts mehr mit uns zu tun haben.

»Fass so etwas nie-niemals an, okay?«, hatte er damals gesagt. »Das ist sehr gefährlich. Wenn du jemanden mit so einem Ding siehst, egal wo, dann lauf weg, so schnell du kannst. Hast du verstanden?« Mit offenem Mund hatte ich die Pistole angestarrt.

Ich musste zu Anthony.

Ich drehte um und machte mich auf den Weg zu seiner Wohnung. Passanten kamen mir mit saurer Miene und magnetischen Blicken entgegen. Ich hob einen Nickel vom Boden auf und steckte ihn in die Hosentasche. Mit den Fingerspitzen ertastete ich etwas anderes darin. Ich holte es hervor. Es war Georges kleiner weißer Hemdknopf von dem Tag, an dem James auch ihn aus meinem Leben gelöscht hatte. Er lag in meiner Hand, und es kam mir vor wie ein Zeichen irgendeiner Gottheit, einer höheren Macht, die mir zu verstehen gab, dass sie auf meiner Seite war, dass die Gerechtigkeit auf meiner Seite war. Ich steckte den Knopf zurück in die Tasche und ging weiter.

Achtlos lief ich auf die Straße, sah nicht nach links und rechts. Aus dem rechten Augenwinkel sah ich ein Auto auf mich zukommen, das laut hupte. Und plötzlich traf mich irgendetwas von links. Ich ging zu Boden wie eine Porzellanballerina, die man aus Versehen vom Kaminsims gestoßen hat, und schlug auf den kalten Asphalt. Alle Geräusche um mich herum ertranken in meinen Ohren. Ich sah nur den blauen, bitterkalten Himmel mit ein paar verstreuten Wolken. Nichts tat mir richtig weh, ich konnte alles noch bewegen, wahrscheinlich hatte ich nur ein paar Schrammen auf der Seite abbekommen. Glück gehabt, könnte man sagen. Ich wälzte mich auf die Knie und begutachtete meine blassen, aufgeschürften Hände. Rieb sie über den Asphalt. Ich war nichts. Eine einzige Begegnung mit Asphalt, und eine Hand ist aufgeschürft und blutet. Ein Nadelstich in die Fingerspitze, und schon fließt Blut. Erklären Sie mir das, Herr Doktor! Wie können wir überhaupt irgendetwas sein, wenn wir innerlich der reinste Blutbrunnen sind?

Ich rappelte mich auf. Ein Mann in weißem Unterhemd stieg aus seinem Wagen und sah auf mich herab. Er sah sauer aus. Nach der Art Mann, die selten das bekommt, was sie will.

»Tja, scheiße«, sagte er nur und sah mir hinterher. Ich spürte einen leicht stechenden Schmerz im Knöchel, aber ich konnte laufen.

Anthonys Wohnung befand sich in einem der letzten Ziegelbauten der Stadt, der Mörtel drang zwischen den Ziegeln hervor wie Erdnussbutter auf einem Sandwich. Ich wusste, dass die Haustür immer offen war, also zog ich die schwarze Holztür auf, ging durch den Flur, der nach alten, nassen Klamotten roch, und klopfte an Anthonys Tür. Es fühlte sich komisch an, wieder hier zu sein. Hoffentlich war er in der Zwischenzeit nicht umgezogen.

Hier hatten wir zusammengewohnt, wenn er damals auf mich aufpasste. Ich sah auf meine Füße. Vielleicht hatten Ollies Füße an jenem schicksalhaften Abend auf genau der gleichen Stelle gestanden wie meine jetzt.

Die Tür ging auf. Anthony machte große Augen, als er mich sah.

»Blue?«

Schüchternheit überspülte mich. Schweigen.

»Blue, was machst du denn hier? Ist was passiert?«

Ich schüttelte den Kopf.

»Ach so, dann kommst du also einfach so vorbei?«

Ich nickte.

»Oh, okay, wie nett. Das ist nett von dir. Also, dann komm mal rein.«

Ich beobachtete sein Lächeln. Ich sah die Angst in seinem Blick, die Verwirrung, die Fragen, die ihm durch den Kopf gingen. *Warum? Was ist los?* Da wusste ich, dass ich für ihn eine Fremde geworden war.

Als Erstes fiel mir das Fenster auf. Nicht das aufgeschobene Fenster selbst, sondern was dahinter war. Ich stellte mich ans Fenster und schaute durch die Scheibe.

Draußen war die Gasse zum nächsten Haus zu sehen. Auf dem Boden lagen Müll und Spritzen und standen große Müllcontainer voller Müllsäcke, aber das interessierte mich nicht. Denn an der gegenüberliegenden Hauswand prangte ein übergroßes Graffito, es zeigte ein Mädchen mit langen schwarzen Haaren und sehr großen mintblauen Augen. Ich fühlte mich plötzlich sehr zerbrechlich. Warum war ich wieder hergekommen?

»Möchtest du was trinken?«, fragte Anthony.

Ich drehte mich zu ihm um. Es war, als würde das Mädchen mit den mintblauen Augen mir über die Schulter und in den grauen, unscheinbaren Raum schauen, den Anthony sein Zuhause nannte. Das Gefühl der Zerbrechlichkeit verschwand. Und ich konzentrierte mich wieder auf meine Mission. Ich war hier, um die Waffe zu holen.

Ich nickte.

»Saft?«

Ich nickte wieder. Setzte mich auf die Kunstledercouch. Bei jeder Bewegung gab sie ein komisches, quietschendes Plastikgeräusch von sich, also stand ich seufzend wieder auf. Anthony kam aus der Küche und reichte mir einen pinken Plastikbecher. Ich nahm einen Schluck. Der Saft schmeckte wie zerstoßene Batterien.

Anthony setzte sich hin und verschränkte die Arme vor der Brust. »Also erzähl mal, wie geht's dir?«

Ich zuckte mit den Schultern. Es ging mir auf die Nerven, dass die Leute sich immer mit mir unterhalten wollten. Warum versuchten sie es überhaupt? Es war ungefähr so sinnvoll, wie mit einer Statue zu sprechen. Nämlich gar nicht.

Ich nahm noch einen Schluck, und der Saft lief mir am Kinn herab und tropfte auf den Boden. Es war kein Versehen. Große, orange Tupfen breiteten sich auf dem Holzboden aus, wie Blut, das aus eine Wunde tropft.

»Ach, das macht nichts. Ich hole eben etwas Küchenrolle.«

Er stand auf und ging zurück in die Küche. Hastig stellte ich meinen Becher ab und huschte ins Schlafzimmer.

Ich hörte Anthony eine Küchenschublade nach der anderen aufziehen.

»Scheiße, wo hab ich sie denn?«, hörte ich ihn leise schimpfen.

Der Schrank am Fenster fiel mir sofort ins Auge. Ich zog die erste Schublade auf. Sie gab ein lautes Quietschen von sich. Ein kalter Schauer lief mir über den Rücken, als ich mich umdrehte, um zu horchen. Immer noch die gleichen Geräusche aus der Küche. Ich blickte in die offene Schublade. Nur Socken und T-Shirts. Ich zog die zweite Schublade auf. Hosen, stapelweise hineingequetscht, in den Ecken Kassenzettel und einzelne Münzen.

»Blue?«, hörte ich Anthony aus dem Wohnzimmer rufen. »Wo bist du?«

Schritte. Er kam ins Schlafzimmer. Ich nahm die Hände nicht aus der Schublade. Suchte, suchte, suchte weiter, suchte mich in einen Rausch. Ich glaube, das ist etwas, das einen Menschen in den Wahnsinn treiben könnte. Suchen. Die Suche nach einer bestimmten Sache. Die Panik, die innere Unruhe. Es ist wie ein halbes Gefühl. Du willst es, du hast es fast. Aber eigentlich nicht.

»Was zum Teufel treibst du denn da?«, rief Anthony entgeistert und blieb wie angewurzelt stehen, als er das Chaos sah, das ich angerichtet hatte. Er versuchte zuerst nicht, mich aufzuhalten. Ich glaube, er wollte mich nicht aus der Fassung oder in Verlegenheit bringen.

Ich zog eine weitere Schublade auf und riss jetzt die Klamotten heraus, grub mich stapelweise durch Hemden und hoffte, dass er die Waffe vielleicht darunter verstaut hatte. Wieder nichts. Ich stürmte zu dem kleinen Nachttisch. Hysterisch warf ich Bücher, Stifte und verknitterte Dollarscheine weg. Vielleicht hatte er die Waffe gar nicht mehr, vielleicht hatte er sie verkauft, weggeworfen, jemand anderem gegeben, sie verloren. Würde ich vielleicht doch nie jemanden töten?

Gott, war mir schlecht!

»Blue, hör auf damit! Stopp!«

Anthony hatte genug gesehen.

Seine wenigen großen Schritte ließen den Raum erbeben, und dann packte er mich am Arm und versuchte, mich wegzuziehen.

»Hör auf damit!«, wiederholte er.

Ich hatte die Schublade komplett ausgeräumt, jetzt herrschte darin nur noch gähnende, mich verhöhnende Leere.

Das war doch nicht möglich. Ich wollte zu den Büchern, die jetzt auf dem Boden verstreut lagen.

Aber Anthony packte nur fester zu. Das war an sich ein gutes Zeichen. Es hieß, dass er etwas zu verbergen hatte.

»Was machst du denn da? Blue – Blue! Sieh mich an!«

Ich blätterte durch ein Buch. Nichts als Papier. Beschissenes Papier. Ich warf es über die Schulter und hob ein anderes Buch auf, blätterte es durch und fand wieder nichts. Ich hob ein drittes, ein dickes Buch auf, fing an zu blättern. Hielt inne.

»Gib … gib mir das! Fass das nicht an!«

In die Seiten war ein Loch in Pistolenform geschnitten. Und darin lag: die Pistole. Dunkel, glänzend. Ein paar Sekunden lang waren wir beide wie gebannt, als ginge von der Waffe eine besondere Anziehungskraft aus. Die Vorhänge wehten nicht mehr im Wind, und die Geister im Raum hörten auf zu flüstern. Wir standen beide vollkommen regungslos da. Dann warf Anthony mich zu Boden, und in der gleichen Sekunde klappte ich das Buch zu und drückte es fest an die Brust. Er zerrte an mir, versuchte meine Arme auseinanderzudrücken, packte meine Hände.

»Gib es her, Blue!«

Ich war eine Wölfin. Eine wilde Wölfin. Ich grinste höhnisch, fletschte die Zähne und knurrte. Ich schloss die Augen, ich hatte die Kraft. Ich warf mich mit dem Rücken gegen die Wand, und dabei fiel mein Blick über Anthonys Schulter auf ein Bild, ein vertrautes Gesicht an der gegenüberliegenden Wand. Ollie und Anthony hatten einander die Arme um die Schultern gelegt und lächelten bescheiden, unbekümmert. Ich sah den echten Anthony an, der verzweifelt nach dem Buch mit der Waffe langte, die Angst stand ihm in die Augen geschrieben. Er hob mich hoch, als wäre ich eine Feder. Ich trat ihm in den Schritt. Er stöhnte auf, sein Griff lockerte sich sekundenlang, lange genug, dass ich mich seinen Armen entwinden konnte. Mit zitternden Händen nahm ich die Waffe aus dem Buch. Ich kroch weg von Anthony, hockte mich in eine Ecke. Zielte mit der Waffe auf ihn. Als wäre er der Feind.

Anthony hob die Hände. Es war so schön, mal ein anderes Opfer als mich zu sehen. Es wurde sehr still.

»Was machst du da? Was ist nur aus dir geworden? Wer … Wer bist du?«, flüsterte er.

Ich bin Blue. Ich bin Dorothy. In mir spiegeln sich die menschlichen Abgründe.

41

Ich wusste nicht, was mich zu Hause erwarten würde. Das Haus war nicht von Polizeiautos umstellt. Ich war mir aber sicher, dass Anthony Daisy angerufen hatte. Das Essen war gerade fertig. Ich musste herausfinden, was sie wusste. Die Pistole war in meinem Rucksack. Ich setzte mich hin. Daisy tat stumpf, kalt, gelangweilt. Normal. Mir fiel ein Stein vom Herzen. Ich musste mir also keine Sorgen machen.

Daisys Fingernägel waren hellllila. Beim Essen zog sie immer wieder die Nase hoch, und das machte mich aggressiv. Ich wollte sie ihr abschneiden und an die Vögel verfüttern.

»Bald kommt der Frühling«, sagte sie aus heiterem Himmel und nahm einen großen Schluck Wasser.

Ich nickte. Blöde Kuh.

»Nächste Woche hast du einen Termin bei Miss Fisher wegen deiner Noten. Stimmt's?«

Ich nickte. Ihre Worte kamen nicht bei mir an. Sie blieben in der Luft stehen wie Libellen. Wie heiße Flammen verbrannten sie meine Kehle. Die Welt wurde durchsichtig. Ich betrachtete meine Hand. Ich sah den Tod durch die Adern scheinen. ›Nächste Woche‹ würde es nicht geben. Das Wort ›Noten‹ würde ich nie wieder hören müssen. Der ›Termin bei Miss Fisher‹ würde nie stattfinden.

Ich war einmal ein Mädchen, Herr Doktor. Es floss einmal Blut durch meinen Körper. Irgendetwas veränderte mich. Etwas stoppte den Blutfluss. Ich war wie ein geöffnetes Tonbandgerät. Irgendetwas zerrte so lange am Tonband, bis es herausfiel und den Rest des Bandes mit abspulte. Irgendetwas hielt mich fest und riss mir die Federn aus den Flügeln, als wäre ich ein Huhn. Ich brauchte diese Flügel, Herr Doktor. Ich brauchte sie wirklich. Irgendetwas brachte mich um, Doktor. Etwas feuerte Kugeln auf mich ab. Etwas machte Jagd auf mich und erlegte mich. Dieses Etwas hatte einen Namen. Dieses Etwas war ein Mensch. Und dieser Mensch musste sterben.

42

Nach dem Abendessen spülte ich das Geschirr und wischte den Tisch ab. Dann ging ich in mein Zimmer.

Als Erstes fiel mir der Geruch auf. Der scharfe, chemische Geruch von verbranntem Plastik und Stoff. Auf den ersten Blick merkte ich es gar nicht. Ich ließ den Blick durch mein leeres, kaltes Zimmer schweifen. Erst da erfasste ich, was nicht stimmte: Die Stofftiere, die ich in meinem Wandschrank aufgereiht hatte, waren verschwunden. Die Spielzeugkiste, die Ollie mir geschenkt hatte – leer; die paar schönen Bücher auf meinem Nachttisch – weg. Dann sah ich den Mülleimer. Randvoll mit Asche, Fetzen von verbranntem Kunstfell, Plastik, Papier. Ich entdeckte ein angeschmortes Auge, das einem meiner Stofftiere gehört hatte. Auf einem unverbrannten Papierschnipsel las ich die Wörter *»und sie ging«*, und mir wurde übel, weil ich nicht wusste, wie der Satz weiterging. Mehr war nicht übrig. Nichts mehr übrig von dem ersten Teddy, den Ollie mir zur Geburt geschenkt hatte. Nichts übrig von dem Spielzeug, den Büchern, den Kuscheltieren, den schönen Geschenken, die ich als Kind zu Geburts- und Feiertagen bekommen hatte, und jenen, die ich aus reiner Liebe bekommen hatte, ohne besonderen Anlass. Ich kniete mich hin und durchwühlte mit zitternden Händen den Mülleimer. Als ich sie wieder herauszog, waren meine Arme mit Asche, mit alten Erinnerungen bedeckt, die einst greifbar gewesen waren und jetzt nicht mehr. Erinnerungen, die ich nie würde zurückholen können. Erinnerungen, die mich zu dem gemacht hatten, was ich war, die mich zu dem Menschen geformt hatten, der ich war. Und jetzt, jetzt waren sie weg, jetzt war ich niemand mehr.

Ich stand auf und starrte in den aschegefüllten Mülleimer. Das Atmen, das Denken fiel mir schwer. Mein Atem ging ganz flach. Dann entdeckte ich den Zettel auf meinem Bett. Ich faltete ihn auf.

»Wenn Anthonys Pistole morgen früh nicht inklusive aller Patronen auf dem Esstisch liegt, kannst du dein blödes Buch ebenfalls als verbrannt betrachten.«

Ich war zu erschrocken, um zu weinen. Ich war zu erschrocken, um auch nur ein Wimmern hervorzustoßen. Ich zerknüllte den Zettel und sah in der Küche nach, auf dem Tisch, im Wohnzimmer. Ich ging zu Daisys Schlafzimmertür. Zu. Sie machte sie nie zu, nicht einmal, wenn sie mich geschlagen hatte. Sie hatte jeden Beweis dafür verbrannt, dass ich ihre, dass ich Ollies Tochter war. Da verstand ich, dass sie mich nicht länger als Tochter ansah.

43

Wenn man gleichzeitig mit unermesslicher Liebe und unermesslichem Hass erfüllt ist, ist es fast unmöglich, diese Gefühle in Balance zu halten. Also übernimmt das hartnäckigere von beiden die Kontrolle. Herr Doktor, wenn Sie weiterlesen müssen, bedenken Sie: Die folgenden Ereignisse könnten Ihnen das Herz brechen. Sie werden mich in Hass und Dunkelheit taumeln, ein Schiff versenken und mich, die Kapitänin, von Deck in die rauhe See stürzen sehen. Herr Doktor, oder wer das hier sonst noch liest, sehen Sie sich vor: Sie werden mit ansehen, wie ein Mädchen sich selbst verliert. Wie es alles verliert.

44

Ich wollte Charlie vorher noch einmal sehen, denn *danach* bekäme ich bestimmt nie mehr Gelegenheit dazu. Ich nahm den Bus zu seiner Wohnung. Die schwache Straßenbeleuchtung zeichnete Farben wie ein kaputter Fernseher. Außer mir und einem Obdachlosen ganz hinten saß niemand im Bus. Draußen war es so dunkel, dass ich nur mein eigenes Spiegelbild im Fenster sehen konnte. Ich musterte mein Gesicht. Blass. Meine großen braunen Augen funkelten. Meine Tarnung.

Die Pistole hatte ich im Rucksack.

Ich besaß einen Schlüssel zu Charlies Wohnung. Ich hatte ihn genommen, als er einmal kurz draußen gewesen war, um Lebensmittel zu besorgen. Ich steckte den Schlüssel in die braune Tür und schloss auf.

Charlie lag auf dem Sofa und las eine Zeitschrift. Vor ihm stand ein Mädchen und hielt sich ein Kleid an.

»Was ist mit dem?«, fragte sie.

»Nein, zu schick. Nimm das blaue mit den Trägern, das du vor ein paar Wochen anhattest.«

»Sicher?«

»Ja, das steht dir gut.«

Sie lächelte, und ihr blondes Haar glänzte, als sie sich hinunterbeugte, um ihn auf den Mund zu küssen.

»Ich kann gar nicht glauben, dass wir schon zwei Jahre zusammen sind. Zwei ganze Jahre. Ist das zu fassen?!«

Er schüttelte den Kopf und grinste. Dann schien er zu merken, wie meine Blicke ihn durchbohrten, und sah mich an.

Sagen Sie mir, Doktor, sagen Sie mir, wie ein paar Worte eines einzelnen Menschen im Kopf eines anderen Menschen wie ein Blitz einschlagen und ihn zitternd und atemlos und mit Narben übersät zurücklassen können.

Mein Herz stürzte so tief, dass es ganz aus meinem Körper herauszufallen schien. Die Nerven kitzelten unter meiner Haut, und mein Magen kochte, ich hatte das sichere Gefühl, kotzen zu müssen. Ich sah Charlie in die Augen. Er liebte mich nicht.

Blitzschnell wandte ich mich zum Gehen. Versuchte es jedenfalls. Ich hatte fast vergessen, wie man lief. Da war es, das Gefühl, dieses Gefühl, nicht weiterleben zu können. Meine Umgebung verschwamm vor meinen Augen und wurde gleichzeitig durchsichtig, es war, als könnte ich durch Wände und Treppen und die ganze Welt hindurchsehen. Ich taumelte den Flur entlang, konnte weder geradeaus denken noch sehen, ich vergaß das Atmen, und als ich die Treppe nehmen wollte, brach ich zusammen. Ich fuhr mir mit den Fingern ins Haar und spürte etwas in meinem Schädel pochen. Eine Riesenwelle Tränen brach los. Ich konnte richtig spüren, wie der Schmerz in meinem Bauch nagte.

Ich hörte seine Stimme hinter mir und kroch lautlos die restlichen Stufen hinunter.

»Blue? Wo bist du? Blue! Komm zurück!«

Seine Stimme echote durch mich hindurch. Wie eine Faust boxte sie mir in den Magen. Charlie klang nicht sonderlich begierig darauf, mich zu finden. Er klang ängstlich.

Draußen lehnte ich mich an eine Mauer, vergrub den Kopf in den Armen und kratzte mich, um zu spüren, dass ich am Leben war. Ich fühlte mich wie ein ungeborenes Kind, abgesondert von der Welt, unwissend, liebensunwert. Dann ging ich langsam los. Das hatte die Welt mir also die ganze Zeit sagen wollen, das hatte sie mir zuflüstern wollen, ich hatte nur nicht zugehört: dass man nichts und niemandem vertrauen kann. Man wird allein geboren, und man bleibt allein, wird allein sterben.

Ich wusste nicht, wo ich hinsollte. Das war kein Leben. Ich vegetierte nur vor mich hin. Ich war keine Blume; ich war das Unkraut im Hintergrund, das an der Ziegelmauer emporwuchs. Mehr würde ich nie sein.

Ich war nur einmal in meinem Leben wiederbelebt worden. Von derselben Person, die mich in die tote Kreatur zurückverwandelte, die ich vorher gewesen war.

45

Dieser Tag veränderte alles. Ich ging nicht nach Hause, aus Angst, Anthony würde kommen und seine Waffe wiederhaben wollen. Ich verbrachte die Nacht am ganzen Leib zitternd in einer Gasse. Ich tötete James in dieser Nacht nicht. Der ganze Plan verblasste in einem Tränennebel. Dieses Ereignis, diese wenigen Sekunden, Sekunden, in denen ich hatte mit ansehen müssen, dass mein Geliebter eine andere liebte, bedeutete für mich das Ende der Welt. James war plötzlich ein unbedeutendes Staubkorn, Charlie war es, der jetzt mein ganzes Universum einnahm. Er hatte mich geliebt, jedenfalls hatte er so getan; eine einwandfreie Darstellung, die ihm niemand hätte nachmachen können. Und er hatte mich getäuscht. Seine Worte waren keine Worte, waren es nie gewesen. Es waren sorgfältig arrangierte Buchstaben, die Sätze bildeten, die ihm rein gar nichts bedeuteten. Mir hingegen bedeuteten sie alles. Ich hatte ihn nicht lieben wollen, ich hatte ihn nicht anbeten wollen, ich hatte nicht gewollt, dass seine Lippen meine berührten. Und doch hatte ich ihn gewähren lassen.

Es gibt Menschen, denen ist es bestimmt, auf dieser Welt zu leben. Sie sind dafür bestimmt, zu lieben und wiedergeliebt zu werden, und sie sind dafür bestimmt, zu atmen. Aber ich wurde mit einer riesengroßen Regenwolke über dem Kopf geboren. Ich wurde mit Blut in den Augen geboren. Und so werde ich auch sterben.

Autos fuhren geräuschlos an mir vorbei. Ich vergaß das Frieren. Ich verfasste im Kopf ein Gedicht:

»Zum Tod des Tags,
Geburt der Nacht,
Riss das Mädchen
Sich das Herz aus der Brust
Und biss ein Stückchen

Davon ab.« Ich wusste, dass die Liebe zu einem sehr schmerzhaften und langwierigen Tod führt. Die Liebe ist verwirrend und mehr als ein einzelnes Gefühl. Sie ist überwältigend, und man findet nie heraus, was man eigentlich fühlt und warum. Warum, warum. Die Liebe ist verwirrend.

Hass kennen wir alle. Hass führt nicht zum Tod; Hass hält uns am Leben. Er tötet die Dinge um uns herum. Es ist ein stechendes Gefühl, immer gleich, wird sich nie verändern, ist glasklar und nachvollziehbar, wenn wir es einmal verspürt haben.

Ich wusste jetzt, dass es besser war zu hassen, als zu lieben.

Er hatte mich zerstört, und ich würde mich revanchieren.

Also beschloss ich, Charlie zu töten.

46

Ich versteckte mich hinter meinem skelettartigen Baum, streckte den Kopf dahinter hervor und starrte Charlie so angestrengt an, dass ich Kopfschmerzen davon bekam. Da saß er. Da saß er mit einem Grinsen im Gesicht und verströmte selbstzufriedenen Stolz. Ein heißes, saures Gefühl stieg aus meinem Magen hoch. Keine Kotze, nein. Es war der pure Hass, man kann es kaum beschreiben, dieses Gefühl des Verrats. Durch einen *Jungen.* Ein einfaches Lebewesen mit Masse und Energie, aus Sternenstaub, ohne echten Stellenwert, nur ein *Ding.* Und jetzt saß ich hier, hielt die Tränen zurück, biss mir in die Wange, starrte dieses *Ding* an und spürte dabei nichts als ekelhaftes Betrogensein, ekelhafte Liebe, ekelhafte Abscheu. Mir war ganz schwindlig von diesen stachligen Gefühlen, diesem verschlungenen Dornennetz, das mich bis aufs Blut quälte.

Ich wartete Stunde um Stunde. Als der Tag sich dem Ende näherte, wurde der Himmel dunkelblau, keine einzige Wolke war in Sicht. Der typische Abendhimmel einer kristallklaren Winternacht, in der die kalte, trockene Luft die blasse, nackte Haut anbleckt, den zarten, unbedeckten Hals. Endlich machte Charlie die Lichter aus, schulterte seinen Rucksack und schloss den Laden ab. Ich sah auf die Uhr. 19:29. Ich schrieb den Tag und die Uhrzeit auf meinen Notizblock.

Er hustete. Sein Atem sah aus wie Drachenrauch. Ich wartete, bis zwischen uns ein angemessener Abstand lag, und ging ihm hinterher. Ich musste besonders aufpassen, damit er mich nicht wieder entdeckte wie beim letzten Mal. Die Hände hatte er in die Hosentaschen gesteckt und die Schultern leicht hochgezogen. Er setzte sich an die Bushaltestelle. Ein paarmal hatte ich zusammen mit ihm dort gesessen. Genau dort hatte er gesagt: *»Du bist wunderschön. Aber du bist so voller Wut.«*

Diese Worte sind bis heute wie mit Tinte in mein Herz geritzt.

Ich stand vor seiner Wohnung und legte ein Ohr an die Tür. Ich hörte, wie er den Fernseher einschaltete und einen Film einlegte. Ich hörte eine vertraute Melodie, einen Löwen brüllen, ein Mädchen rufen. Sie können sich denken, welcher Film es war, Herr Doktor. Sekundenlang schloss ich die Augen und betete, dass der Film anhalten würde, dass der Fernseher zerspringen und er ihn aus dem Fenster schmeißen würde. Aber die Musik spielte weiter, die Stimmen rissen nicht ab. Ich hörte ein Telefon klingeln. Ein paar Sekunden später hörten die Geräusche auf, und er ging ans Telefon.

»Ach, hey, was gibt's? Ja, ich weiß, der Bericht ist nächsten Dienstag fällig. Hab ich natürlich. Ja, davon hab ich schon gehört. Du solltest Lanny fragen, er hat es bestimmt auf dem Schirm. Ich weiß noch nicht, aber ich gucke gerade einen Film. Ach, nichts Besonderes, kennst du wahrscheinlich nicht. Ja, ja, der. Der, den ich ihr gezeigt habe, ha, ha! So heißt sie doch gar nicht, wie kommst du denn auf so was? Sie heißt *Blue.* Ja, hab heute noch nichts von ihr gehört. Klar. Ich weiß, es war bescheuert, okay? Es war dumm von mir. Ja, bis dann. Tschüss.«

Ich hätte eine Kugel durch die Tür jagen können. Hätte ihn auf der Stelle umbringen können.

Ich schloss die Augen, bis ich sicher war, dass sie wieder in ihren Höhlen saßen. Ich schluckte, atmete tief durch und ging langsam los, jeder einzelne Schritt war eine Strapaze. Ich ballte die Hände zu Fäusten. Ich hatte meinem Vater Schande bereitet. Ich hatte zugelassen, dass ein fremder Junge mir süße Märchen erzählte, ich hatte seine Finger meine Haut berühren lassen, ich hatte zugelassen, dass er mich benutzte. Was war nur aus mir geworden? Vergib mir, Ollie, vergib mir, dass ich ein Mädchen war.

Als ich nach Hause kam, faltete Daisy mich dermaßen zusammen, dass mir die Ohren klingelten. Sie brüllte etwas von wegen nicht nach Hause kommen und Schule schwänzen, aber hauptsächlich ging es darum, dass die Waffe nicht auf dem Tisch lag, wie sie es befohlen hatte. Sie sagte, Anthony habe am Tag zuvor angerufen und ihr alles erzählt. Wenn er die Waffe nicht bis morgen zurückhabe, wolle er die Polizei rufen. Ich wusste, dass Anthony diese Drohung nicht wahrmachen würde. Er hätte uns niemals die Polizei auf den Hals gehetzt. Sehen Sie uns doch mal an, Herr Doktor. Eine dürre, drogensüchtige Mutter und ein geisteskrankes Mädchen. Wie viel Schaden könnte man wohl bei Leuten wie uns noch anrichten?

Sie durchsuchte meinen Rucksack. Fand nichts. Zum Glück hatte ich die Pistole am Morgen unter einer schmutzigen, zerrissenen Couch versteckt, die seit Jahren in der Gasse hinter dem Haus stand. Das Buch hatte ich hinter meinem Kleiderschrank versteckt. Sie fragte mich, was ich mit der Waffe gemacht hätte. Keine Antwort. Sie fragte, ob ich sie noch hätte. Keine Antwort. Sie sagte, wenn ich weiterhin schwiege, würde sie mir eine scheuern. Keine Antwort. Also schlug sie mich so lange, bis meine Wangen glühten, bis Lila und Blau in meinem Gesicht sprossen wie austreibende Blumen.

Sie sagte, ich müsse am nächsten Tag zu Anthony in die Werkstatt und ihm die Waffe zurückgeben. Sie sagte, wenn ich das nicht täte, würde sie mich weggeben. Sie sagte nicht, wohin. Nach Oz vielleicht? Wer weiß.

Unter der Woche mied ich die Schule und eigentlich jeglichen Kontakt zu Menschen. Ich folgte Charlie überallhin, und nach einer Weile wurde mir schon bei seinem Anblick übel. Es war, als würde man einen Song so lange rauf und runter hören, bis er all seine Bedeutung und seinen Wert verloren hat. Ich stellte eine Tabelle, einen Zeitplan für seine Woche auf.

Montag: Arbeit von 9:30 bis 15:00. Filmschule von 15:30 bis 20:30.
Dienstag: Filmschule von 8:30 bis 14:30. Arbeit von 15:30 bis 19:30.
Mittwoch: Arbeit von 9:30 bis 19:30.
Donnerstag: Filmschule von 10:00 bis 17:00.
Freitag: Arbeit von 9:30 bis 19:30.

47

Alles um mich herum schien noch weiter wegzurücken, als es ohnehin schon war. An öffentlichen Orten hörte ich die Menschen reden; Hunderte von Stimmen, die ich nicht auseinanderhalten konnte. Als wären sie nicht Stimmen, die zu Menschen gehörten, nicht Wörter, sondern einfach Geräusche, die in meinem linken Ohr klingelten und aus meinem rechten wieder herausrutschten. Ich gehörte nicht mehr zu den Leuten um mich herum. Sie waren so beschäftigt mit leben, reden, lächeln, Witze machen, Kontakte pflegen. Ich verstand sie nicht. Das tue ich immer noch nicht. Ich wünschte mir, dass dieser Überfluss an Aktivitäten aufhörte. Die Leute sollten nur noch tun, was ihnen erlaubt, einen klaren Kopf zu bewahren, und jeden aus dem Weg räumen, der ihnen dabei Hindernisse in den Weg legt.

48

Ich beschloss, ihn an einem Freitagabend aus dem Weg zu räumen. In dieser Situation wollte ich nicht den Ausdruck »töten« benutzen. Ich bevorzugte die Wendungen »aus dem Weg räumen« und »vernichten«. Daisy musste für ihre Walmart-Schicht um acht Uhr abends los. Charlie kam gegen acht von der Arbeit nach Hause. Wenn ich ihn aus dem Weg geschafft hätte, käme ich noch vor Mitternacht ins Bett.

49

Die restlichen Schultage vor und an dem Tag des Mordes selbst möchte ich nicht im Einzelnen schildern. Es ist zu viel. Zu viel Munterkeit, zu viel Frohsinn, um alles aufnehmen zu können. Der hemmungslose Lebensstil meiner Mitschüler widerte mich an. Zu viele Klamotten, zu viele Schuhe, zu viele Haarklammern, zu viele Sandwiches in ihren Lunchtüten, zu viele Familientage. Es tat weh.

50

Der Freitagabend kam, Doktor.

Nach dem Abendessen stand Daisy auf und nahm ihre Tasche von der Couch. In der Tür drehte sie sich noch einmal um.

»Spül doch bitte noch, ja? Ich bin morgen früh wieder da.«

Ich stand auf und wartete, dass die Haustür unten ins Schloss fiel. Dann ging ich los, um meine Pistole unter der Couch in der Gasse hervorzuholen. Sie lag noch da, wo ich sie hingelegt hatte. Sie war schwer, schwerer als mein Buch.

Ein paar Minuten später war ich zurück in der Wohnung und legte die Waffe auf mein Bett. Dann spülte ich die Teller ab. Ich tauchte die Hände in das warme Seifenwasser und seufzte.

Mindestens zehn Minuten lang stand ich schweigend da, die Hände im Wasser. Dann zog ich sie langsam heraus, meine Fingerspitzen waren ganz schrumpelig geworden. Als ich die nassen, sauberglänzenden Teller abtrocknen und in den Schrank stellen wollte, hielt ich inne. Dann nahm ich den obersten Teller und pfefferte ihn an die Wand. Er zersprang in unzählige winzige weiße Scherben, wie in die Luft geworfene weiße Blütenblätter. Ich warf den zweiten Teller an die Wand. Es machte ein Geräusch, als würde jemand Eiswürfel kauen. Die Luft war wie elektrisch aufgeladen. Es war an der Zeit.

In meinem Zimmer streichelte ich sanft mein Kopfkissen, weiß, mit winzigen roten Rosenblüten und -blättern und -stielen bestickt. Morgen werde ich diese Rosen mit anderen Augen sehen, dachte ich.

Ich machte den Kleiderschrank auf und wühlte mich durch meine Klamotten. Ich zog ein großes graues Sweatshirt mit Micky-Maus-Aufdruck heraus, zögerte kurz und ließ es dann auf den Boden fallen. Ich zog ein T-Shirt mit dem Aufdruck »AUF DEN BAHAMAS LEBT ES SICH BESSER« heraus und warf es ebenfalls auf den Boden. Dann fand ich ein altes Kleid auf einem Bügel. Es war marineblau mit einem roten, zur Schleife gebundenen Band in der Taille. Ich zog mich aus und das Kleid an. Es passte noch. Ich ging ins Badezimmer. Um mich herum war nichts als Stille, tödliche Stille; ich war mir sicher, dass ich das Blut durch meine Adern rauschen hören konnte, die Dämonen, die ihr Geflüster in meinen Kopf schossen.

Ich nahm Daisys roten Lippenstift und malte mir einen feuerroten Schmollmund. Ich nahm ihr rosiges Rouge und tupfte es behutsam auf meine Wangen. Ich legte es zurück ins Regal und begutachtete mein Werk. Aus dem Spiegel schaute mich Dorothy an.

Ich gab dem Spiegel einen Kuss und betrachtete den kleinen roten Kussmund auf dem Glas. Er erinnerte mich an Ollie, wie er mich auf die Wange geküsst hatte, wenn er sich ein paar Tage nicht rasiert hatte, wie seine Bartstoppeln rote Spuren auf meiner Haut hinterließen.

Ich ging zurück in mein Zimmer und nahm die Pistole in die Hand. Der Mond schien durchs Fenster herein und ließ sie schimmern wie den Diamanten auf einem Ring.

Ich steckte sie in meinen Rucksack. Die Uhr zeigte 20:03. Auf dem Boden neben der Couch im Wohnzimmer lag eine weiße Socke, und eine weitere Erinnerung an Ollie schoss mir in den Kopf: Er stand in T-Shirt und Unterhose – und weißen Socken – in der Küche, machte Frühstück, sang dabei Opernlieder und grinste über beide Ohren, als ich Beifall klatschte. Es musste ein letztes Zeichen der Zuneigung geben. Ich nahm einen Bilderrahmen vom Wohnzimmertisch, brach ihn auf, nahm das Foto von Ollie heraus, faltete es und steckte es in meine Brusttasche.

Der Flur kam mir unendlich lang vor, die dunklen Türen wurden immer mehr und wuchsen sich zu einem Labyrinth aus Türen und Fluren und schmutzigen Teppichböden aus.

Unten auf der Straße sog ich das Schwarz der Nacht in meine Lungen. Keine Menschenseele in Sicht. Die hohen Gebäude wirkten wie die eindrucksvollen Schlösser eines fernen Landes. Ich machte mich auf den Weg zur Bushaltestelle. Im Mondlicht spiegelte sich mein Haar in den Schaufenstern dunkelblau. So traurig-blau wie ich selbst.

Nachts kommen die Ratten unter den Häusern hervor, huschen lautlos durch die Straßen, nachts tauchen

Wölfe im Mondschein auf, suchen nach warmem Fleisch, und dunkelgekleidete Männer sind auf der Suche nach Gewalt; der Wärme eines jungen Körpers; Nadeln voller Himmel. Ich bin die Ratte. Ich bin der Wolf. Ich bin der Mann in der Nacht.

Es fuhren noch Busse, aber ich beschloss, zu Fuß zu gehen. Mein Kopf war leergefegt, kein Gedanke, kein Gefühl, keine Meinung zu dem, was ich gleich tun würde. Ich merkte nicht, wie mir der Schweiß von der Stirn tropfte, die Hände zitterten, die Zähne klapperten. Aber ich wusste ganz genau, dass ich jetzt komplett war, dass der letzte Pinselstrich auf meinem Gemälde gemalt war.

Mein flacher, zittriger Atem schwebte hinaus in die Stille. Ich hatte Glück, denn als ich an seinem Haus ankam, war die Haustür unverschlossen. Ganz langsam stieg ich die Treppe hinauf und ging den Flur entlang. Schritt für Schritt für Schritt. Ich legte den Kopf an die Tür. Seine dunkle Macht drang durch die Wand und zog mich an. Ich legte eine Hand auf das kalte Holz. Dann steckte ich den Schlüssel ins Schloss und öffnete die Tür. Dahinter war ein überwältigend helles Licht.

»Wer ist da?«, hörte ich ihn murmeln. Mir drehte sich der Magen um. Ich griff mit einer Hand nach hinten, oben in den Rucksack, zog die Waffe heraus. Ich hielt die Waffe mit beiden Händen. Die Kälte des Metalls strömte in meine Knochen. Ich bin die Ratte. Ich bin der Wolf.

Ollie in seinen weißen Socken. Charlie, Charlie, Charlie. Miss Fisher. »Pack das Buch weg! JETZT!« Der *Zauberer von Oz*, George, tropfende Eiswaffeln, Daisy, lila Augenringe, blasse Lippen, Dorothy, rosige Wangen, wache Augen. *»Das habe ich als Kind fast jeden Tag gelesen.«*

»Was machst du denn hier?«, fragte er verwirrt, ein Buch in der Hand.

Ich hob die Pistole, zielte genau zwischen seine sich weitenden Augen und staunte über diese wunderbaren Sekunden, in denen die Angst sein Gesicht verzerrte.

»Hey, hey, hey! Blue! Beruhig dich! Immer mit der Ruhe!«, rief er, sprang auf, ließ das Buch fallen und stolperte rückwärts.

Ich schlug die Tür hinter mir zu.

»Wer ist denn da, Liebling?«, rief es aus dem Schlafzimmer.

Sie konnte ich auch umbringen, ging mir auf. Sie würde ich zuerst töten. In Jeans, goldfarbenem Pullover und schwarzen High Heels kam sie ins Wohnzimmer. Als sie mich sah, schnappte sie nach Luft und lief sofort zurück ins Schlafzimmer.

»O Gott! O Gott!«, schrie sie.

Sei still. Mir gingen weitere Dinge auf. Ich konnte sprechen, ich konnte meine Sprache einsetzen, ich war Gott auf dem Spielplatz des Teufels.

»Sei still!«, rief ich. »Sei still und … komm gefälligst da raus!«

Ihre Absätze klapperten auf dem Boden. Sie steckte den Kopf durch den Türspalt und kam dann widerwillig und mit der Hand vor dem Mund ins Wohnzimmer getrippelt.

»Was ist hier los? Was hast du gemacht?!«, zischte sie ihn an.

»Ich ...«

»Du sollst still sein, habe ich gesagt!« Tu es. Worauf wartest du noch? Ich zielte auf das Mädchen. Sie schloss die Augen und ich auch. Dann drückte ich ab. Es geschah alles so schnell, dass ich vor Schreck ein zweites Mal abdrückte. Die Pistole sprang mir fast aus den Händen, wie ein wütendes Tier, das versucht, sich freizuwinden. Es dauerte nur einen Sekundenbruchteil. Ich hatte nicht mal Zeit, die Augen aufzumachen und zuzusehen. Ich hörte ihren Körper auf den Boden schlagen. Ich machte die Augen auf und sah sie am Boden liegen, Arme und Beine in merkwürdigen Winkeln abgespreizt. Um sie herum breitete sich eine Blutlache aus.

»O Gott, Blue!«, schrie er und machte einen Schritt auf das Mädchen zu.

»Keine Bewegung!«, befahl ich.

»Was hast du getan?!«, jammerte er, bewegte sich aber nicht weiter. »Was habe ich gemacht? Lass mich d-dir helfen! Wir kriegen das schon wieder hin! Ich ... ich kann dir alles erklären, wenn du mir die Zeit gibst!«

Er war also doch verwundbar. Diese wunderbare Tatsache, der Geruch von Blut, der den Raum erfüllte, die Verzweiflung in seinen Augen, das Betteln um Vergebung, das aus seinem Mund hervorplätscherte – das alles verschaffte mir Erleichterung. Wie eine warme Dusche rieselten seine Worte auf mich herab. Ich war alles gleichzeitig. Ich war Königin, Präsidentin, Polizistin, Lehrerin,

Diktatorin, Kaiserin, Bergarbeiterin. Ich war alles, ich hatte alle Macht, ich hatte all diese Macht. Ich lächelte.

»Was … was willst du von mir, Blue? Ich gebe dir alles, was du willst! Bitte vergib mir, was auch immer ich getan habe! Lass mich am Leben! Das ist doch keine Lösung! Bitte denk an die Konsequenzen!«

»Du willst wissen, was ich hier mache? Du willst wissen, was ich tun werde?!«, zeterte ich.

Ich nahm ein Glas vom Wohnzimmertisch und zerschmetterte es auf dem Boden. Ich ging zu ihm hin und hielt ihm die Waffe an den Hals. Er hob die Hände und presste die Lippen zusammen.

»Du hast mich zerstört.«

»Lass mich –«

Ich sehe dich mit jeder meiner Bewegungen … Die Scherben, die einmal so zart geklebt waren, sind auseinandergerissen; über meinen Tag verstreut wie Farbspritzer auf einer Leinwand; sie fallen ohnmächtig in mein Hirn und schmelzen zu Erinnerungen wie Schneeflocken; ich will diese Erinnerungen nicht; ich brauche diese Erinnerungen nicht, ihnen ist mein Geisteszustand egal, sie kommen, sehen und siegen. Ich muss diese Erinnerungen vernichten, sie haben mich aufgefressen, ich muss sie ausmerzen, ich muss *dich* ausmerzen, ich muss dich vernichten.

Ich sagte nichts. Ich biss die Zähne zusammen und schloss die Augen. Ich fühlte die Ratte, den Wolf und den Mann in der Nacht in mir, als ich abdrückte.

Das Blut spritzte mir auf Gesicht und Arme, sein Körper erschlaffte, rutschte von mir weg, er brach auf dem

Boden zusammen, stöhnte leise. Ich zielte auf seinen am Boden liegenden Körper, dieses Ding, diese Masse an sterbender Energie, ich drückte immer und immer wieder ab. Mein Herz blühte auf, und die Tränen liefen. Ich schoss so lange, bis das Magazin leer war.

Ich ließ die Waffe fallen, fiel selbst neben seinem Leichnam auf die Knie, tauchte die Finger in sein Blut und spürte, wie die warme Flüssigkeit in meine Haut eindrang, die einmal so unschuldig gewesen war.

Wo und wann genau liegt die Grenze zwischen Leben und Tod? Eine Sekunde nach dem letzten Atemzug? Fünf? Zehn? Wenn die Haut sich lila färbt? Wenn das Blut kalt wird? Sie muss da sein, wo die Seele den Körper verlässt. Wenn alle Energie, alles Licht, alles Leben ausgehaucht ist und der Körper nichts weiter mehr ist als ein Anzug aus Haut, nur eine Hülle für die Fabrik, in der der Körper seine Pflichten erfüllt hat, fähig, alles zu überwinden, nur den Tod nicht.

Tränen liefen mir übers Gesicht. Sirenen heulten durch die Straßen. Autotüren wurden geöffnet und zugeschlagen. Ich verabschiedete mich von den Rosen, dem Mond, den Sternen, die mir auf meiner Reise geholfen hatten. Ich wischte mir die Tränen ab. Kein Grund zu weinen. Jetzt würde alles wieder normal werden. Ich fühlte mich wie ein kleiner Gott. Von diesem Augenblick an war ich immun gegen alles Böse, der schlimmste Schmerz, den ich von nun an spüren würde, wären Papierschnitte im Finger, das dachte ich jedenfalls. Ich wartete darauf, dass alles wieder normal würde, aber die Wolken in meinem Kopf lösten sich nicht auf, die Sonne brach nicht durch.

Die Angeln der Wohnungstür gaben nach, und die Tür krachte zu Boden. Schwere Schritte hallten durch den Raum.

»Polizei! Keine Bewegung!«

Ich legte mich neben seinen kalten Leichnam auf den Boden und schloss die Augen. Ich weiß nicht, was dann passierte. Wahrheit und Traum, Wahn und Illusion, das Gute und das Böse und das Bessere und das Böseste schwimmen in meinem Kopf und vermischen sich. Ich weiß nicht, ob ich eingeschlafen oder in Ohnmacht gefallen bin. Ich weiß nur, dass ich in meinem Wahnsinn ertrank und das Bewusstsein verlor. Da, wo ich lag, konnte ich die obere Ecke des Wohnzimmerfensters sehen und blickte in den dunkelblauen Himmel, so blau wie das Meer am Abend. So traurig-blau, wie ich war. So traurig-blau, wie ich bin.

ZWEI JAHRE SPÄTER

Die Wände hier sind zu weiß. Sie blenden mich. Die komischen chemischen Gerüche bereiten mir Kopfschmerzen. Nachts schreien die chronisch Schlaflosen, dass mir die Ohren abfallen. Niemand versteht sie. Außer mir. Sie rufen: »Bitte, lieber Gott, hol uns hier raus.« Aber Gott ist zu sehr damit beschäftigt, die immer gleichen Wesen zu erschaffen, die ewig darum betteln, jemand anderes zu sein.

An fünf Tagen die Woche habe ich eine dreistündige Therapiesitzung bei Ihnen. Sie stellen mir Fragen und unterhalten sich mit mir, das versuchen Sie jedenfalls, und hin und wieder schreibe ich eine Antwort auf ein Blatt Papier. Nie ganze Sätze. Ich muss zugeben, meine Antworten sind nie wahr, nie ehrlich. Ich habe seit dem Tag der Morde nicht mehr gesprochen. Ich habe kein Verlangen danach.

Sie haben erlaubt, dass ich mein Buch hierher mitbringe. Dafür bin ich Ihnen sehr dankbar.

Eine Frage, die Sie oft stellen, ist: »Kannst du erklären, warum dir die Geschichte so gut gefällt? Das Buch? Was macht es aus, dass du es mehr liebst als … dein Leben?«

Ich werde es Ihnen jetzt verraten. Es liegt daran, dass in anderen Geschichten immer nur das Ende derjenigen gezeigt wird, die zum Schluss geliebt und glücklich sind. Aber es wird nicht gezeigt, was aus den Figuren mit gebrochenem Herzen oder den Wahnsinnigen oder den Traurigen wird. Warum? Weil sie alle sterben. Sie schweben alle an einen ruhigen, unwirklichen Ort und werden dort zu Staub. Ich will keine von denen werden. Deshalb muss ich eine Geschichte lesen, deren Ende so perfekt wie nur möglich ist.

Gestern haben Sie mich gefragt, ob ich glücklich bin. Ich bin mir nicht ganz sicher. Vielleicht bin ich tatsächlich glücklich. Aber eigentlich fühle ich gar nichts mehr, müssen Sie wissen. Die Tabletten, die löschen mein Inneres aus. Sie betäuben mich. Gefühle habe ich nur noch für mein Buch. Für sonst nichts. Ob ich es bereue, fragen Sie? Ob ich die Morde bereue? Das werde ich nie. Ich werde niemals den Moment bereuen, in dem ich den Abzug gedrückt habe.

Nächste Woche werde ich fünfzehn.

Ich verstehe nicht, warum Besserung schön sein soll und Zerstörung nicht. Vielleicht ist das normal für jemanden in meinem Alter. Es ist wahrscheinlich ziemlich lustig, dass meine Form der Schöpfung für viele eine Form abscheulicher Zerstörung ist.

Auf Wiedersehen, Dr. Stewart. Von diesem Augenblick an werden keine geschriebenen Antworten mehr gegeben. Ich werde auf keinerlei Form von Kommunikation mehr eingehen. Ich werde sprachlos bleiben, diesmal im wörtlichen Sinne. Ich hoffe, das hier hat Ihnen geholfen.

Teil 2

Psychologisches Gutachten

VERTRAULICH

Name: Madison Gray
Geburtsdatum: 24.06.1990
Geschlecht: weiblich
Fall-Nr.: 12034
Gutachter: Dr. Jeremy Stewart

Ausbildung:
Franklin Elementary School
Franklin Middle School

Angewandte Methoden:
Klinische Befragung
Psychologische Untersuchung
Psychologische Beurteilung

Zweck der Einweisung:
Einstufung von Madisons Leiden und Ermittlung einer Behandlungsempfehlung. Madison führt ein wahnhaftes Doppelleben, in dem Halluzinationen, imaginäre Ereignisse, Geschichten, Menschen, Aussagen und Gedanken eine große Rolle spielen.

Schulische Laufbahn:
Madison Gray [bezeichnet sich selbst als »Blue McGregor«] hat die Grundschule und die Middle School besucht. Den Aussagen ihrer Klassenkameraden an der Franklin Elementary School zufolge war sie ein aufgewecktes Mädchen. Sie war freundlich, kommunikativ und fand Anerkennung bei Mitschülern und Lehrern. Ihre Noten waren mit wenigen Ausnahmen ausgezeichnet. Im Alter von acht Jahren nahm Madison aufgrund eines Trauerfalls in der Familie [siehe »Persönliches«] einen Monat lang nicht am Unterricht teil. Bei ihrer Rückkehr hatte sich ihr Verhalten dramatisch verändert. Sie brach den Kontakt mit Freunden inner- und außerhalb der Schule ab. Für den Rest ihrer Schuljahre an der Franklin Elementary School interagierte sie weder mit Mitschülern noch mit Lehrern. Direktor Hemington zufolge lebte Madison in einer Traumwelt und erledigte keine ihrer schulischen Aufgaben. Im Alter von elf Jahren erreichte sie den Grundschulabschluss mit knapper Erfüllung der Mindestanforderungen und wurde an der Franklin Middle School eingeschult. Ihr Verhalten änderte sich auch dort nicht. Laut ihrer Mitschülerin Rosalie Donald gab es keine Möglichkeit, mit ihr zu kommunizieren, »man bekam immer nur den Todesblick verpasst«. Madison ging im Alter von dreizehn Jahren gezwungenermaßen von der Schule ab und wird in der Psychiatrie verbleiben, bis eine Diagnose gestellt werden kann und ein Fortschritt in Richtung geistiger Gesundheit feststellbar ist.

Krankengeschichte:
Madison leidet unter keinerlei körperlichen Beeinträchtigungen.

Drogenmissbrauch in der Vergangenheit:
Madison ist in der Vergangenheit nicht mit Drogen in Kontakt gekommen.

Vorstrafen:
Madison ist bisher nicht auffällig geworden.

Geistiger Gesundheitszustand:
Madison war nicht bereit zu sprechen. Sie wirkte müde, erschöpft und niedergeschlagen. Die Informationen, die ich von ihr erhielt, wurden allesamt auf Zettel geschrieben. Sie kommunizierte nie verbal mit mir. Sie vermied Blickkontakt und bestand darauf, ihr Buch ununterbrochen auf dem Schoß zu halten.

Persönliches:
Madison lebt bei ihrer alleinerziehenden Mutter in einer Villa einer besseren Wohngegend mit wenig Gewalt, wenig Drogenmissbrauch und gutem Ruf. Laut Madison selbst lebt sie »in einem Zweizimmerapartment am Rande der gefährlichen Stadt Belony«. Eine Stadt mit diesem Namen existiert in den Vereinigten Staaten nicht.

Als Madison acht Jahre alt war, starb ihr Vater Oliver Gray an Krebs. Sein Tod hatte massive Auswirkungen auf Madisons Verhalten. In der Folge seines Todes stellte sie jegliche Kommunikation ein und nahm nicht mehr am Geschehen teil. Madison glorifiziert den Tod ihres Vaters auf eine Weise, die nur im Film möglich scheint: »Er starb bei einem Banküberfall, weil er seine Schulden bei einem Gangsterboss begleichen musste, von dem er sich Geld geliehen hatte.« Erinnerungen an die Kindheit mit ihrem Vater haben sich allerdings als zutreffend erwiesen.

Der »Gangsterboss« mit dem Namen »James« [kein Nachname] konnte nicht als real existierende Person identifiziert werden. Madison behauptet, James habe »meinen Vater vor die Pforte des Todes gezerrt«, sie sagt: »Er musste sterben.«

Nach dem Tod ihres Vaters entwickelte Madison eine krankhafte Besessenheit für ein Buch, das sie im ehemaligen Arbeitszimmer ihres Vaters fand: *Der Zauberer von Oz.*

Madisons Mutter Mona ist noch am Leben. Madison zufolge ist Mona, oder »Daisy«, »kokainsüchtig und gewalttätig«. Es ist nachgewiesen, dass Mona keine illegalen Substanzen konsumiert und Madison nie körperlich gezüchtigt hat. Mona Gray ist Drehbuchautorin.

In dem Sommer, in dem Madison dreizehn wurde, nahm ein junger Mann namens Charlie Von Dane einen Job in einem kleinen Supermarkt ein paar Blocks von ihrem Zuhause entfernt an. [Anmerkung: Charlie und Oliver sind die einzigen Personen, die ihren echten Namen in allen Wahnvorstellungen behalten.] Laut Auskunft von Charlie besuchte Madison den kleinen Supermarkt regelmäßig, manchmal, um etwas zu kaufen, manchmal nur, um sich umzusehen. Er erklärt, sie hätten nie richtig miteinander kommuniziert und kaum einmal Blickkontakt gehabt. Charlie geht nicht aufs College. Er gibt zudem an, den *Zauberer von Oz* als Kind ein paarmal gesehen zu haben, derzeit jedoch nicht im Besitz einer DVD zu sein. Madison behauptet in ihren Aufzeichnungen, Charlie besuche die »Graybrooke Film Academy«. Zudem sei der *Zauberer von Oz* sowohl Charlies Lieblingsbuch als auch sein Lieblingsfilm, »den er regelmäßig bei der Arbeit und zu Hause in der Bay Street 201 schaut«. Die Adresse existiert nicht.

Am Tag vor Madisons Einweisung fand man sie nachts in Embryonalstellung vor Charlies Einzimmerwohnung. Charlie gibt an, Madison keinerlei Informationen über seine aktuelle oder frühere Adressen gegeben zu haben. Auch habe er keine Informationen über sein Privatleben mit ihr geteilt.

Wahnvorstellungen und Halluzinationen umfassen:

- Madisons Vater wurde erschossen, als er eine Bank ausraubte, um seine Schulden bei dem Gangsterboss James zu begleichen.
- Sie plante, James zu töten.
- Sie verliebte sich in Charlie, einen Jungen, der für James in einem kleinen Supermarkt arbeitete.
- Sie teilten das Interesse am *Zauberer von Oz*.
- Sie verliebten sich.
- Madison, oder »Blue«, fand heraus, dass Charlie ihr untreu war.
- Sie änderte den Plan und beschloss, statt James Charlie umzubringen.

– Es gelang ihr, Charlie und seine Freundin zu töten. [Charlie gibt an, derzeit keine Freundin zu haben.]

Zusammenfassung:
Madison Gray ist ein fünfzehnjähriges Mädchen aus Hartford, Connecticut. Sie wurde zur psychologischen Beobachtung mit besonderem Augenmerk auf Halluzinationen eingewiesen. Manche dieser Halluzinationen lösen einen Tötungsdrang aus, der so weit geht, dass sie eine Gefahr für sich selbst und andere darstellt. Madison kommuniziert nicht mit der Außenwelt. Äußerlich wirkt sie wie ein durchschnittliches junges Mädchen. Ihre Wahnvorstellungen und Halluzinationen haben sie eine komplette Welt und ein Leben konstruieren lassen, die es nicht gibt. Die Ursache für Madisons Halluzinationen ist eng verbunden mit dem Tod ihres Vaters.

Anmerkung:
Die Informationen von Madisons Seite sind dem Buch entnommen, das sie geschrieben hat, in dem sie Ereignisse, Menschen, Erlebnisse ihres Doppellebens beschreibt, sowie diversen Notizzetteln.

Differentialdiagnose nach DSM-IV:
Madison zeigt nach DSM-IV-Diagnosekriterien folgende Symptome einer dissoziativen Identitätsstörung (DIS):

a. Die Anwesenheit von zwei oder mehr unterscheidbaren Identitäten oder Persönlichkeitszuständen, jede mit eigenen relativ überdauernden Wahrnehmungsmustern, Beziehung zur und Denken über die Umgebung und das Selbst. [Anmerkung: Madison hat neben ihrer natürlichen *eine* weitere Identität.]

b. Mindestens zwei dieser Identitäten oder Persönlichkeitszustände übernehmen wiederholt die Kontrolle über das Verhalten des Patienten. [Anmerkung: Madison hat neben ihrer natürlichen *eine* weitere Identität.]

c. Die Störung lässt sich nicht auf Substanzeinfluss oder medizinische Krankheitsfaktoren zurückführen.

Madison zeigt nach DSM-IV-Diagnosekriterien folgende Symptome einer Schizophrenie:

Undifferenzierter Typus. Zwei (oder mehr) Symptome treten über einen Monat (oder weniger, wenn erfolgreich behandelt) regelmäßig auf:

a. Wahn
b. Halluzinationen
c. Negative Symptome, z.B. flacher Affekt

Empfehlungen:

1. Stationäre Behandlung
2. Einstellung auf Psychopharmaka
3. Psychotherapie

Anmerkung:

Ich, Dr. Stewart, werde in naher Zukunft eine gemeinsame Sitzung mit Charlie Von Dane und Madison abhalten. Dabei soll sich zeigen, ob ein Treffen mit Charlie bei

Madison eine Epiphanie oder Gedanken, Ideen, Handlungen auslöst, die in Beziehung zur Realität stehen.

Dr. Jeremy Stewart – Gutachter

Teil 3

1

»Guten Morgen. Ich möchte dir etwas zeigen«, sagt Doktor Stewart, als er in mein Zimmer kommt. Ich sehe von meinem Buch auf. »Kommst du mit?«

Ich lege mein Buch aufs Bett und stehe auf. Neugierig blicke ich über seine Schulter, aber ich sehe nichts und niemanden, nur Wände. Ich gehe zu ihm rüber. Er hat graue Haare, fast weiß, seine Haut ist schlaff und faltig, Erinnerungen, die sich in sein Gesicht gegraben haben. Ich schaue in seine grauen Augen. »Komm mit mir mit.«

Ich laufe ihm über die Flure hinterher. Ich sehe Schwester Janie in der Ferne. Schwester Ella macht gerade ihre Runde.

»Na, du?«, sagt sie zu mir, als wir vorbeigehen. Dr. Stewart und ich gehen über weitere Flure, bis wir in den Besucherflügel kommen. Er bleibt vor einer geschlossenen Tür stehen. Das kleine Fenster oben in der Tür ist zu hoch, als dass ich hineinspähen könnte.

»Also, ich möchte, dass du mir gut zuhörst. Was gleich passieren wird, macht dir vielleicht Angst und überrascht dich, aber das ist ganz normal. Wir werden dich dabei unterstützen. Schau mal, ob du deine Wut unter Kontrolle bekommst und sie dann später während unserer Therapiesitzungen oder beim Malen oder bei Musik abbauen kannst, statt sie auf der Stelle herauszulassen. Erinnere dich an das, was wir besprochen haben. Zähl einfach bis zehn, wenn du aus der Fassung gerätst. Okay?«

Ich nicke. Er macht die Tür auf, und ich trete in einen kleinen Warteraum. Die Tür schließt sich mit einem Klicken hinter mir. Im Raum nebenan, hinter einem dicken Glasfenster mit kleinen Lautsprechern auf beiden Seiten, sitzt jemand auf einem Stuhl. Er hat dunkle Haare, braune Augen und trägt ein dünnes graues T-Shirt.

Er sieht mich an. Ich sehe, wie sich seine Brust hebt und senkt, ich sehe ihn atmen. Charlie.

»Ja, das ist Charlie«, sagt Dr. Stewart über eine Sprechanlage. Ich schaue auf und erspähe die Sprechanlage in der Decke. Erst jetzt bemerke ich, dass ich allein im Raum bin. Ein freier Stuhl wartet vor dem Fenster auf mich.

»Du hast ihn nämlich gar nicht umgebracht. Was du mir berichtet hast, ist ein Phantasiegebilde. Die Pistole, die hast du nie gestohlen. Der Mord, er hat nie stattgefunden. Aber das ist nicht schlimm. Wir wollen dir hier helfen.«

Mein Imperium, das sorgfältig strukturierte Königreich, die Chinesische Mauer, die ich in mir errichtet habe, erzittert. Sie zerfällt mit jedem widerlichen Wort, das ich höre, mehr. Jedem dieser widerlichen Worte, die mir sagen, dass ich mich in allem geirrt habe. Die Ziegel fallen, der Zement bekommt Risse. Der Abriss fühlt sich an wie ein innerliches Erdbeben, eine innerliche Naturkatastrophe, als hätte das hier schon die ganze Zeit passieren sollen. Als hätte ich wissen müssen, dass es blödsinnig war, zu glauben, ich hätte mich unter Kontrolle, und dass das hier meine Lektion ist. Meine Bestrafung.

»Er ist hier. Er sitzt direkt vor dir. Und er ist am Leben.«

Er ist nicht am Leben, Dr. Stewart, Sie Lügner. Ich kann mir nicht einmal entfernt vorstellen, wie Blut durch Charlies Adern fließen soll, wie sein Herz die Kraft haben soll, Blut durch seinen Körper zu pumpen, wie er sprechen, schlafen, atmen kann. Ich schreie. Ich gebe Laute von mir, aber es sind keine normalen Worte. Sie sind zu laut, zu leise, zu deutlich, zu undeutlich, um sie zu verstehen, sie sind ein düsterer Singsang, der ihm sagen soll, dass er mein Königreich dazu verdammt hat, zerstört zu werden.

»*Ich habe ihn doch umgebracht!* Ich habe ihn umgebracht! Er ist tot! Bringen Sie mich von hier weg! Das ist… das muss ein Schauspieler sein, ein Klon! Der echte Charlie lebt nicht mehr! Das ist ein kranker Streich, den Sie mir hier spielen! Wie können Sie mir so was antun? *Bringen Sie ihn hier weg!*«

»Du wirst das durchstehen. Wir sind hier, um dir zu helfen. Deine Mutter hat ihr Einverständnis für diese Konfrontation gegeben.«

Ich ziehe verzweifelt an der Tür, aber sie lässt sich nicht öffnen.

»Machen Sie auf! Machen Sie sie jetzt sofort auf!«, kreische ich.

»Beruhige dich. Atme tief durch. Durch die Nase ein und durch den Mund aus. Niemand wird dir weh tun.

Und du wirst auch niemandem weh tun«, höre ich Dr. Stewart sagen.

»Er hat mir schon weh getan! Er *hat* mir weh getan! *Er hat mir weh getan!*«, schreie ich und zeige auf den Jungen, der auf der anderen Seite der Glasscheibe auf seinem Stuhl sitzt und mich mit Augen ansieht, die so vertraut sind, dass ich das Gefühl habe, hineinzustürzen. Er sieht direkt durch mich hindurch, sieht etwas irgendwo in mir drin, sein Blick ist so intensiv, dass Blitze durch den Raum zucken müssten. Ich wende mich ab und fange an, auf die Wände einzuschlagen.

»Hilfe! Helfen Sie mir! Holen Sie mich hier raus! Das ist doch alles krank hier!«

Aber der Arzt wiederholt nur immer wieder mit ruhiger Stimme: *»Wir sind hier, um dir zu helfen«,* wie ein Mantra, das er so oft wiederholt hat, dass es ihm in Fleisch und Blut übergegangen ist.

Plötzlich geht die Tür doch auf, und Dr. Stewart kommt herein. Er macht einen Schritt auf mich zu, aber ich stoße ihn weg und spucke ihm auf den Kittel. Er sieht auf seinen Kittel, sieht mich wieder an und hält mich an den Schultern fest.

»Hör einfach zu. Mehr musst du nicht tun. Charlie hat dir etwas zu sagen. Beruhige dich, mach den Kopf frei, und hör ihm zu. Danach kannst du dein Urteil fällen. Er wird dir nicht weh tun. Er will nur mit dir sprechen.«

»Das will ich aber nicht! Er… Er ist ein Monster!

Doktor, sperren Sie ihn ein! Sperren Sie ihn weg! Warum bin ich hier drin? Ich habe doch niemandem weh getan! Das war er! Er war das, Doktor! Doktor, hören Sie mir zu! Ich bin nicht diejenige, die verrückt ist! Sperren Sie Charlie weg! Sperren Sie Daisy weg! Sperren Sie James weg! *Das sind die wahren Monster!*«

Er sucht in meinen Augen nach Antworten. »Monster haben auch Stimmen. Und Monster haben auch das Recht, gehört zu werden. Lass ihn sprechen.«

Ich schlucke und schließe die Augen. Eine Stille folgt. Es fühlt sich an, als würden Glassplitter durch meinen Magen wandern. Dann fängt es an.

»Madison«, sagt Charlie.

Das Wissen um diesen Namen reicht aus, um mich in die Knie zu zwingen, ich sinke zu Boden. »Ich heiße nicht Madison«, knurre ich.

Er ignoriert meine Worte. »Wir haben uns nie offiziell kennengelernt. Das hört sich jetzt vielleicht merkwürdig an, aber du warst nie bei mir zu Hause, und ich war nie bei dir. Wir kennen uns überhaupt nicht. Das hier ist das erste Mal, dass wir ein Wort miteinander wechseln. Ich hege keinerlei Abneigung gegen dich, ich empfinde weder Hass noch Liebe. Das ist die Wahrheit. Denk einfach mal drüber nach. Wir sind nicht hier, weil wir dich quälen wollen.«

Und plötzlich weiß ich, dass es eine Hölle gibt, ich weiß, dass es einen Teufel gibt, der Gottes Land erobert hat, weil er einen Menschen solche Dinge sagen lässt und mich dazu verleitet hat, mein Leben der Zerstörung und Verletzung und Verwüstung zu widmen, und mich hat glauben lassen, ich würde etwas verbessern, obwohl es gar keinen Zweck hatte, weil alles nur in meinem Kopf stattgefunden hat. Und mir wird klar, dass Worte viel mächtiger sind als Taten, denn sie können einem das Herz aufschlitzen, ohne einen einzigen Tropfen Blut zu vergießen.

Da kommt er, der Sturm, der schon früher in mir gewütet hat. Da kommen die ölverschmierten Möwen, das wildschäumende, seufzende Meer, das anrollt und sich wieder zurückzieht, da kommt die Kälte, die meine Fingernägel lila färbt und meinen Körper kribbeln lässt, da kommt die Gewalt, die die zarten, winterlichen Zahnstocherbäumchen umknickt.

Ich sehe ihn nicht noch einmal an. Die Tür wird geöffnet, und mehrere Schwestern tragen mich an Armen und Beinen aus dem Raum. Sie tragen mich weg von ihm. Ich hasse ihn so sehr, dass ich ihn liebe, ich will ihn tot sehen, ich will, dass er mich ganz festhält – und dann fühle ich nichts mehr. Eine Welle von Unsicherheit schwappt über mich hinweg. Die Schwestern tragen mich weg.

2

Ich befinde mich in einem blendend weißen Raum. Niemand kommt mich besuchen, bis auf ein paar Schwestern, die nach mir sehen. Ich weiß nicht, was ich machen soll. Ich weiß nicht, ob ich weinen oder erleichtert sein soll. Vielleicht ist es besser, gar nichts zu fühlen.

Ich habe vergessen, wie Daisy aussieht. Sie hat mich hier nie besucht. James habe ich natürlich auch nicht gesehen. Wie er aussieht, habe ich auch vergessen. Sie sind in meiner Erinnerung verblasst. Ich erinnere mich noch dunkel daran, wie Ollie ausgesehen hat. Ich bin schon so lange hier, dass alle meine Erinnerungen an ihn durch die blanken weißen Wände und die Stille der psychiatrischen Klinik aus mir herausgesaugt worden sind. Alle Erinnerungen, bis auf eine.

Ich sitze an einem Regentag mit Ollie auf der Couch. Drinnen ist es warm. Der Himmel draußen verrät nicht, ob es Morgen, Mittag oder Abend ist. Regentropfen prasseln ans Fenster wie Karamellbonbons. Ollie sagt, wenn es aufgehört hat zu regnen, gehen wir nach draußen und sammeln die Süßigkeiten ein. Der Fernseher ist kaputt, wir sitzen also nur so auf der Couch und genießen die Gesellschaft des jeweils anderen.

»Ich hab gestern in der Schule ein Bild gemalt und dafür eine Eins bekommen«, verkünde ich.

»Siehst du, ich hab's dir doch gesagt! Ich hab's ja immer gesagt! Du bist ein Michelangelo! Ein Picasso! Meine Güte, mein kleines Baby ist eine Künstlerin!«

Ich muss lachen und sage: »Und, und letzte Woche hab ich einen Aufsatz über die Natur geschrieben und bekam eine Eins minus.«

»Ach du lieber Gott, siehst du? Ich hab's dir so was von gesagt. Du bist der neue Darwin. Ruf Mami an, und erzähl ihr die Neuigkeiten!«

Dann fängt er an, mich zu kitzeln und zu knurren wie ein Tier, und ich muss so sehr lachen, dass ich kaum noch Luft bekomme. Ich kuschle mich an ihn und lege den Kopf auf seine Schulter.

»Der Fernseher könnte ruhig immer kaputt sein«, seufze ich und schaue dabei auf den schwarzen Bildschirm. Ich höre, wie sich seine Lippen spannen, seine Zähne zum Vorschein bringen und wie sein Herz zufrieden pocht. Also lächle ich auch.

»Weißt du was?«, sagt er. »Als du geboren wurdest, habe ich mir gewünscht, dass du genau so wirst, wie du jetzt bist.«

»Wirklich?«

»Ich schwöre es. Ich habe mir ein kluges kleines Mädchen gewünscht, das freundlich und liebenswürdig ist und fröhlich und aufgeweckt, und jetzt sieh dich an, wie du neben mir sitzt.«

»Und was ist, wenn ich mal anders werde?«, frage ich.

»Aufgeweckte Mädchen werden nicht anders.«

»Wirklich nicht?«

»Aufgeweckte Mädchen werden nur noch aufgeweckter, und sie leben ewig.«

Und wenn ich darüber nachdenke, selbst in Zeiten wie diesen, halte ich mich an der Gewissheit fest, dass ich, egal wie sehr ich mir und anderen schade, noch immer fähig bin, zu fühlen, zu beobachten, zu verstehen und zu erkennen, an etwas Schönes zu denken und zu weinen, aus dem Fenster zu sehen und mich daran zu erinnern, wie schön ich einmal war, was für ein schönes Leben ich einmal hatte. Und wegen dieser Gedanken allein bin ich dankbar, am Leben zu sein. Ollie hatte gesagt, ich sei aufgeweckt, und er hatte gesagt, ich würde ewig leben, und wegen dieser Worte, wegen ihm, lebe ich.

Benedict Wells im Diogenes Verlag

Becks letzter Sommer

Roman

Beck ist nicht zu beneiden. Mit der Musikerkarriere wurde es nichts, sein sicherer Job als Lehrer ödet ihn an, und sein Liebesleben ist ein Desaster. Da entdeckt er in seiner Klasse ein unglaubliches Musiktalent: Rauli Kantas aus Litauen. Als Manager des rätselhaften Jungen will er es noch mal wissen, doch er ahnt nicht, worauf er sich da einlässt… Ein tragikomischer Roman über verpasste Chancen und alte Träume, über die Liebe, Bob Dylan und einen Road Trip nach Istanbul. Ein magischer Sommer, in dem noch einmal alles möglich scheint.

»Ganz erstaunlich, mit welchem Geschick Benedict Wells Spannung auf- und Überraschungen einzubauen versteht. Großartig auch, wie er den Lehrer Beck als tragische Figur porträtiert und dessen verkorkstes Alltags- und Liebesleben zeichnet.«
Volker Hage / Der Spiegel, Hamburg

»Witzig, melancholisch und tiefgründig.«
Sabine Radloff / Süddeutsche Zeitung, München

»Ein Ausnahmetalent in der jungen deutschen Literatur.« *Claudio Armbruster / ZDF-Heute Journal, Mainz*

Auch als Diogenes Hörbuch erschienen, gelesen von Christian Ulmen

Spinner

Roman

Ich hab keine Angst vor der Zukunft, verstehen Sie? Ich hab nur ein kleines bisschen Angst vor der Gegenwart.

Jesper Lier, zwanzig, weiß nur noch eines: Er muss sein Leben ändern, und zwar radikal. Er erlebt eine turbulente Woche und eine wilde Odyssee durch das neue Berlin. Ein tragikomischer Roman über die Angst, wirklich die richtigen Entscheidungen zu treffen.

»Wie Benedict Wells versteht, sein Alter Ego in seiner ganzen Unbefangenheit dem Leben gegenüber darzustellen, geht weit über ein auf ein jugendliches Lesepublikum zugeschnittenes Generationenbuch hinaus. Wells' Sprache ist roh und unfrisiert, und seine Geschichte grundiert von bisweilen bitter-poetischem Humor.« *Peter Henning / Rolling Stone, München*

»Benedict Wells findet starke Worte für die Orientierungslosigkeit seiner Generation. *Spinner* ist ein wunderbares Buch über die Angst vor dem Erwachsenwerden und teilweise zum Brüllen komisch.«
Lilo Solcher / Augsburger Allgemeine

»Ironisch und stellenweise sehr tiefgründig. Versponnene Lektüre zum In-einem-Rutsch-Lesen.«
Emotion, Hamburg

Fast genial

Roman

Ich habe das Gefühl, ich muss meinen Vater nur einmal anschauen, nur einmal kurz mit ihm sprechen, und schon wird sich mein ganzes Leben verändern.
Die unglaubliche, aber wahre Geschichte über einen mittellosen Jungen aus dem Trailerpark, der eines Tages erfährt, dass sein ihm unbekannter Vater ein Genie ist, und sich auf die Suche nach ihm macht. Eine Reise quer durch die USA – das Abenteuer seines Lebens.

»Spannend wie ein Krimi. Benedict Wells ist mit *Fast genial* ein ziemlich geniales Buch gelungen.«
Claudio Armbruster / ZDF-Heute Journal, Mainz

»Wells' dritter Roman ist ein klasse Roadmovie, der mit Frische, Witz und lebendigen Figuren den holprigen Weg zum Erwachsenwerden erzählt.«
Bücher, Kiel

»Ein faszinierender Roman.« *Der Spiegel, Hamburg*

»Die Idee ist großartig. Mit dieser Geschichte kriegt man auch junge Leute ans Lesen.« *Elke Heidenreich*

»Der unterhaltsame Roman ist spannend bis zum letzten Satzzeichen – rien ne va plus!«
Deutschlandradio Kultur, Berlin

Vom Ende der Einsamkeit

Roman

Eine schwierige Kindheit ist wie ein unsichtbarer Feind: Man weiß nie, wann er zuschlagen wird.
Jules und seine Geschwister Marty und Liz sind grundverschieden, doch ein tragisches Ereignis prägt alle drei: Behütet aufgewachsen, haben sie als Kinder ihre Eltern durch einen Unfall verloren. Obwohl sie auf dasselbe Internat kommen, geht jeder seinen eigenen Weg, sie werden sich fremd und verlieren einander aus den Augen. Vor allem der einst so selbstbewusste Jules zieht sich immer mehr in seine Traumwelten zurück. Nur mit der geheimnisvollen Alva schließt er Freundschaft, doch erst Jahre später wird er begreifen, was sie ihm bedeutet – und was sie ihm immer verschwiegen hat.
Als Erwachsener begegnet er Alva wieder. Es sieht so aus, als könnten sie die verlorene Zeit zurückgewinnen, doch dann holt sie die Vergangenheit wieder ein. Ein berührender Roman über das Überwinden von Verlust und Einsamkeit und die Frage, was in einem Menschen unveränderlich ist, egal, welchen Verlauf sein Leben nimmt. Und vor allem: eine große Liebesgeschichte.

Joey Goebel im Diogenes Verlag

Vincent

Roman. Aus dem Amerikanischen von Hans M. Herzog und Matthias Jendis

Wussten Sie, dass große Popsongs und Filme von einem unglücklichen, aber genialen Künstler stammen? Und damit einem solchen die Ideen nicht ausgehen, sorgen in diesem Roman ›Beschützer‹ dafür, dass ihm ständig neues Leid widerfährt. Denn das ist der Rohstoff, aus dem wahre Kunst entsteht. Bringt das Genie das Kunststück fertig, trotzdem ein glücklicher Künstler zu werden?
Vincent – ein Chamäleon von einem Roman, der als Satire beginnt, sich in einen bizarren Alptraum verwandelt und am Ende zu Tränen rührt.

»Furios, zupackend, spannend, hart in der Sprache und im Duktus. Und mit Rasanz erzählt.«
Alexander Kudascheff / Deutsche Welle, Berlin

»Joey Goebel ist mit *Vincent* ein großer Wurf gelungen. Schonungslos in seinen Einsichten. Mal erschreckend brutal, mal wahnsinnig komisch.«
Anna Sprockhoff / Hamburger Abendblatt

»In seinem furiosen Debüt zerlegt Joey Goebel unsere Medienwirklichkeit mit ätzender Ironie in ihre unappetitlichsten Bestandteile.« *SonntagsZeitung, Zürich*

Freaks

Roman. Deutsch von Hans M. Herzog

Kann Musik die Welt verbessern? Verhilft ein neuer Sound zu neuem Sinn? Das wohl nicht – höchstens den Musikern. Vor allem wenn es sich um fünf Außenseiter in einer gottverlassenen Kleinstadt handelt, mit denen niemand etwas zu tun haben will. Aber wenn sie Musik machen, setzen sie ihre eigenen Macken unter Strom und verwandeln sie in den Sound ihrer Befreiung. Eine Tragikomödie mit mehr als einem Ende.

»*Freaks* erzählt die Geschichte einer wunderbaren Freundschaft. Joey Goebel ist ein rasanter, grotesker und tieftrauriger Roman gelungen.«
Christine Lötscher / Tages-Anzeiger, Zürich

»Joey Goebel rockt das gleichgeschaltete Amerika.«
Evelyn Finger / Die Zeit, Hamburg

Auch als Diogenes Hörbuch erschienen,
gelesen von Cosma Shiva Hagen, Jan Josef Liefers,
Charlotte Roche, Cordula Trantow
und Feridun Zaimoglu

Heartland

Roman. Deutsch von Hans M. Herzog

John Mapother, Sohn der mächtigsten Familie im Provinznest Bashford, will in den amerikanischen Kongress, er hat nur keine Ahnung von der Welt seiner Wähler. Die aber hat sein jüngerer Bruder Blue Gene, das schwarze Schaf der Familie...
Ein großer amerikanischer Roman, hochintelligent, voller Witz und Melancholie.

»Böse, aber nie herzlos erzählt Goebel von jenen Gestalten, die beim *Pursuit of Happiness* ins Straucheln geraten.« *Stern, Hamburg*

»Ein prächtiger amerikanischer Familienroman. Überschäumend, witzig, böse.«
Verena Lugert / Neon, München

Ich gegen Osborne

Roman. Deutsch von Hans M. Herzog

Ein ganz normaler Schultag. Doch der schüchterne James hat Stress an seiner Highschool Osborne: Er, der im Anzug des gerade verstorbenen Vaters zur Schule geht, scheint der einzige verantwortungsbewusste Heranwachsende in einer haltlosen, sexbesessenen Gesellschaft zu sein. Er kann seine Mitschüler nicht ausstehen (was auf Gegenseitigkeit beruht), die cool sein wollen und doch nur gefühllos und vulgär sind und sich gegenseitig drangsalieren. Und nun scheint auch noch seine Angebetete, Chloe, die so tickt wie er, während der Ferien in Florida ihre weibliche Seite entdeckt zu haben – und das nicht zu knapp.

Notgedrungen nimmt James den Kampf auf: Ich gegen Osborne! Nicht nur gegen den Direktor, den er mit seinem Wissen um dessen Sex-Eskapade mit einer Schülerin erpresst, sondern gegen die ganze Highschool. Der »Outsider der Outsider« beschließt, die Schule so aufzumischen wie noch kein Schüler vor ihm.

»Joey Goebel wird als literarische Entdeckung vom Schlag eines John Irving oder T.C. Boyle gefeiert.«
Stefan Maelck / Norddeutscher Rundfunk, Hamburg

Donal Ryan

Die Sache mit dem Dezember

Roman. Aus dem Englischen
von Anna-Nina Kroll

In einer Kleinstadt in Irland soll ein riesiges Bauprojekt alle Bewohner reich machen. Wenn da nicht Johnsey Cunliffe wäre, der seltsame und stille Junge, der kaum je ein Wort sagt. Er schweigt, als seine über alles geliebten Eltern sterben, schweigt, als ihn die Nachbarn drängen, sein Land zu verkaufen, schweigt, als er brutal zusammengeschlagen wird und Gefahr läuft, sein Augenlicht zu verlieren. In dieser dunkelsten aller Stunden taucht Siobhán an seiner Seite auf, in deren freundliche Stimme er sich auf der Stelle verliebt. Mit ihr kehrt das Licht in sein Leben zurück. Doch die Farm seiner Eltern ist das Kernstück des künftigen Baulands und Johnsey auf einmal im Mitelpunkt des öffentlichen Interesses.

»Donal Ryan ist ein Magier, das Buch eine Naturgewalt, von höchster Kunstfertigkeit und das Werk eines Talents, das Ihr Leben bereichern wird.«
Sebastian Barry / The Guardian, London

»Ich kann mir kein Buch vorstellen, das authentischer, einfühlsamer oder leidenschaftlicher wäre. Herausragend.« *John Boyne, Autor von ›Der Junge im gestreiften Pyjama‹*

»Für alle, die hoffnungslose Sonderlinge lieben und wider besseres Wissen an die Gerechtigkeit im Leben glauben.«
Iso Niedermann / Schweizer Illustrierte, Zürich

»Ryan ist ein großer Roman gelungen: anrührend, menschlich, wahrhaftig.«
Christof Ernst / Express, Köln

Lavanya Sankaran

Die Farben der Hoffnung

Roman. Aus dem Englischen
von Kathrin Razum

Anands Leben ist eine der Erfolgsgeschichten, die der Wirtschaftsboom in Bangalore schreibt: Er ist ein erfolgreicher, wohlhabender Unternehmer mit einer Bilderbuchfamilie. Zumindest sieht es von außen so aus. Doch wenn seine kleine Fabrik weiter wachsen und gedeihen soll, braucht er Land und Geld, und beides ist im neuen Indien nicht leicht aufzutreiben.
Kamala, die als Dienstmädchen bei Anands Familie arbeitet, lebt gefährlich nah am Abgrund der Armut. Ihre Hoffnungen auf ein besseres Leben für sich und ihren cleveren halbwüchsigen Sohn hängen von Anands Gattin Vidya ab, einer höchst launischen Frau. Da gerät Kamalas Sohn in schlechte Gesellschaft, Anands Ehe in die Krise. Und als Geschäftsmann wagt er sich auf gefährliches Terrain.
Für Kopf und Bauch, fürs Herz und alle Sinne – Lavanya Sankarans übersprudelnder Roman aus dem modernen, aufstrebenden Indien ist voller Optimismus, Menschlichkeit und Humor.

»Erinnern Sie sich an die Zeiten, als Sie es sich irgendwo, auf einem Bibliothekssessel oder einem Sitzkissen, gemütlich machten und stundenlang nur lasen? Lavanya Sankarans Erzählkunst wird Sie sogleich in diese Zeiten zurückversetzen.«
Steph Opitz / Marie Claire, New York

»Ein meisterhafter Roman, den man nicht aus der Hand legen kann. Eine fesselnde Geschichte.«
Amber Peckham / Booklist, Chicago

Astrid Rosenfeld im Diogenes Verlag

Astrid Rosenfeld wurde 1977 in Köln geboren. Nach dem Abitur ging sie für zwei Jahre nach Kalifornien, wo sie erste Berufserfahrungen am Theater sammelte. Danach begann sie eine Schauspielausbildung in Berlin, die sie nach anderthalb Jahren abbrach. Eine Zeitlang hat sie in diversen Jobs in der Filmbranche gearbeitet, unter anderem als Casterin. Ihr Debütroman *Adams Erbe* erschien 2011 und schaffte es auf Anhieb auf die Longlist für den Deutschen Buchpreis. Astrid Rosenfeld lebt als freie Autorin in Berlin und Marfa, Texas.

»So möchte man schreiben können: federleicht und doch mit Tiefgang, witzig und locker und doch niemals platt, spannend, aber doch leise und ohne aufgeplusterte Action.«
Birgit Ruf / Nürnberger Nachrichten

Adams Erbe
Roman

Elsa ungeheuer
Roman
Auch als Diogenes Hörbuch erschienen,
gelesen von Robert Stadlober

Sing mir ein Lied
9872 Meilen und eine Geschichte
Mit Fotografien von
Johannes Paul Spengler

Zwölf Mal Juli
Roman
Auch als Diogenes Hörbuch erschienen,
gelesen von Luise Helm

Adam Davies im Diogenes Verlag

Adam Davies, geboren 1971 in Louisville, Kentucky, arbeitete nach seinem Literaturstudium an der Syracuse University als Verlagsassistent in New York. Heute ist er Dozent für Englische Literatur an der University of Georgia und am Savannah College of Art & Design. Adam Davies lebt in Brooklyn, New York, und Savannah, Georgia.

»Adam Davies ist so komisch und umwerfend wie Nick Hornby, aber auch so in den Bann ziehend und traurig wie J. D. Salinger *(Der Fänger im Roggen)*. Genial.«
Badische Neueste Nachrichten

»Adam Davies kann von Tragödien so grandios erzählen, dass man ordentlich was zu lachen hat.«
Christine Westermann / WDR, *Köln*

Froschkönig
Roman. Aus dem Amerikanischen
von Hans M. Herzog

Goodbye Lemon
Roman. Deutsch von
Hans M. Herzog

Dein oder mein
Roman. Deutsch von
Hans M. Herzog